suhrkamp taschenbuch 348

Hermann Lenz, am 26. 2. 1913 in Stuttgart geboren, studierte Germanistik, Kunstgeschichte und Philosophie in München und Heidelberg. Während des Zweiten Weltkriegs war er Soldat. Nach der Rückkehr aus amerikanischer Kriegsgefangenschaft unternahm er das bis heute durchgehaltene Wagnis freien Schriftstellertums. Seit 1976 lebt Hermann Lenz in München. Er debütierte 1936 mit Gedichten (denen erst 1978 ein zweiter Zyklus folgte) und schrieb sodann Erzählungen *Das stille Haus,* 1947; *Das doppelte Gesicht,* 1949, denen 1959 sein erster Roman *Der russische Regenbogen* und in schneller Folge weitere Romane und Erzählungen folgten: *Nachmittag einer Dame,* 1961, *Spiegelhütte,* 1962, *Die Augen eines Dieners,* 1964, *Im inneren Bezirk,* 1970, *Der Kutscher und der Wappenmaler,* 1972, *Dame und Scharfrichter,* 1975.
Hermann Lenz schrieb vier autobiographische Romane: *Verlassene Zimmer,* 1966, *Andere Tage,* 1968, *Neue Zeit,* 1975, *Tagebuch vom Überleben und Leben,* 1978.
Der Roman *Die Begegnung* erschien 1979. Das Werk von Hermann Lenz wurde 1978 mit dem Büchner-Preis ausgezeichnet.
Wasik kehrt aus dem Ersten Weltkrieg zurück und ist wie zuvor Diener auf Schloß Schoeneben, als wäre alles beim alten geblieben. Unzufriedene und Gescheiterte beginnen mit ihrem Zerstörungswerk, das später, als Wasik fünfzig Jahre alt ist, triumphiert. Jetzt verliert er seine Stellung. Die Frau seines Herrn hilft ihm, denn diese Frau und ihr Sohn, den Wasik seit seiner Geburt kennt, sowie ein adliger Gutsbesitzer, stehen auf seiner Seite und gehören zu den ihm Gleichgesinnten. Trotzdem weiß er, der unverwundbar zu sein scheint, daß er sich letztlich nur auf sich selbst verlassen kann und daß sein eigener Bezirk – er heiratet spät – ein Zentrum ist, dessen Strahlungskraft ihn stärkt. Das Wissen, dem Zusammenhang der Natur verbunden zu sein, gehört zu seinem Leben und macht es ihm möglich, auf andere einzuwirken.
Was weit zurückliegt, löst sich im Licht auf, während das Naheliegende klar erkennbar bleibt: diese selbstverständliche Erfahrung bestimmt die Form dieses Romans, in dem sich die Veränderungen der ersten Hälfte dieses Jahrhunderts wie in geologischen Schichten ablagern.

Hermann Lenz
Die Augen eines Dieners

Roman

Suhrkamp

suhrkamp taschenbuch 348
Zweite Auflage, 9.–14. Tausend 1979

Druck: Ebner Ulm · Printed in Germany
Umschlag nach Entwürfen von
Willy Fleckhaus und Rolf Staudt

Die Augen eines Dieners

Erster Teil

ES WAR SCHON GEGEN ABEND, UND ER GING ÜBER den Platz, in der Hand einen Ulanenhelm mit goldenem Doppeladler, Raupenkette und festgebundenem Pferdeschweif. Jetzt hatte er sich wieder an die Uniform gewöhnt. Morgen ging das Manöver zu Ende; oder es ging heute schon zu Ende, nur war heute noch Manöverball. Du wirst wieder deine Kniehosen anziehen und die Schnallenschuhe, und alles wird sich wie Papier anfühlen oder wie Seide, eben dünn... nach dieser dicken Uniform.
So redete er mit sich selbst und sah geradeaus und sah den späten Nachmittag, den beginnenden Abend. Gegenüber stand ein Theater, das sollte abgebrochen werden; auf Säulen hatte es einen Balkon über dem Eingang. In Nischen standen Statuen zwischen hohen Fensterscheiben, ihr Glas von Spinnweben und Staub grau gemacht oder wie angelaufen. Dahinter lag der Park. Es schien, als zöge sich das Haus zurück ins Laub der Bäume, die über das Dach schauten und Schattenbilder waren, die sich regten.
Der Diener Wasik, der jetzt Feldwebel war, ging am Theater vorbei und auf dem Trottoir nach rechts; dann sah er die Straße hinunter, wo Villen standen. Eine Kutsche mit gummibereiften Rädern fuhr langsam heran, und die Peitsche des Kutschers hing schräg heraus. Wasik sah in die Kutsche hinein; sie war leer und hatte Lederpolster; ihr Verdeck war zurückgeschlagen; wahrscheinlich hatte sie einen seiner Begleiter hergebracht. Nein, die kamen mit der Bahn; aber vielleicht einen Geheimagenten.
Hinter den Villen lagen Gärten. Er überquerte die Straße, wo ein Schmied auf glühendes Eisen schlug, daß es sprühte und dumpf klang. Ein Offizier mit Käppi und Degen ging vorbei. Wasik grüßte ihn. Die Straße endete vor der Stadtmauer; ihr Wehrgang war mit braunen Ziegeln überdacht.

Von einem Haus hingen im ersten Stock Blumen herab, und davor saß eine Frau langen und lederigen Gesichts im Schatten, einen Stock mit Gummizwinge neben sich; sie war schwarz gekleidet und sprach mit Leutnant Kemmler, dem Adjutanten des achten Ulanenregiments; der war groß und breit. Am Hauseingang lehnte, das Innere seines Käppis mit einem Batisttaschentuch auswischend, Oberleutnant Engelsleben.

Wasik ging zu ihm, nahm die Füße zusammen und gab ihm den Helm. - »Dank schön«, sagte Engelsleben und fragte: »Klappt alles, habt ihr's nett arrangiert?« - »Ich hoffe, Herr, daß zur Zufriedenheit...«, sagte Wasik.

Ein Mann in einem Leinenanzug, die Schildkappe über der Stirn, schob einen Schubkarren vorbei, auf dem ein blanker Dohlendeckel lag, eine Stahlplatte mit der Jahreszahl 1912. - »Schaun S', Wasik«, sagte Engelsleben und deutete auf den Dohlendeckel, »so wird die Gegenwart verewigt. Noch Ihre Enkelkinder werden über einen Dohlendeckel mit unserer Jahreszahl gehen.« - »Meine Enkelkinder...«, wiederholte Wasik. »Aber die Zukunft ist doch leer.« - »Nein, da täuschen Sie sich ganz bestimmt.« Und Engelsleben, der immer noch am Türpfosten lehnte, zog ein blaues Briefkuvert aus der Tasche seiner eng geschneiderten Litewka und rief Kemmler zu: »Da glaubt also die Fanny, sie wär bei mir die erste!«

Kemmler zog die Brauen zusammen. Die Alte nickte und schaute glasigen Blicks an ihnen vorbei, hinaus in die Gasse und ins Weite, als wären weder Häuser noch Menschen da. Dann machte ein Lächeln ihr Gesicht rissig.

Wasik salutierte und ging weiter. Hinter der Gasse dehnte sich das Land, eben und hell. Er sah über Stoppelfelder; draußen stand das weiße Zelt. Auf dem Teerpappedach eines Hasenstalls lag eine Katze, als wär sie weggeschleudert worden. Der Kamin einer Feldküche rauchte. Wasik ging über das Feld dem Zelt entgegen. Das Licht floß schräg herein. Im Stoppelfeld streckten sich Schatten aus, ein dunkles Geflecht. Wasik sah einen Bläuling, wie er weggeweht wurde vom Wind. Und heute war also Manöverball in einem Zelt; nun ja, die mußten wissen, was sie wollten.

Es ging dann einer neben ihm, einer im hellen Anzug; das war ein Geschniegelter, und Wasik wußte, was er wollte. – »Sie zeigen mir die Vorbereitungen genau und wie es arrangiert wird«, sagte der. – »Bitte schön, gerne«, sagte Wasik. So gingen sie zusammen zu dem Zelt. Dort blieb der andere stehen, schaute zum Ort hinüber, schrieb etwas in ein Notizbuch und maß den Zelteingang unter der Plane, die ausgespannt war wie ein Baldachin. Der Agent machte weite Schritte, und Wasik sagte: »Diesmal ist es ein kleines Fest. Intim gewissermaßen«, worauf der andere ihn erstaunt musterte. Wasik hätte es nicht sagen dürfen, er war doch Diener. Die Ordonnanzen in den weißen Jacken schmückten mit Blumenarrangements das große Büfett und drehten sich nach ihnen um. – »Von wo kommen die Herren?« fragte der Agent. – »Die Herren reiten hier herüber, also von Westen«, sagte Wasik.

Endlich war's abgetan. Der Geschmeidige ging hinüber zu den Häusern. Wasik zog die Luft tief ein; es war hell und warm; es war Mitte September.

Dann ging er ins Zelt zurück und trat hinter die Stoffwand, wo Kisten voll Flaschen gestapelt waren. Seine Livree, die Kniehosen und die Jacke lagen auf dem Boden; natürlich hatte jetzt die gelbe Jacke einen Erdflecken am Rücken. Und er fand seine Schnallenschuhe nicht. Sie lagen in einer Kiste neben drei jungen Katzen; die Katzenmutter leckte ihre

Neugeborenen ab. Die Schuhe waren unberührt, ja, sie erschienen ihm noch frischer gewichst, als er glaubte, sie gewichst zu haben.
Das war erfreulich; und die jungen Katzen waren lustig. Er ging hinaus, schaute sich um, ob alles klappen werde; aber das konnte er nicht vorhersehen. Irgend etwas trat immer ein, das mißlich war; ein kleines Mißgeschick, mit dem man rechnen mußte... Und er sah das Büfett an, das sie aus dem ›Schwarzen Adler‹ herbeigeschafft hatten, ein weißes, mit Goldleisten verziertes Möbel. Auf einem mit Delikatessen belegten Tisch leuchtete ein Hummer. Am Boden hatten sie Korkmatten ausgebreitet. Hinterm Büfett spannte sich eine gelbe Zeltleinwand, und darüber machte Licht das Zeltdach hell, ein von Schatten belebter Schein wie Kerzenlicht. Dort lag der Raum für ihn, auf den sie alle warteten.
Hinterm Zelt und umgeben von Stoppelfeldern war ein Mosaikfußboden bloßgelegt und sah aus, als stammte er aus einem Vestibül. Stufen aus trockener Erde führten zu ihm hinab, der gelblich und in der Mitte belegt war mit dem Bild eines Frauenkopfes; die Dame hatte Schlangen in den Haaren. Pfauen und Vögel waren aus blauen, grünen und karminroten Steinchen gemacht, und die Reste einer Inschrift tauchten wie verwischt herauf. Daneben standen Notenständer im Stoppelfeld. Wasik zählte sie noch einmal; es fehlte keiner. Er schaute die Tafel an, die im Freien gedeckt war. Es schien, als ginge heute alles gut. Kemmler mußte als erster kommen, und Wasik wartete auf Kemmler. Auf dem Stoppelfeld hinter der Tafel warfen Pferdeburschen ihre Seitengewehre nach springenden Mäusen; die Pferdeburschen lachten. Dann ging Kemmler auf sie zu, und sie steckten die Seitengewehre in die Scheiden; sie stellten sich in einer Reihe auf. Kemmler sprach mit ihnen. Rei-

ter näherten sich überm Feld, alle in horizontblauen Uniformen und im Gegenlicht vom Abendhimmel beinah aufgesaugt; Säbel schwangen neben Sätteln. Kemmler kam zu Wasik und schaute neben ihm den Reitern zu, die jetzt abstiegen und ihre Pferde den Burschen übergaben. – »Wann wird er kommen?« fragte Kemmler. – »Der Agent hat natürlich nichts verraten, aber ich nehme an: vor den Damen. Ich glaube, er wird von dorther kommen«, sagte Wasik und zeigte hinüber zu den Häusern. – »Aha«, sagte Kemmler, ging zu den Herren und begrüßte den rotköpfigen Divisionär; der hatte seine Orden angelegt von sechsundsechzig. Wasik sah zu dem Lehnstuhl mit den roten Seidepolstern am Kopf der Tafel hinüber und erinnerte sich, wie er ihn aus der Bezirkshauptmannschaft herbeigeschafft und einen Schubkarren hatte dazu nehmen müssen, weil doch der Troß schon weggeschickt gewesen war.
Wasik ging ins Zelt, holte ein Tablett mit gefüllten Gläsern und stellte sich neben dem Eingang auf. Die Gläser standen dicht beieinander, aber keines klirrte an das andere; darauf war er stolz und freute sich seiner ruhigen Hand.
Dann kam Kemmler aus dem Zelt heraus und gab Wasik ein Zeichen mit seinen dunkeln Augen. Jetzt erschien er also doch... Der Geschmeidige stand hinter Wasik, das spürte er und sah es auch an Kemmlers Blick. Kemmler stellte sich stramm auf. Die Zipfel des Tischtuchs auf der Hufeisentafel regten sich, die Gläser spiegelten das Abendlicht; fünf standen an jedem Platz, darunter ein grünes Kristallglas. Die Stühle hatten steife Lehnen. Der Sessel mit den roten Seidepolstern war vom Tisch zurückgeschoben. Kemmler stand Wasik gegenüber, ein hochgewachsener Kerl mit schwarzen Brauen und sonnverbranntem Gesicht.
Die Pferdeburschen führten jetzt die Pferde übers Feld. Nur

ein Pferd stand noch da, ein Schimmel, schüttelte den Kopf und schnaubte; er schaute her, als beobachte ein Mensch das Zelt. Das Tier war größer als die andern Pferde der Schwadron, und Wasik dachte: ›Jetzt ist also doch noch etwas schiefgegangen.‹ Vielleicht holte einer der Pferdeburschen das Tier ab; aber da ging auch schon der Agent hinüber zu dem Schimmel, schwang sich über die Barriere aus frischem Holz, die den Platz mit der Tafel umgab, und hielt das Pferd am Halfter fest. Dieser kleine, glatte Kerl im Sommeranzug neben dem großen Gaul...

Dann kam er aus dem Zelt, ein Mann in faltiger Uniform, unterm Kinn den Orden mit dem toten Lamm aus Gold; er war kahlköpfig, und sein Backenbart war weiß. – »Schönes Wetter heute. Ist der Schimmel der Ihre?« sagte er zu Kemmler und schaute auf die Seite, wahrscheinlich weil er den Agenten sah. Er sah über die Felder. So blieb er eine Weile. »Ich hoffe, es wird halten«, sagte er und zeigte an den Himmel. Dann ging er wieder in das Zelt zurück.

Also würde der rote Sessel leer bleiben heute abend. ›Du mußt ihn morgen wieder im Schubkarren zur Bezirkshauptmannschaft fahren‹, dachte Wasik und stand allein mit den gefüllten Gläsern da. Der Portwein leuchtete. Wasik schien die Sonne ins Gesicht. Der Schimmel stampfte hinter der Barriere und reckte den Kopf. Im Zelt sprachen sie laut durcheinander. Der Divisionär lachte, also waren die Damen eingetroffen.

Sie kamen alle heraus und nahmen Gläser von seinem Tablett. Fanny stand neben Kemmler; sein breites Gesicht hatte großporige Haut und erschien dunkler gebräunt als zuvor, weil das Licht jetzt so starkfarbig war. Warmer Wind wehte herüber. Kemmler stand ungeschickt neben Fanny, und das Glas in seiner schweren Hand erschien gebrechlicher als in anderen Händen. Der war Schafzüchter und hatte einen Gutshof. ›Morgen abend bist du wieder bei deinem Herrn, diesem Engelsleben auf Schloß Schoeneben, und dort wird es in der Luft knistern‹, dachte Wasik. Knisternde Luft war schlecht, und ein Diener war daran gewöhnt. Fanny hatte große Augen und sprach nichts. Sie war eine Üppige mit blondem Haar; so kräftig war die gar nicht, wie sie aussah. Kräftig und gesund waren nur wenige. Vielleicht war Kemmler kräftig. Ja, der schon.

So redete es in ihm, und er hörte zu, während er dastand und das Tablett hielt. Dann ging er herum, ließ sich die leeren Gläser geben, schaute an den Geladenen vorbei auf die Hufeisentafel und ob dort alles richtig gedeckt sei. Er stand für eine Weile neben Engelsleben; vielleicht war dieser Engelsleben der Seltsamste von allen, zumindest was sein Gesicht betraf. Der hatte einen Schädel: lang und das Kinn vorgebogen; gehöhlte Schläfen, die Nase spitz gebogen, ein zerfetztes und bleiches, ein gekerbtes Gesicht. Es hing wohl mit den Vorfahren zusammen, denn der war alt, obwohl er siebenundzwanzig Jahre zählte; nein, der war länger auf der Welt; aber jeder Mensch war länger auf der Welt als seit seinem Geburtstag. ›Auch du bist länger hier als bloß seit achtzehnhundertdreiundachtzig‹, dachte Wasik. Die Streitaxt hatten die Engelslebens im Dreißigjährigen Krieg ins Wappen gesetzt bekommen; die drei Pfauenfedern waren noch älter; und viele andere Embleme.

Kemmler setzte sich dem leeren und mit roter Seide bezogenen Stuhl gegenüber. Die Musik spielte hinterm Zelt eine Melodie, wobei die Frauenkleider und das helle, an ferne Hügel erinnernde Blau der Uniformen verwischt wurden. Auf dem Stuhl lagen Efeublätter, als hätte sie ein Wind herangetragen, obwohl die Luft unbewegt blieb. Engelsleben biß auf seinen Schnurrbart, reckte das Kinn vor und sagte zu Kemmler: »Judenblut eignet sich nicht für Mensuren; es gibt Schmißnarben, die sehen wie Würstchen aus.« Er lachte. – »Daß du bei der Attacke nicht das Genick gebrochen hast, ist zu bedauern«, sagte Kemmler und sah zu Fanny auf, die mit einem Perlmuttfächer den Mund verdeckte. Dann wurde angestoßen auf die Verlobung des Grafen Engelsleben mit Fräulein von Czechrod; sie stützte die Hände auf den Tisch und sah neben Engelsleben über die Gäste hinweg. Trotzdem hoben sie die Gläser gegen sie, als stieße sie mit ihnen an; dabei war ein Geräusch zu hören, als träte irgendwer auf Scherben. Eine helle Stimme rief: »Wann ist ein Mann zu alt für eine Frau?« und ein Offizier mit goldenem Äskulapstab am Kragen antwortete: »Die Frau ist immer älter!« – »Versteh ich nicht, Herr Regimentsarzt«, sagte Engelsleben, und ein paar riefen: »Doktor Waißnix soll sich erklären!«

»Meine Herren, falls Sie es nicht wissen sollten: Immer ist es die Frau, die den Mann führt. Sie ist die Unterlegene und führt deshalb den Mann. Der Ältere ist immerzu der Unterlegene.«

»Waißnix kehrt alles um!«

»Älter ist, wer mehr weiß.«

»Aber die Frau ist doch nur Seele?«

»Die Seele ist eine Ausdünstung des Blutes, und, wie jeder weiß, hat die Frau mehr Blut als der Mann.«

Das Gesicht des Arztes war hell von Sonne; sein blonder Bart und die Stirnlocke im frischen Gesicht paßten nicht zu seinen braunen Augen, die glänzten, als ob sie brennten. Engelsleben saß neben ihm. Fanny von Czechrod trank aus einem grünen Glas, und Kemmler zerschnitt eine Scheibe rosa Fleisch. Wieder begann die Musik. – »Sie müssen wissen: es ist alles in der Auflösung begriffen. Später wird es sich auf böse Weise festigen; es wird erstarren. Uns Juden aber werden sie immer hassen«, sagte der Arzt.

In der Höhe flogen Stare, ein dunkles Netz, das breit wurde und sich wieder zusammenzog; ein grüner Fink hüpfte auf den Tisch und verschwand hinter Gläsern. Fanny zerfaserte den Stengel einer Rose und sah zum Starenschwarm hinauf. Sie setzte sich neben den Arzt und fragte, ob er Nachricht habe von Professor Vicinus, der in Syrien nach dem Grabe der Faustina suche. – »Die Frau ist nie in Syrien beerdigt worden; sie wurde überführt nach Rom. Freilich, sie ist in Syrien gestorben. Aber stellen Sie sich vor, wie das gewesen ist, als sie in der Hitze ihre Leiche tragen mußten. Kühlwaggons hat es damals noch nicht gegeben; wahrscheinlich haben sie sie dort verbrannt.« – »Vicinus glaubt, sie läge in Syrien. Und es kommt doch darauf an, daß man irgend etwas glaubt«, sagte Fanny.

Engelsleben legte die Hand auf Kemmlers Schulter und beugte sich zwischen ihm und Fanny vor: »Komm, jetzt tanzen wir!« Sie stand auf und ging mit ihm hinter das Zelt. Später kam sie neben Kemmler vorbei, der über sein buschiges Haar strich und schwitzte. Sie trank im Stehen aus einem hochstieligen Glas. – »Gestern habe ich von Vicinus ein Kommunionbild gesehen. Im Schaukasten eines Photographen«, sagte sie und schluckte. – »War er's wirklich? Du, ich glaub, da hast du dich getäuscht. Ach, laß doch den Professor aus dem Spiel«, sagte Kemmler. – »Aber wenn ich verheiratet werden soll mit einem Manne, der...« »... eine Lokomotivenfabrik besitzt. Das ist besser, als wenn du allein bleiben würdest, Fanny. Lokomotivenfabrik Engelsleben: das klingt nicht schlecht.« – »Vielleicht. Man weiß es nicht genau.« – »Ich werde ihn schon zurechtbiegen. Ich werd dir

helfen. Seinen Zynismus werde ich ihm abgewöhnen«, sagte Kemmler. – »Wenn ich mich auf dich verlassen kann... Also gut, ich verlasse mich auf dich.«
»Ich glaube, der Wasik hört alles. Immer wieder geht er hinter uns vorbei. Der erzählt's dem Engelsleben«, sagte Kemmler. – »Der Wasik? Oh, der darf alles hören... Und wenn er's dem Tommy erzählt, so ist's für mich nur günstig«, sagte Fanny und hob ihr Glas gegen Wasik, der ein zerzaustes Blumenarrangement vom Tisch nahm und ins Zelt hinübertragen wollte. Wasik blieb stehen und verbeugte sich.

»Die Frauen frösteln schon«, sagte er zu den Ordonnanzen Keese, Rupp und Schmalzigaug, die zuschauten, wie die Herrschaften auf dem römischen Mosaikfußboden tanzten. – »Das dürfen die doch nur, weil der Kaiser hergekommen ist«, sagte Keese, ein Magistratsbeamter mit goldener Brille. – »Die Römer haben damals sicher auch getanzt«, sagte Wasik, und Keese erwiderte: »Ja, aber nur bezahlte Mädchen oder Tänzer; und die waren entweder halbnackt oder nackt.« Keese hatte einen Vater, der immer im schwarzen Rock mit steifem Kragen ging und dessen Konservenfabrik in Konkurs geraten war; deshalb konnte der Sohn nur Beamter werden und dachte an halbnackte Römerinnen. Was er davon haben mochte? Aber, wenn er damit zufrieden war, bitte schön.
Kemmler kam langsam heran; er rauchte eine Zigarre und streifte die Asche an einem der Seile ab, die das Zelt hielten. – »Es kann nicht mehr lange dauern, Wasik. Lassen Sie die Platten mit dem kalten Büfett abräumen. Der Hummer sieht ja schon recht seltsam aus.« Der Hummer war von unten her bläulich, aber das kam vom Schatten. – »Die Idee, die

Sache diesmal im Freien ablaufen zu lassen, stammt von mir«, sagte Kemmler. - »Herr von Kemmler, das war sehr freundlich«, sagte Wasik. - »Ich bin auch froh, wenn ich wieder auf meinem Hof bin. Und Sie?« sagte Kemmler. - »Ich bin immer froh. Wie's kommt, so kommt's. Früher hat der Manöverball länger gedauert«, sagte Wasik und überlegte, ob er den Sessel, der oben an der Tafel stand und auf den sich niemand setzen wollte, noch heute abend in die Bezirkshauptmannschaft bringen sollte. Ja, das war am besten; sonst leerte womöglich noch eine der Ordonnanzen Wein über ihn hinunter.

Die Damen ließen sich Pelzumhänge aus dem Zelt kommen. Fanny hatte eine Stola, die Wasik an den Mosaikfußboden im Stoppelfeld erinnerte, und Kemmler sagte, das Rot darauf sei pompejanisches Rot und die Stickereien sogenannte Grotesken; das merkte sich dann Wasik. Die Stola fiel unter den Toiletten auf, und zwei Damen hatten die Köpfe beieinander, bewegten die Hände merkwürdig eilig, fast wie Hühnerflügel flattern; sie flüsterten, das habe die Czechrod sicher von ihrer Urgroßmutter. »So was Altmodisches...«, hörte Wasik, als er Gläser aufs Tablett stellte und zum Zelt hinübertrug. Kehrte ihm jemand den Rükken zu, so machte er um ihn einen Bogen.

Sie gingen. Es war erfreulich, daß sie gingen. Kemmler stieg auf seinen Schimmel, und Fanny kletterte zu ihm hinauf. Schmalzigaug sagte: »Die hält sich gut.« Sie ließ die Beine auf der linken Seite herabhängen. Kemmler ritt im Schritt neben den andern her. Engelsleben war verschwunden, bis er hinter Wasik sagte: »Also, da entführt mir dieser Kemmler auch noch meine Braut.« - »Ich glaube nicht, Herr«, sagte Wasik. - »So? Sie, Wasik, Sie sehen in solche Geschehnisse schärfer hinein, weil Sie danebenstehen. Also, glauben Sie, daß zwischen mir und Fanny etwas daraus wird?« – »Auf die Dauer schon, Herr.« – »Was heißt: auf die Dauer? Meinen Sie: im Moment also noch nicht?« – »Ich darf annehmen, Herr, daß Herr von Kemmler sich bei Fräulein von Czechrod für Sie verwenden wird.« – »So? Na, Sie müssen's ja wissen.«

Jetzt war die Stadt angeschienen vom schrägen Licht. Das gefiel ihm immer: eine kleine Stadt in der Ebene, wenn's Abend wurde. Draußen lagerte eine blaue Hügelmauer. Wasik holte den Schubkarren hinterm Zelt und dachte an Fanny; schwierig wird es werden für den Herrn, aber ich sage es ihm nicht... Nun ging der als Letzter hinter allen andern, und voraus ritt Kemmler mit dem Fräulein. Wie vorsichtig alle Damen auf den Stoppeln gingen und die Knie hoben; in den langen Kleidern sah es komisch aus. Wahrscheinlich war Fanny deshalb aufs Pferd gesessen, und wenn er morgen wieder im Schloß Schoeneben war, würde er dem Herrn sagen, daß Fanny nur des Aspektes wegen mit Kemmler geritten sei; sie wisse, wie sie sich verhalten müsse, um eine gute Figur zu machen. Das tat dann dem Herrn gut und gab ihm Sicherheit. Trotzdem wird er mit dieser Frau kein Glück haben; nun, wer hatte schon mit Frauen Glück. Wo du auch hinschaust, siehst du nur Verworrenheit...

Nein, das stimmte nicht; aber es war besser, wenn er sich heraushielt aus dem Lebensschlamm und nur zuschaute. Zu arbeiten hatte er genug, um Wünsche vergessen zu können, die die andern immer befriedigen mußten. Aber waren sie hernach vielleicht befriedigt? Oder sagte man ›befriedet‹? Du brauchst dich nicht darum zu kümmern. Es muß etwas übrigbleiben, das du nicht haben kannst.

Jetzt mußte er den Sessel mit dem roten Seidenpolster und den goldenen Löwenfüßen wegschaffen lassen; nein, er schaffte ihn selbst weg, die Ordonnanzen sollten die Festtafel und das Zelt in Ordnung bringen. Er lud den Sessel auf den Karren und schob ihn zum Ort hinüber, immer noch in seiner Livree, der gelben Jacke mit Kniehosen und Schnallenschuhen.

Im Amtsgebäude war nur ein Dienstmädchen, eine kleine Person mit breitem Gesicht und Stupsnase da, die auf der Treppe immer wieder lächelnd zu ihm zurückschaute, als er, den Sessel überm Kopf hochstemmend, hinaufstieg in die Wohnung. Der Bezirkshauptmann hatte eine elegante Wohnung mit Teppichen und alten Möbeln. Wasik stellte den Sessel wieder vor den Schreibsekretär im Zimmer der Dame. Das Mädchen wollte ihm in der Küche einen Sliwowitz einschenken. Aber wozu das, er mußte auch noch dafür sorgen, daß das weiße Büfett von einem Pionierkommando ins Hotel geschafft wurde. Das Mädchen streckte neben dem Herd die Arme in die Höhe, stand auf Zehenspitzen in Hausschuhen da, gähnte und ließ sich in einen Korbsessel fallen; dann schaute sie aus Augenschlitzen, den Ellenbogen auf eine Brotbüchse gestützt, von unten herauf zu ihm her. Die Vorhänge in der Küche waren zugezogen, und das Abendlicht machte die Wände dünn. Es war warm; ein Petroleumofen brannte, und manchmal knackte sein Blech.

Als er wieder unten war, brannten die Gaslichter. ›Gut, daß nichts mit dem Dienstmädchen passiert ist‹, dachte Wasik. Wieder ging er am alten Theater vorbei und traf niemand. Darüber war er froh; die Bürger hätten sich vielleicht gewundert, einen in einer Livree zu sehen. Eine Gasse hieß ›Im Hagelschieß‹, und dort sah er Fanny vor dem Schaukasten eines Photographen stehen. Sie starrte aufs Glas und rieb ei-

nen Zeigefinger an den Lippen. Sie hatte noch das Ballkleid an und die Stola aus pompejanisch rotem Samt um die Schultern gelegt. Sie bemerkte Wasik nicht, auch als er neben ihr in den Schaukasten sah; Aufnahmen sanft blickender Menschen waren darin mit Reißnägeln festgemacht.
Fanny klopfte an die Scheibe und sagte: »Der da ist's.«
Drinnen war ein Knabe im Kommunionanzug zu sehen, das Haar fettig festgeklebt und eine Kinderhand auf das Meßbuch gelegt.
»Wen meinen Sie?« fragte Wasik, und sie sagte: »Aber das ist doch Vicinus! Da gibt es keinen Zweifel. Er kommt aus kleinen Verhältnissen. Das siebte Kind einer elfköpfigen Familie. Bekanntlich ist Vicinus hier im Hagelschieß zur Welt gekommen.«
»Jawohl. Ich erinnere mich«, sagte Wasik.
»Also, auf Wiedersehen, Wasik. Morgen im Schloß Schoeneben.«
Er ging weg und sah sich um. Immer noch starrte sie in den Schaukasten. Er erinnerte sich an Vicinus, einen Universitätsprofessor für alte Geschichte. Das war ein Magerer mit rissigen Fingernägeln, der steif ging; wenn er redete, nahm er die Brille ab und drehte sie in den Fingern; für mich sieht der balkanisch aus, schwarzhaarig und gelblich, dachte Wasik. Wie sie auf den gekommen ist... Es war verrückt. Aber wenn dieser Vicinus – Nein, er konnte es sich nicht vorstellen, bis ihm einfiel, daß er einmal gesehen hatte, wie sie ihm zuhörte; ausgelöschte Augen hatte sie dabei gehabt und war schlaff im Sessel zurückgesunken gewesen. Er aber beugte sich vor, ein dürrer Mann im engen Rock. In der Erinnerung glich er einer Holzpuppe; er war einer, der beim Reden die Hand mit der Brille ausstreckte, als liefe er einem wegfahrenden Zug nach. Jedenfalls kein Ver-

führer, obwohl es möglich war, daß sie's fasziniert hatte, was er sagte... Und Wasik dachte daran, wie sie ausgesehen hatte, vorhin beim Hineinstarren in den Schaukasten. Wieder hatte sie ein weggerutschtes Gesicht gehabt, wie damals beim Gespräch mit Vicinus, an das er sich erinnerte. Der Professor hatte über ›Spätrömisches‹ gesprochen. Der Kaiser Marc Aurel war darin vorgekommen, und Kemmler hatte sich eingemischt. Kemmler wußte Bescheid.

›Du weißt nicht Bescheid‹, dachte Wasik. Fanny hatte entzündete Augenlider, und sein Herr, dieser Engelsleben, war mit ihr verlobt. Also mußte sie heute von ihm weggelaufen sein. Aber dann gab es sicher bald eine Versöhnungsszene zwischen ihnen im Hotel... Oder sollte sie es wirklich auf Vicinus abgesehen haben, einen Universitätsprofessor mit Weib und Kind, der im Hagelschieß einer kleinen Stadt geboren und der Sohn eines Gewürzkrämers war, während sie einen Grafen Engelsleben haben konnte, der eine Lokomotivenfabrik sein eigen nannte?

Dich kümmert's nicht. Du stehst außerhalb.

Er ging weiter. Hinter den engen Häusern lag wieder flaches Land, in der Ferne rot gerändert und hier im Freien vom Zwielicht weit gemacht. Ein Zug fuhr auf gerader Strecke und hatte gelbe Lampen. »Wie dich die Weite freut und diese scharfe Luft«, sagte er zu sich selbst.

Am nächsten Tag kam er nachmittags nach Schoeneben. Das Schloß lag eine halbe Stunde vom Dorf entfernt hinter einem Hügel. Er hatte noch die Uniform an und trug einen Koffer mit seiner Livree und Wäsche. Er ging zu Fuß zum Schloß, das an der Straße lag. Die Schlüssel hatte er dabei.

Im Vestibül spiegelte der Boden, vor einer Säule stand eine steinerne Göttin im Brustpanzer und stützte sich auf einen

Schild. Erika, Fannys Schwester, ging vorbei und rief ihm zu: »Gut, daß Sie kommen, Wasik! Immer wieder hat er gefragt, ob der Wasik noch nicht da sei. Ich muß mich umziehen. Auf der Terrasse ist's zu heiß.«
Er ging in sein Zimmer rechts neben der Tür, zog die Uniform aus und schlüpfte in schwarze Hosen; er nahm die weiße Jacke aus dem Schrank, weil er den Kaffee servieren mußte. Durchs offene Fenster hörte er die Köchin träge singen, denn die Küche stieß an sein Zimmer. Er zog die Uhr auf der Kommode auf und richtete sie; es war halb vier. Dann ging er in die Küche und fragte, ob der Kaffee fertig sei.
Er trug ihn auf dem Tablett hinüber. Sie saßen auf der Terrasse. Erika kam mit Kemmler herein, der noch in Uniform war und Wasik zunickte. Hinter Kemmler ging Wasik mit dem Tablett auf die Terrasse, wo Fanny aufstand und zu Kemmler sagte: »Gut, daß du gekommen bist.« Und leiser: »Wir warten auf einen klugen Mann.«
»Du brauchst dir nichts einzubilden«, sagte Engelsleben zu Kemmler, »die Fanny wartet auf den Vicinus und nicht auf dich. Professor Vicinus wird uns alle in die Ecke drängen.« - »Keine Kunst«, sagte Kemmler, »wenn man wie er immer bloß im Traum gelebt hat.«
Engelsleben saß auf der Balustrade und hatte eine grünlich oxydierte Bronzefigur in der Hand, nicht länger als ein Fingerglied. Kemmler nahm sie ihm weg: »Römisches in deiner Hand, das ist ein Sakrileg, du Wenzel.« - »Ach, du mit deinem Kaiser. Der hat doch geschrieben: ›Sieh nach innen‹ oder: ›Grabe innen‹. Ehrlich gesagt, das find ich blöd.« - »Der spottet über Marc Aurel. Was meinen Sie dazu, Wasik?« - »Mich würd es interessieren, Herrn Marc Aurel einmal zu begegnen«, sagte Wasik. Und Kemmler nickte, abwesend,

groß und schwer. Dann sagte er zu Engelsleben: »Was der Kaiser geschrieben hat, wird ein Barbar niemals verstehen. Dich treibt's halt, immer wieder Neues anzuzetteln, wie?«
Kemmler gab die Bronzefigur an Fanny weiter; es war ein Kaiserkopf, ein römischer. Sie sah ihn unterm sonnenvergilbten Leinendach an, als sänke sie in sich zurück. Dann sagte sie: »Basedow... Marc Aurel hat die Basedowsche Krankheit gehabt, wie viele Empfindliche.«
Sie meinte wohl die vorquellenden Augen dieser kleinen Büste. Und Kemmler kannte seinen Freund, den Engelsleben. Daß der Fanny heiraten wollte, war verständlich, aber ob sie wußte, wie es um ihre Schwester Erika bestellt war, das glaubte Wasik nicht. Dir ist's unbequem, daß du's weißt, den Herrn aber scheint's nicht zu stören. Du gehörst hier zur Einrichtung wie eine Uhr. Hoffentlich geht deine Uhr nicht nach.
Er holte das Geschirr und deckte den Tisch. Auf der Terrasse stand ein alter Holztisch, den er mit einer Plane zuzudekken pflegte, wenn es regnete. – »Sie, Wasik, diesen Landsknechtstisch finde ich großartig«, sagte Fanny leise zu ihm. – »Auch wenn er nicht zu Ihnen paßt?« – »Aber er paßt zu Engelsleben. Ich will erfahren, was zu meinem Verlobten paßt.« – »Oh, gewiß...«, sagte Wasik und trug eine Kaffeekanne unter einer roten Haube auf die Terrasse hinaus. Erika saß aufrecht auf ihrem steifen Stuhl und hörte zu, wie Kemmler über den römischen Kaiser sprach. Ihre Augen waren groß und braun, der Mund zuckte, und die Zungenspitze glitt über die Lippen. Sie sagte: »Ach, ihr sprecht vom Kaiser? Der wollte uns doch eine Stadtwohnung verschaffen, aber das hat sich erübrigt; es wurde überflüssig.« Sie lachte. Fanny sagte: »Ach ja..., dein Amerikaner, der schreckliche Mensch...« Und Erika erzählte von diesem

Amerikaner; der habe sie doch auch einmal zum Traualtar geführt, ganz richtig... »Er hat pausenlos Geld verloren. Wenn er sein Taschentuch herauszog, fielen Scheine auf den Boden, so verschlampt war der. Er stammte irgendwoher aus Schwaben, ich glaube, Tuttlingen heißt das Nest.« Sie deutete hinaus, dorthin, wo das Land milchig wurde und Septemberdunst eine Nebelmauer in die Höhe wachsen ließ. Wasik stand neben der Tür und sah in die Richtung ihrer Fingerspitze. Die Felder draußen waren gelb und trokken, ein verblassender Boden. Wasik wäre dort lieber gegangen als hier gestanden, aber diese Sehnsucht kam wahrscheinlich vom Manöver; man gewöhnte sich bald wieder an den betäubenden Dienst hier, und nachgrübeln hatte keinen Sinn. Fanny sagte, unterm Boden draußen liege viel: Reste der Vergangenheit. »Aber darum brauchen wir uns nicht zu kümmern.«

Sie sah auf die Tischplatte; mit dem Fingernagel kratzte sie am braunen Holz. Unter der Politur verzweigten sich schwarze Risse, geglättet und verdeckt von einer durchsichtigen Schicht, die das Alte versiegelt hatte, als blieben diese Risse für immer weggesunken, weil auf der Oberfläche alles glatt erschien.

»Ich kann es nicht. Ich will diesen Barbaren jetzt nicht haben«, sagte sie. »Es ist zu früh für mich. Die Lokomotivenfabrik Engelsleben lockt mich nicht.« Sie sah sich am Tisch um. Erika lachte und rief: »Aber das kannst du doch nicht machen! Deine Verlobung ist publik!« - »Lasse das Publike nur beiseite«, sagte Fanny.

Engelsleben saß auf der Balustrade und sah Wasik an; er zeigte auf ihn und dann auf Fanny. Wasik ging zu ihm hinüber. Engelsleben flüsterte: »Sie bleiben heut immer bei der Fanny.« - »Jawohl, Herr«, sagte Wasik und ging wieder zurück zur Tür, ging ins Zimmer hinter der Terrasse und schaute durch die Fenster. Draußen stand Fanny auf, wie zur Seite geweht vom Wind. Langsam ging sie an ihrem Verlobten vorbei und sah geradeaus. Hinter ihr stand die Balustrade und hatte dicke, wie kindergroße Schachfiguren gemeißelte Pfosten unter der Sandsteinplatte, und das Sonnenlicht machte sie auf der Schattenseite schwarz. – »Du bist selbst schuld«, sagte Kemmler. Engelsleben hockte auf der Balustrade, die Hand am Mund.

Wasik folgte ihr, als sie an ihm vorbeiging; er machte ihr die Tür auf. Draußen war das dunkle Vestibül, und dort ging dieser Vicinus, starr aufgerichtet, ihr entgegen. Der war also zu spät gekommen, und die Köchin hatte ihn hereingelassen.

»Ich bin hergekommen, und Sie gehen schon«, sagte der Professor.

»Ich gehe Ihretwegen«, sagte Fanny. Sie tastete sich an der Wand entlang, als müßte sie sich stützen, und kam zur Dame aus Stein, um die sie einen Bogen machte. Der Professor folgte ihr. Dann legte sie eine Hand auf den Schild der steinernen Dame und fragte: »Haben Sie noch etwas mit Ihrer Frau?« – »Warum nicht?« sagte der Professor und griff sich an die Lippen, als wollte er die Wörter wieder hineinstopfen. Fanny sagte: »Das ist ein Gespräch, das gar nichts nützt. Es fehlt darin das Feste. Und Sie können sich ja auch auf nichts verlassen.« Und zu Wasik: »Lassen Sie Ihren Herrn die Bodenplatten hier im Vestibül aufreißen, dann seht ihr alle unten einen Schlammbach fließen.«

Es war, als würden diese beiden jetzt hinweggetrieben oder fortgeschwemmt. Wollten sie bis zum Ort zu Fuß gehen und mit der Bahn in die Stadt fahren? Der Herr hatte gesagt, Wasik solle bei dem Fräulein bleiben, also ging er neben ihr. – »Ich werde den Wagen holen und Sie wegfahren«, sagte Wasik. »Oder hat Herr Professor Vicinus...« – »Nein, Wasik. Das ist noch lange nicht soweit. Professoren reicht es nicht zu einem Wagen.«

Lauter aufgeregte Leute. ›Wenn die mich nicht hätten...‹, dachte Wasik, und gleich darauf: ›Bilde dir nichts ein.‹
Er ging in den Stall, spannte das Pferd ein und fuhr vor. Immer noch standen beide unterm Tor. – »Wohin soll ich fahren?« fragte er, und Fanny sagte: »Zu mir. Nach Hause.« Wasik hatte das Cabriolet genommen, damit er auf dem Bock nicht hören mußte, was sie innen miteinander sprachen.
Es war eine Fahrt in klarer Luft. Erlenschatten reichten auf den Grund des Bachs hinunter. Das Land hinter Obstbäumen war weit und in der Ferne weißlich, als ob dort Schwerter lägen. In der Nähe war alles grün. Dein Beruf ist interessant und du willst keinen andern haben. Du siehst die Leute, hörst sie reden, zwischendurch machst du eine Fahrt auf dem Kutschbock, und bist im übrigen einer, der abseits steht und nicht mitzumachen braucht; du kannst dir denken, was du willst. Beneidenswert.
Beim alten Friedhof am Rand der Stadt wurde hinter Wasik ans Fenster geklopft. Er hielt, und beide stiegen aus. Der Professor ging allein weiter. Fanny sagte: »Ich will noch hinein in den Friedhof. Bitte, warten Sie.« Sie stand neben der rotbraunen Mauer und schaute dem Professor nach. Ein Leiterwagen fuhr vorbei, der Heu geladen hatte, und darin lag eine weiße Frauenstatue ohne Kopf, mit nacktem Rükken. Die hatten sie vielleicht auch ausgegraben, wie den Mosaikfußboden, aber was unterm Boden schlief, darum brauchte sich Wasik nicht zu kümmern. Er wartete auf dem

Bock und sah wieder die Offiziere und die Damen auf dem Mosaikfußboden tanzen, während die Kapelle im Stoppelfeld musizierte; jetzt erschien ihm das Vergangene wie halb verblichen. Die Luft stand still. Es wurde ihm warm, aber die Jacke konnte er auf dem Kutschbock nicht ausziehen. Der Bahndamm führte nah vorbei. Es kam kein Zug.

Fanny blieb lange im Friedhof. Wasik wickelte die Zügel um die Bremskurbel und stieg vom Bock herunter. Er ging um den Wagen herum und legte die Arme auf den Rücken. Dann trat er in den Friedhof.

Es war ein längst aufgelassener Friedhof; also achtzig Jahre war es bestimmt her, seitdem hier niemand mehr beerdigt worden war. Die Büsche waren ausgewachsen und bogen sich über den Wegen. Du mußt dich ducken, fast mußt du hindurchkriechen. Unter den Wölbungen der Büsche war das Gras verschwunden, und nur brauner Boden streckte sich. Auf einem Stein stand ›Freiherr von Odelga‹. Eine Grabplatte war moosig und hatte zwei rostige Ringe. Dann kam Fanny hinter einem Busch hervor und sagte: »Ziehen Sie doch einmal an den Ringen, Wasik, vielleicht bringen Sie die Platte hoch.« – »Ich habe keine Lust, hinabzusteigen«, sagte er. – »Ich schon …« Und sie drehte sich um und ging vor ihm unter dem Zweiggewölbe. Dann sagte sie zu ihm »Abwegige Gedanken. Ja, ich weiß schon … Sagen Sie, Wasik, woher kommt's, daß ein Mensch auf Abwege gerät?« – »Wenn er aus irgendeinem Grund sich selber nicht mehr traut.« – »Können daran auch andere schuld sein, nicht bloß er selbst?« – »Natürlich. Man kann das Gefühl haben, daß beim andern etwas nicht in Ordnung ist; aber man kann das Etwas nicht beschreiben.«

Er sah auf gelbliches Gras, das ihm bis ans Kinn reichte. Sollte er ihr sagen, was bei seinem Herrn nicht stimmte? Ich

werd mich hüten... Womöglich heißt's nachher: ›Der Wasik hat meine Ehe zerstört...‹ Und er überlegte, wann Fanny wohl dahinterkommen werde, was mit seinem Herrn, dem Engelsleben, nicht in Ordnung war. Dabei lag's doch in ihrer Nähe; sie hätte nicht lange zu suchen brauchen.
»Fahr'n mer, Euer Gnaden?« sagte er und machte den Tonfall der Fiaker nach.
»Ja, umkehren. Weil's genug ist. Ich hab mir zuviel zugemutet. Ich muß nach Hause«, sagte sie.

Sie wohnte mitten in der Stadt. Wasik hatte sich deshalb schon öfter Gedanken gemacht. Ihr Vater gehörte zum Ministerrat und hätte sich eine Villa leisten können; statt dessen wohnte er im Erdgeschoß eines Miethauses. Das konnte Wasik nicht verstehen. Aber dich geht es nichts an, du bist der Diener, und vielleicht kauft sich Herr von Czechrod übermorgen schon ein Herrschaftshaus.
Der Abend machte die Straße weit; drüben stand das hohe Hotel Munsch. Wasik fuhr langsam, und es war ihm angenehm, langsam zu fahren. Die Straße war eine verwischte Schattenzone, grünlich und violett. Auf der linken Seite hatten Häuser unterm Dach eine breite Goldborte, und nur das Hotel Munsch stand noch in einer schrägen Bahn aus Lichtstaub; aber dieses Hotel sollte ja auch abgerissen werden. Ob Fanny wußte, daß dort Engelsleben vor einem halben Jahre abgestiegen war, um sie zu beobachten und eine andere Frau zu besuchen? Unwahrscheinlich. Und wenn sie gewußt hätte, wer die andere Frau war, der Engelsleben damals und noch vor vierzehn Tagen seine Aufwartung gemacht hatte. – Besser, du stellst es dir jetzt nicht vor.
Die Fenster des Hotels Munsch sahen wie durchsichtige Quadern aus, und seine Mauern erschienen aufgelöst vom Licht.

Vielleicht hing es damit zusammen, daß das Hotel abgerissen werden sollte.
Die Kutsche hielt. Fanny stieg aus, bevor Wasik vom Bock geklettert war. - »Ja, kommen Sie nur mit herein. Sie sind jetzt mein Vertrauter«, sagte sie. »Aber, gnädiges Fräulein, das geht doch nicht. Ihre Eltern...« - »Meine Eltern werden es verstehen. Oder bin ich denn noch nicht erwachsen?«
Sie zog ihn am Ärmel, und er ging mit. Ihre Mutter kam aus der Küche, ein Salzfaß in der Hand. - »Servus, Mama. Ich will nicht mehr draußen bleiben«, sagte sie. - Klein und großäugig stand die Mutter da und ging hinein zum Vater. Herr von Czechrod legte die Serviette weg und stand vom Tisch auf. - »Ich gebe doch mein Zimmer hier nicht auf«, sagte Fanny und drehte sich nach Wasik um, der im Gang stand und durch die offene Tür Herrn von Czechrod vor dem Büfett stehen sah. »Der Wasik hat mir geholfen, von draußen wegzukommen. Er hat mich hergefahren; ich bin ihm dankbar. Wißt ihr, von dem geht etwas aus, das kann man nicht beschreiben.«
Er ging ins Wohnzimmer hinein und verbeugte sich vor Herrn von Czechrod, der auf einen leeren Stuhl am Tisch zeigte. Wasik blieb bei der Tür stehen. Frau von Czechrod hielt die Hände ineinander und sagte: »Du mußt etwas essen, Fanny. Setz dich doch.«
Fanny schüttelte den Kopf. - »Ja, was machen wir mit dir?« sagte der Vater. - »Gar nichts. Wir leben so, als wäre nichts gewesen.« - »Aber das ist doch unmöglich. Leute werden kommen und sich wundern«, sagte die Mutter. - »Ich rede dann schon mit den Leuten. Und, weißt du, Vater: Ich habe alle Menschen gern... Und jetzt, bitte, kein bekümmertes Gesicht machen, Mama. Ich werde mich ausschlafen. Gute Nacht.«

»Sag mal, Fanny: Erika ist noch draußen?«
»Ja. Warum? Bedeutet es etwas? Sie hat gern frische Luft, die Erika.«
»Ist schon gut. Ich wollte es nur wissen«, sagte Herr von Czechrod, setzte sich an den Tisch und tauchte den Löffel in die Suppe.
»Wollen Sie einen Schnaps, Wasik?« fragte Frau von Czechrod. Wasik schüttelte den Kopf und ging hinaus. Er machte die Tür lautlos zu, fand im Gang die Glastür, weil aus der Küche Licht drang, und sah, als er wieder auf der Straße war, Fanny einen Nußknacker ans Fenster stellen; der Nußknacker hatte ein bärbeißiges Gesicht und bleckte weiße Zähne.

Hernach mußte Wasik seinem Herrn alles berichten. – »So, einen Nußknacker hat sie ins Fenster gestellt? Der soll wahrscheinlich mich und alle bösen Menschen abwehren«, sagte Engelsleben.
»Herr von Czechrod hat sie auch gefragt, ob Fräulein Erika noch draußen sei. Sie hat ja gesagt.«
»Aber das ist falsch! Erika ist mit dem Zug zurückgefahren, nachdem ihre Schwester – Also... ja... Wenn Sie mich schon so anschauen: Ich hab Erika weggeschickt.«
»Gnädiger Herr«, sagte Wasik und sah seine Fingerspitzen an, die auf der Schreibtischkante lagen, »Sie wissen, daß es mir nicht darum geht, über Vorgänge unterrichtet zu sein, die andere betreffen.«
»Ich weiß es, Wasik. Aber manchmal macht es mich nervös, wenn Sie so ungerührt dastehen.«
Das war gut. Der Herr sollte denken, ihm sei alles gleichgültig, und letzthin ginge ihn nichts etwas an.
Wasik verließ das Arbeitszimmer. Engelsleben rief ihn zu-

rück und sagte: »Packen Sie die Koffer. Wir ziehen ins Hotel Munsch. Sie gehen mit. Sie haben den Auftrag, Fräulein von Czechrod unauffällig zu begleiten. Sie beschatten sie und sagen mir, was sie getan hat. Bestellen Sie sofort die Zimmer. Ich will das Eckzimmer haben, das auf die Straße geht. Na, Sie wissen schon. Das Haus, in dem sie wohnt, will ich im Aug behalten.«

Das war also ein delikater Auftrag. Widerwärtig... Er sollte den Schnüffler machen, den Polizisten... Er überlegte, ob er sagen sollte: ›Wenden Sie sich doch an einen Privatdetektiv, der macht so etwas besser.‹ Aber das wäre für das Fräulein schlecht gewesen. Wenn sie zu Vicinus ging, erfuhr es Engelsleben durch den Privatdetektiv. Von mir aber wird er nichts erfahren.

Er packte dann die Koffer. – »Richten Sie sich für eine längere Belagerungszeit des Hauses Czechrod ein«, sagte Engelsleben. – »Also fünf Jahre«, sagte Wasik, und Engelsleben fragte, ob er glaube, daß er so lange werde warten müssen. – »Fünf Jahre ist vielleicht zu lang. Aber wenn ich daran denke, was Fräulein von Czechrod noch unbekannt ist... Ich meine jetzt: was Sie und Fräulein Erika betrifft, gnädiger Herr.« – »Seien Sie still! Oder haben Sie etwas verraten?«

Er sah böse und verschlagen aus. Dieses Rattengesicht mochte Wasik nicht an ihm. Es war klug, ihn zu besänftigen. Also sagte Wasik, er hoffe, das Vertrauen seines Herrn nicht zu enttäuschen. »Ich werde tun, was Sie verlangen, Herr.« – »Ich verlange nichts, aber ich erwarte es von Ihnen«, sagte Engelsleben. »Fahren Sie noch heute. Und Sie fahren allein. Im offenen Wagen, damit jeder sieht: der Herr ist nicht dabei. Verstanden? Ich komme morgen oder übermorgen mit der Bahn.«

Dafür war er ihm dankbar; wenn er allein fuhr, bildete er

sich zuweilen ein, er sei ein freier Mann, weil er dann nicht zu reden brauchte.

Er fuhr in die Nacht, die hell war, klar und kalt, ein Bad der Dunkelheit. Nebel lagen wie bläuliche Tiere in den Senken, Sterne erschienen groß. Er sang und redete für sich; er sang das Lied vom ›Roten Eber‹. ›Das Mädchen und dieser Herr...‹ dachte er dann. Sie war doch höchstens neunzehn Jahre alt. Und du bist neunundzwanzig, und dein Herr ist... Aber wozu nachrechnen, schließlich blieb jeder Mensch immer gleich alt.

Er bremste auf der Steige. Er dachte an die letzten Tage des Manövers und ging durch einen alten Friedhof; er traf den breiten Kemmler... Du schläfst im Freien auf dem Bock, das ist ja fast, als ob du auf Feldwache im Manöver schliefest. Aber hier merkt's keiner, und wenn du das Genick brichst, merkst du nichts davon.

Gaslichter brannten, und er fuhr im gelben Rauch. Wieder sah er Engelsleben, der ein blaues Briefblatt aus der Tasche zog und zu Kemmler sagte: »Du, da glaubt also die Fanny, sie wär bei mir die erste. Das find ich direkt rührend.« Und Engelsleben grinste. Eine Frau mit lederigem Gesicht saß, einen Krückstock neben sich, in einem Korbstuhl vor einem Fachwerkhaus mit vielen Blumen; im Nacken hatte sie einen Höcker. – »Wißt ihr, was ihr seid? Eine miserable Bande!« rief sie Kemmler und Engelsleben zu, aber Kemmler war nicht miserabel; in ihm hatte sich die alte Frau getäuscht. Und Fanny glaubte wohl, sie selbst sei schlecht, weil sie seinen Herrn nicht mochte. Ach, wenn du wüßtest, Mädchen... Aber du wirst bald merken, wie es um ihn steht. Ein Diener aber, der verrät natürlich nichts. Es muß sich alles von selbst zeigen... Fanny stand vor dem Schloß Schoeneben und nahm eine Birne von der Böschung auf der anderen Straßenseite; sie biß in die Birne. Vor dem Schloß stand Wasiks Kutsche; die Pferde hatten die Köpfe gesenkt. Die Pferde waren groß und schwarz, ihre Rücken höher als das Kutschendach, und das Auge eines Pferdes sah durch die Scheuklappe zu ihm her, als wär sie eine graue, dünne Haut. Dahinter wölbte sich das Pferdeauge. Ein weißhaariger Mann saß auf dem Trittbrett und strickte an einem Strumpf. Vicinus stand neben Fanny, hager und schmal, ein schwarzhaariger Mann, der steif aufgerichtet ging und abgehackt, in hartem, fremdländischem Tonfall mit ihr redete, als spräche er auf dem Katheder.

Wieder war er eingeschlafen. Aber jetzt war Schluß mit Träumen. Er fuhr schon durch die Stadt. Wie bald erlosch doch eine Stadt. Jetzt spiegelte sie bereits düster, und der Mond legte mehr Glas als Mauern bloß. Schwarze Gläser und ein wandernder Mond in ihnen. In der Ferne eine bläuliche Kirchenkuppel, alles eingedunstet, als läge dort ein Land, in das es sich zu fahren lohnte. Freilich, auch die Zukunft lag noch weit.

Er hatte sich angemeldet; er hatte in das Hotel Munsch telephoniert. Und der Nachtportier wunderte sich nicht, wenn er jetzt kam. Das Hotel Munsch hatte saubere Remisen; die Gewölbe waren frisch getüncht; aber die Remisen sollten auch nicht abgerissen werden.

Er hatte wieder ein Zimmer im Dachgeschoß; von dort sah er weit hinaus. ›Die Dächer und das Alte... und das Morgenlicht...‹, sagte er zu sich selber, als er aufstand. Er stand spät auf. Es war ruhig im Oberstock; die Kellner und die Zimmermädchen schliefen hier und hatten lange vor ihm aus den Betten kriechen müssen. Es lebte sich als Herrschaftsdiener eben doch bequemer.

Zum Frühstück ging er in ein Café. Zeitunglesen... Und später, vor einer Kirche, dachte er: ›Du könntest einmal hineinschauen.‹ Er sah sich einen Heiligen im Glassarg an; da lag er, überm Schädel eine straffgespannte Stoffmaske aus Stickerei. Der Prunk gefiel ihm; und dann überall die braunen Schatten in der Kirche.

Im Hotel fragte er, ob sein Herr angekommen sei. Nein, hieß es. Das Eckzimmer im ersten Stock könne sein Herr nicht bekommen; er müsse sich mit einem nach der Straße zu begnügen, doch sei es auch ein ›Fürstenzimmer‹.

Gut. Und du solltest also jetzt deine Schnüffelarbeit beginnen; es eilt dir nicht damit.

Er wartete, ging aus dem Haus und sah sich um. Langsam ging er weiter. Herbstluft war dünn und klar. ›Septembermilde, was ich schätze‹, dachte er und ließ die Leute vorbeigleiten, lauter Gesichter ohne Leib, weil sie so nahe waren, denn hier wurde gebaut, und ein Gerüst machte den Gehweg eng. Im Dämmerlicht dieses Gerüstes schwammen die Gesichter, und einmal hatte jemand große Augen; das war zufällig eine Frau. Nein, nicht die Fanny. Oder doch? Er konnte sich nicht umdrehen, weil alle dicht hintereinander gingen. Dann goldene Buchstaben an einer Tuchhandlung, und die Pestsäule.

In einer Seitengasse war ein Kellerzimmer hell; dort aßen Krankenschwestern. Ein Kind setzte lange und dünne Beine über goldgleißende Pflastersteine; es sprang, als schwebe es. Eine feuchte, eine dunkle Gasse, und nur der Bach auf Pflastersteinen war aus Licht.

Nicht weit davon aß er zu Mittag. Mit der Trambahn fuhr er an den Fluß hinunter und legte sich auf einer Halbinsel, vorne an der Spitze, am Bug dieses geröllumrandeten Schiffes aus Erde unter Weidenbüsche. Wie er beruhigt und

wie weit weg jetzt sein Herr von ihm war... Er hätte gut ohne Herr leben können, hätte aber Geld gebraucht. Geld aus der Luft empfangen als ein ferner Günstling: das wär nicht schlecht gewesen; aber einen Hund müßtest du haben, um mit ihm zu reden.
Die Weidenruten regten sich. Den Stehkragen hatte Wasik auf den Sand gelegt. Die Wärme tat ihm wohl, und daß sie auch einmal von außen kam, das war so selten. Aber später vielleicht, sagen wir: in fünf Jahren, wenn er eine Herrin hatte, am Ende gar diese Fanny, dann konnte es erträglich werden. Im übrigen: in der Jugend war es selten warm; bestenfalls schwitzte ein junger Mensch vor Lebenshitze, oder weil er herumgehetzt wurde, aber warm –
Ein Schiff strudelte vorbei, ein neuer weißer Raddampfer, bespickt mit Menschen; es sah aus, als trudle ein Seeigel durchs Wasser und wedle mit kurzen Fangarmen. ›Und Sie vergessen ganz, daß Sie Posten beziehen müssen vor jenem Mietshause, schräg gegenüber vom Hotel Munsch, mein lieber Wasik? Also, wie ich die Sache sehe, so ist dies eine Pflichtvergessenheit von Ihrer Seite.‹
Junge Menschen kamen auf die Halbinsel und wollten sich vergnügen; ein Mädchen lachte auf Wasik herab und verschwand. Er hörte ihr Gelächter zwischen andern Stimmen. Du gehörst nicht dazu, denn ein Diener ist doch ohne Alter. Aber du brauchst nichts anderes als deine Gedanken und kannst froh sein, daß es so ist.
Zu lange war er hiergeblieben, jetzt ging er wieder weg.

Er aß zu Abend und ging vor das Haus; er bezog Posten. Wieder lag drüben auf den Dächern eine Goldborte aus Licht. Der Diener Wasik stand im Schatten. Die Fenster der Wohnung waren dunkel, und der Nußknacker stand nicht mehr auf dem Gesims. Also hatte ihn Fanny wieder weggenommen und unter das Sofa gelegt; denn Wasik stellte sich vor, daß jetzt dieser Nußknacker unter ihrem Sofa läge. Im Dunkel des Fensters schwebte eine Biskuitplastik, die vielleicht auf dem Bücherschrank stand; er glaubte, es sei eine Jägerin, und sie schaue auf einen springenden Hund herab. Fanny hatte gesagt, Hunde seien ihr ›jetzt im Moment‹ unheimlich; also war es früher anders gewesen. Merkwürdig, aber sie war das, was man eine frische Person hieß; rotbackig, mit starkem, blondem Haar und keine Magere. Es paßte nicht zu ihr, was sie jetzt tat. Sie wohnte in hohen Zimmern mit weißen Decken, in der Mitte Stuckreliefs aus breitlapppigen Blättern, eine erstarrte Wildnis wie hinter Schloß Schoeneben jener Weg, der seit langem dicht überwuchert war; weiße Blätter an der Decke, und aus ihnen wuchs ein Kronleuchter herab.

Es kam ihm vor, als stünde sie jetzt hinterm Fenster. Sie sollte ihn sehen, er wollte wissen, ob sie dann herauskam. Natürlich war das Fenster leer; er hatte sie sich eingebildet. Auf dem Trottoir herrschte Grünliches; wahrscheinlich war der klare Himmel schuld daran. Es wuchs ein lautloser Bezirk.

Wasik sah auf eine Stufe vor der Haustür. Die Ecke dieser Stufe war abgerundet, abgewetzt und poliert vom Regen, vom Schnee der untergesunkenen Winter. Jetzt war die Stufe trocken, warm; Wasik wußte es, obwohl er diese Stufe nicht berührte. Es lag trockener Schnee darauf, Katzenschnee. Er sah, wie der Katzenschnee sich hob und senkte.

»Ah, der Wasik! Guten Abend... Ich bin herausgekommen, weil ich diese Katze streicheln möchte; ich habe sie gesehen, dort, vom Fenster aus.« Fanny stand hinter ihm und deutete aufs Fenster. Sie streichelte die Katze, hob sie auf den Arm

und fragte: »Sag, hast du kein Zuhause?« Es war ein mageres und junges Tier.
»Kommen Sie doch herein, Wasik. Die Eltern sind nicht in der Wohnung. Ich bin allein«, sagte sie im Zwielicht der blauen Straße. Wer jetzt vorbeiging, dachte: der junge Mann ist zu beneiden. Wasik sagte: »Aber, gnädiges Fräulein, das geht doch nicht. Ich bin bestellt von meinem Herrn.« - »Ach so... Ihr Herr?« sagte sie. »Ich erinnere mich Ihres Herrn.« Dann sah sie sich nach der offenen Tür um, es riß sie auf die Seite und sie ließ die weiße Katze auf das Trottoir fallen. - »Die Tür ist doch nicht zugeschnappt«, sagte Wasik. »Haben Sie keinen Schlüssel?« - »Die Tür ist immer offen. Ich habe nur geglaubt, innen läute das Telephon. Wissen Sie, das ist so eine Angst von mir.« Und sie erzählte, einmal, vor einem halben Jahre etwa, sei sie auch hier gestanden; im Morgenlicht. »Also, es war etwa um sieben. Die Straße ist mir leer erschienen, eine Fläche von Pflastersteinen, und dort drüben das Palais, die Fenster angefüllt von Bläue. Und plötzlich wird die Bläue ausgestrichen vom schwarzen Telephongerassel. Ich bin hineingelaufen in die leere Wohnung - die Eltern waren in den Ferien - und hab den Hörer abgenommen. Es hat sich nichts gerührt. Aber trotzdem: einer ist am anderen Ende gestanden und hat gehorcht. Das spüren Sie doch, oder nicht? Also, sehen Sie...«
Sie sah sich wieder um. »Also, kommen Sie herein«, wiederholte sie. - »Es geht nicht. Das müssen Sie verstehen. Jetzt, wo Sie allein in Ihrer Wohnung...« - »Meinen Sie? Ach so... Ja, ich verstehe.« Er kam sich wie im alten Friedhof vor, als er sie gesucht hatte. Wann war das gewesen? Ja, vielleicht vorgestern... Es konnte aber auch schon länger her sein. Der Weg verengte sich zu einem Zweig-und Blatt-

gewölbe. Die Büsche waren wie Gestein, ein Stollen drang in grüne Tiefe, die sich violett veränderte. Die moosigen Grabplatten ... und die beiden rostigen Ringe auf der Platte, von der sie gesagt hatte: »Helfen Sie mir, sie emporzuheben.«
»Sie denken auch an etwas anderes. Schade, Wasik, daß ich Sie nicht zu mir hereinbitten darf. Ich sehe ein, daß es nicht geht. Unschicklich wär's, nicht wahr? Sie, ich sitze dort am Fenster im Lehnstuhl meiner Mutter. Ein behaglicher Platz ... Ich sehe hinaus auf die Straße. Also, adieu.«
Sie gab ihm die Hand, drehte sich um, verschwand. Die Katze aber, die hatte sie längst vergessen.

Wasik ging weiter; er blieb stehen, als sich vor ihm ein Hund zur Seite drehte. Er schaute den Hund an, einen Schäferhund, und dachte: der wär etwas für Kemmler, denn Kemmler hatte Tiere gern, anders als Engelsleben, der nie einen Hund im Schloß geduldet hatte. So waren die Menschen verschieden, aber ihre Sympathien verrieten nicht, ob sie gut waren oder schlecht; wahrscheinlich gab es weder gut noch schlecht, aber daß er so dachte, durfte er niemand sagen.
Es war schon spät. Die Gaslaternen legten helle Inseln an den Straßenrand und waren gelbstrahlig spitz. Das Hotel Munsch stand immer noch groß und breit da, vorgebaut und einsam. Er wartete, sah dem Hund zu, der nun zu lachen schien, schwänzelte und unter der Gaslaterne um ihn einen Bogen machte. Aber hoffentlich lief ihm der Hund nicht zu und ging mit ihm, denn wie wäre er mit einem Hund in das Hotel hineingekommen.
Er kehrte um. Eine Kutsche machte neben ihm die Straße dunkel, hielt. Und nun stieg Herr von Czechrod aus, das

Gesicht unbewegt, mit schmalen Lippen. So sah er wahrscheinlich auch aus, wenn er in das Palais am Ballhausplatz hineinging. In der Hand hatte er einen Stock mit Elfenbeingriff und hielt ihn schräg vor sich.
Dann kam Engelsleben, und es war gut, daß Wasik hier stand. Der sollte ihn doch sehen und denken: mein Diener ist auf dem Posten. Engelsleben erkannte ihn, ging nah an ihm vorbei und zischte: »Geh weg!« Das war nun Wasik recht, also hatte er heut abend frei und brauchte nicht mehr aufzupassen. ›Du gehst und bist ein Unbekannter‹, sagte er zu sich und bog in eine Seitengasse ein. Dort war er dann allein; er konnte gehen und die Rolläden der Schaufenster betrachten, die herabgelassen waren. ›Was willst du denn, du kannst dich freuen‹, dachte Wasik und erinnerte sich an den Manöverball im Zelt, wo Fanny zu Kemmler gesagt hatte: »Oh, der Wasik darf doch alles hören, der stört mich nicht.« Wörtlich wußte er es nicht mehr, aber das war der Sinn gewesen; und sie hatte auch gesagt, er dürfe Engelsleben alles erzählen, was sie rede, das sei für den nur gut... Aber er hatte selbstverständlich nichts seinem Herrn gesagt. Er konnte also stolz sein, weil seine zukünftige Herrin nur Gutes von ihm dachte.
Erika kam auf ihn zu. Sie ging starr und gerade, eine Steife, eine Dunkle. Oh, die war schön. Kein Wunder, daß Herr Engelsleben von dieser stolzen Schönheit sozusagen angezogen wurde.
»Servus Wasik.« Sie gab ihm die linke Hand. »Das trifft sich gut... Sie haben also Fanny erzählt, daß zwischen mir und ihrem Verlobten«, sie sah auf ihre ausgestreckte Hand, die sie bewegte, »nun, sagen wir einmal: etwas in der Schwebe ist?«
»Nein.«

Sie sah ihn an, legte ihm beide Arme auf die Schultern, brachte ihr Gesicht dicht an das seine und sagte: »Was bist du dumm... Dabei hättest du auf diese Weise - Sagen Sie: mögen Sie den Engelsleben eigentlich?«
»Gnädige Frau, ich bin der Diener.«
Sie stampfte auf. Aus ihren Augen spritzten Tränen: »Zeig dich, wie du bist! So bist du doch eine Attrappe!« Sie schrie, bog den Kopf in den Nacken und sah in die Nacht hinauf. Kein Wunder, daß die sich aufregte, nachdem sie schon ein halbes Jahr mit seinem Herrn befreundet war. Aber das ging ihn jetzt nichts an. Er war nur einmal im Auftrag seines Herrn bei ihr gewesen.
»Du weißt doch, wie es steht. Das weißt du doch genau. Und tust, als wäre ich - diese Laterne.« Sie hielt sich am Laternenpfahl. »Aber eines kann ich dir verraten: die Fanny weiß es auch! Steht immer noch der Nußknacker bei ihr hinterm Fenster und bleckt die Zähne?«
Er nickte. Er wußte, was es bedeutete. Leider wußte er alles. Und diese Frau ging weiter, und er konnte ihr nicht helfen. Ein Diener mußte sich doch abwesend verhalten. Weitergehen, auf einem Umweg das Hotel Munsch erreichen, hinaufgehen, schlafen.

In der Frühe war er wieder auf dem Posten; sein Herr war noch nicht ins Hotel gekommen. Die Häuser schienen vom Licht gereinigt zu sein. Er sah Fanny mit ihrem Vater in die Kutsche steigen, und eine schwarze Ledermappe stand zwischen ihr und ihm. Das Kutschendach war zurückgeschlagen. Er dachte: ›jetzt geht sie zu Erika‹, und sah sie dann in der Straße, wo eine hohe Mauer um die Ecke bog, der Rest einer Bastei. Sie sah auf die Gebäude, die schattig und stumm im Morgen standen. Sie sah zur Universität hinüber, aber

deren Fenster waren jetzt noch blind; sie wurden erst lebendig, wenn Menschen dahinter waren, denn Fenster waren das Empfindlichste an einem Haus; jetzt sahen die noch nichts.
Vor Fanny ging ein Offizier und hakte seinen Degen an der Hüfte fest. Es war doch lächerlich, ihr nachzuspionieren, und außerdem war es gemein. Wenn der Herr es wünschte, sollte er es selber tun. Und der verdiente ja die Fanny gar nicht. Freilich, der Universitätsprofessor hatte auch schon Weib und Kind; der dachte nicht daran –
Er sah sie gegen Abend, wie sie aus der Universität kam. Sie ging schlenkernd, ihre Arme schienen wegzuwehen. ›Schau weg, verschwinde‹, dachte er und verschwand.
Abends war Engelsleben da, aber er schickte ihn aus dem Zimmer. Im Dunkeln hockte sein Herr am Fenster und scheuchte ihn hinaus. Und am Morgen traf er Kemmler im Gang, und Kemmler sagte: »Ist der Wenzel drinnen? Wenn den nur die Reue kräftig beißt.« Kemmler hatte großporige Haut, dieser massige Kerl mit dem kurzen Bürstenhaarschnitt. Der nahm den Engelsleben in die Zange, und es nützte etwas, weil Kemmler alles wußte. Und so einer wie Engelsleben mußte durchgeackert werden von einem Freund, dann änderte er sich vielleicht.
Wasik stand auf der Treppe. Er wußte, daß das Hotel bald demoliert wurde; deshalb hatte es die Würde der Nachlässigkeit. Die Treppengeländer ächzten in ihren Gelenken, aber die Zimmermädchen waren glatt wie ein geschältes Ei; es roch nach frischer Wäsche. Der Geruch ungebrauchter Leintücher neben wurmstichigen Böden und fleckigen Tapeten, der roch gut. Auch gegessen wurde gut im Hotel Munsch, was wichtig war, weil sonst überall warmer Moderdunst vorbeischlich. Jawohl, dieser Modergeruch reicher Leute.

Was geht dich das an. Du trägst die Koffer, klappst die Koffer auf, legst deinem Herrn das Nachthemd aufs Bett und breitest Wäsche in der Kommode aus, sonst aber hast du dich um nichts zu kümmern. Hier im Hotel sind deine Pflichten eng begrenzt, und dich hineinmischen ins Leben dieser Reichen, das steht dir nicht zu... Und Wasik überlegte, was er von seinem Herrn wußte, hörte den Tonfall seiner scharfen oder gedämpft näselnden Stimme, als spräche er hinter einer Polstertüre, sah ihn mit den Schultern zucken und hochmütig, ironisch oder zornig auf ihn schauen, je nachdem er selber hochmütig, ironisch oder zornig gestimmt war; denn jeder deutete das Mienenspiel des anderen so aus, wie er selbst im Augenblick gestimmt war; eindeutig war da nichts. Es war notwendig, nur darauf zu achten, was der Herr haben wollte, was er wünschte und wie er, der Diener, tun konnte, was der Herr verlangte.
So dämpfte er sich jetzt, so stellte er sich wieder außerhalb der andern. Kemmler kam in den Gang, winkte ihm und sagte: »Wenn Sie uns nicht helfen, zerreißt Ihr Herr die Fensterscheibe.« Wasik ging hinein, hob das Fenster am Griff in die Höhe, und schon war's wieder locker. Er wartete und tat, als strengte er sich an, und hörte Kemmler sagen: »Keine Angst, die Erika verrät dich nicht. Sie läßt sich nichts anmerken. Die liegt doch in einem Verlies. In einem Loch liegt sie auf einer Dornendecke. Du hast sie hinabgeworfen in das Loch und auf die Dornendecke. Aber du weißt es vielleicht nicht.«
Doch, sein Herr wußte es, es war ihm klar; eine glasscheibenscharfe Klarheit herrschte in seinem Gehirn, das glaubte der Diener zu wissen; aber was die Liebe anging, so nützte Klarheit nichts. Da war sein Herr wie jeder andere verwoben in einen dunklen Filz und wurde gewalkt in diesem Filz.

Wasik machte das Fenster auf, und Kemmler sagte: »Was wärst du ohne die feste und sanfte Hand deines Dieners?« als draußen ein Ballon über die Dächer schwebte. Er zog vorbei, erhellt vom Licht, als wär's eine Weltkugel, und ringsum stand das Blau. Von der Straße drang Eisengeschmack des Herbstes in das Zimmer, aber seine Kühle änderte hier innen nichts; nur der Ballon schien stillzustehen.

Wasik ging wieder hinaus und setzte sich im Gang auf einen Stuhl. Ein Zimmermädchen griff in einen Haufen Leintücher hinein, trug ihn lachend vorbei und warf ihn neben einem Tischchen auf den Boden. ›Unsinnig, hier zu warten‹, dachte Wasik, aber er wartete trotzdem und schaute auf den Läufer. Dann kam wieder Kemmler mit breitem Königsgesicht heraus und sagte, Wasik solle gehen und nachschauen, was mit der Fanny sei, vielleicht begegne er ihr auf der Straße. Also glaubte sein Herr, er horche an der Tür. Dabei war es doch einem Diener nur darum zu tun, sich herauszuhalten und nichts zu erfahren; ein Diener war doch eine Sache. Aber das stimmte nicht; er hatte im Zimmer gewartet, um etwas zu hören. Warum? Es war alles ein trüber Dampf, und er wollte nicht darin stehenbleiben. Und wieder dachte er an den Ballon, stellte sich vor, wie er ihn dahinziehen sähe von seiner Kammer aus, oben unterm Dach, und alle Dächer wären ein unwirklicher und lockerer Belag, ein Boden, braun wie trockenes Laub, gefleckt und bespickt mit den Pilzen der Kamine.

Wieder ging der Diener Wasik auf der Straße. Zuweilen sah er sich in Fenstern und dachte: ›Du mit deinem Austernmund, deinen Sumpfaugen.‹ Vor einem Brett mit alten Plakaten, die ausgebleicht und zerwaschen vom Regen waren, einer lila Papierhaut, glaubte er Fanny zu sehen, doch war's dann eine Alte in lang schleppendem Kleid, eine mit gefärbtem Haar, die in Pantoffeln ging; sie klatschten an ihre Fersen, ihr Mund klaffte in einem Grinsen auf. So würde sich Fanny nie verändern. Und er suchte am Himmel den Ballon, doch war der wohl inzwischen abgetrieben worden und hatte die Ferne erreicht; auch glaubte er, das Gesicht des alten Kaisers wie das Porträt auf einer Münze als gewölbtes Relief auf dem Ballon erkannt zu haben.

Er kam dann zum Kanal. Gegenüber waren Befestigungsmauern aus Etagenhäusern aufgerichtet, ein weit hinausreichendes Band aus Stein. Er ging am Ufer. Der Turm einer roten Kaserne stand mit Zinnen da. Ein Platz war weiß und eng; darauf ging Fanny. Sie blieb stehen, neigte sich vor, redete und streckte die Hand aus, als drücke sie eine andere und unsichtbare. Er konnte nicht erkennen, mit wem sie sprach, denn vor Fanny war Luft.

Er dachte: ›Wieder täuschst du dich...‹ Aber dann war sie's doch, eine Junge, die lachte, nur sah er nicht mit wem. Er überlegte, ob er jetzt zu ihr gehen und mit ihr reden solle, aber das stand ihm nicht zu. Freilich, wenn der Herr ihn später fragte, ob er sie gesehen habe, würde er ihm alles sagen. Vielleicht schwankte dem dann auch der Kopf und er hielt sich an einer Stuhllehne fest, wie Wasik sich jetzt am Kanalgeländer festhielt.

Jedenfalls verdiente sein Herr keinerlei Bestrafung, denn Fanny hatte er nicht unglücklich gemacht. Mit ihrer Schwester Erika stand es allerdings anders. Ja, mit der... Und ihretwegen wurde Engelsleben gestochen von seinem Gewissen, und alles war ein Wirrsal, also nichts Besonderes. Es kam ja häufig vor; sich in acht nehmen nützte nichts, denn Erika hatte Wasik gestern vorgeworfen: »Du bist eine Attrappe...« Aber er glaubte doch nur, es sei ungehörig, sich hineinzumischen in diese Geschichte. Oder war er feig? Erika hätte verstehen sollen, daß ein Diener nichts anderes tun konnte, als Handreichungen leisten, und diese Handreichungen hatten nur mit den Händen und mit sonst nichts zu tun. Kopf und Gefühle blieben außerhalb.

Also ging er zu ihr. Er kam an dem Palais vorbei, wo die Minister ihre Sitzungen abhielten. In einer illustrierten Zeitung hatte er ein Bild gesehen, auf dem diese Minister an einer Tafel hinter Wassergläsern und Papierblättern gesessen waren; neben dem Präsidenten stand eine Uhr, und ein Herr mit Perücke lächelte aus einem verschwindenden Bild herab. Doch Fannys und Erikas Vater hatte Wasik nicht gesehen, wahrscheinlich weil die Herren auf der rechten Tafelseite so photographiert gewesen waren, daß er sie nur im Profil hatte sehen können und der vorderste die andern verdeckt hatte, die neben ihm in einer Reihe saßen.

Aber er lenkte sich nur ab durch die Erinnerung an dieses Bild, obwohl er heute nicht ausweichen durfte und an Erika zu denken hatte, ja, an die zuerst. Für Erika war es am schlimmsten. Sie hatte ihn in der nächtlichen Gasse angeschrien, als ob sie ihn wachrütteln wollte, obwohl ein Diener niemals wachgerüttelt werden mußte, weil er immer gegenwärtig war und beispielsweise auf Korridoren warten oder hinter Stühlen stehen mußte, also an Plätzen, die ihm zugewiesen waren, und von wem? Nicht nur von seinem Herrn, dem Engelsleben... Und mit sich selber reden änderte auch nichts.

Er kam vor ihre Wohnung; die Tür war angelehnt, und die Klingel gab keine Antwort. Er trat ein und setzte sich im Gang auf einen Stuhl. Er wartete, bis er bemerkte, daß er in

ein Zimmer hineinsehen konnte. Sofort stand er auf und wollte wieder gehen, versuchte einen Schritt, doch knarrte jetzt der Boden; er konnte nicht lautlos verschwinden.
Im Zimmer saß ein Mann, das Gesicht im Licht. Er rauchte eine Zigarette. Sein langer Schädel mit der Stirnlocke und dem Spitzbart, der in der Helligkeit fast weiß erschien, war groß und streng. Dies hing vielleicht damit zusammen, daß der Arzt zurückgelehnt saß. Er hatte einen kleinen Leib. Wasik kannte ihn, es war Doktor Waißnix, und nun saß er hier, rauchte und hatte seine großen Augen halb geschlossen. Das Licht ließ seine Brauen hervortreten. Er saß und hielt die Hand der Frau, die neben ihm auf einem Sofa lag. Am Boden verstreut waren eine schwarze Krawattenschleife, eine Ampulle und Fahrscheine, alles aus der Tasche herausgefallen, die offen über den Tischrand hing. Die Frau lag ruhig, und Wasik dachte: ›Die hat ein Gesicht wie eine im Museum‹, und erkannte Erika.
Waißnix sprach leis mit ihr. ›Sprich lauter, damit ich lautlos verschwinden kann‹, dachte Wasik und hörte die Frage: »Was hat er nie gesagt?« – »Ich liebe dich.«
Die Frau bäumte sich auf; sie stieß etwas hervor, das Wasik nicht verstand; oder er verstand es, wollte es aber nicht hören. Darin war er geübt: etwas ins Ohr bekommen, das er nicht hörte. Es betraf das Geschlechtliche, und dies hier war eine Behandlung, der sich eine Frau unterzog und bei der er dabeisein mußte, ohne es zu wollen. Das war also Hypnose. Der Arzt versuchte, ihr durch den künstlichen Schlaf zu helfen und etwas aus ihr heraufschwemmen zu lassen, das sie krampfhaft zurückhielt. So reimst du dir's zusammen, aber du bist unzuständig. Laß dein Gehör stumpf werden durch Gedanken, wie du es schon oft geübt hast, beim Militär auf heißen Pritschen, wenn der Kasernenabend rot her-

eingeschienen hat und alle geschwatzt haben; oder in Paris in dem Logis als Kellner, wo die Wände tapetenüberklebte Bretter waren und von nebenan – Ja, es war alles hörbar. Der Mensch ergoß seine Offenheiten, seine Bekenntnisse; sein Verborgenes lag bloß. Daß er nichts zu bewahren wünschte, so verschlossen und für sich… Und daß keiner allein zurechtkam, wie der Diener Wasik, dies erschien ihm sonderbar, weil für ihn Schweigen Schutz bedeutete. Aber was dachte er, er war doch schon wacklig vor Angst. Wie wollte er sich herausreden, wenn jetzt Waißnix aufstand, in den Gang trat und fragte, was er hier mache. ›Ich soll fragen, wie es dem gnädigen Fräulein geht, sonst nichts.‹ Das war vielleicht nicht schlecht und ließ sich auch vor Waißnix' Augen, in denen immer etwas glostete oder glänzte wie Wassertropfen in der Sonne, gut vertreten. Und dann hatte der Mann zuweilen auch eine Glasschneiderstimme, und vor der fürchtete sich Wasik.

Die Frau wurde wach und drehte sich empor, Haar mit dem Unterarm aus der Stirn wischend. Sie sah geradeaus. – »Es ist hier scheußlich«, sagte sie, und Waißnix fragte: »Warum?« – »Ich muß putzen, ich will schrubben.« Und sie kniete am Boden, schleuderte den Teppich fort, zog, noch taumelnd, einen Eimer über das Parkett. Dann stand sie auf, als ob sie aus der Erde stiege.

Wieder rutschte der Eimer, und nun verschwand Wasik; er verstand es, ohne Geräusch zu gehen. Und draußen wurde der Ballon niedrig über die Stadt getrieben, Ornamente wie Tätowierungen auf den Leib gemalt. Unwirklich. Wer sich diesen Luxus leisten konnte? Vielleicht wußte es Kemmler. Oder es stand morgen in der Zeitung, der Ballon sei – Aber du weißt doch nichts.

Er fuhr mit der Trambahn und aß im Garten eines Gasthofs, der ›Zum Gockelwirt‹ hieß. Das war notwendig, denn alles andere taugte nichts. Was gingen ihn die Seelenstörungen der reichen Leute an. Und er überlegte, wie es wäre, wenn er eine Gastwirtschaft betriebe. Bescheid gewußt, das hätte er; ein Diener, der Kellner gewesen ist, der kennt sich aus ... Und nur das Geld hätte gefehlt. Eine reiche Bauerntochter erringen müssen, das wäre anstrengend gewesen und hätte ›den Abstand‹ zerstört; und dieser Abstand war notwendig, er erhielt Wasik am Leben, und ohne den Abstand zu allen andern Menschen hätte er es nicht ertragen, ein Diener zu sein. Einem Gastwirt aber verdarb der Abstand zu den andern das Geschäft, weil ein Gastwirt... Nun, der mußte schwatzen. Mit seinesgleichen und mit andern. Halt mit jedem... Unter feinen Leuten aber kannst du dir deinesgleichen vom Leib halten, und von der Herrschaft bist du getrennt durch einen Abstand.

Er trank ein Bier und sagte laut für sich: »Man wird halt nicht verrückt.«

Er sah in diesen Wirtsgarten hinaus, wo es unter den Tischen schon kühl wurde. Es war am Nachmittag. Stillstehende Luft und gelb hängende Blätter machten die mit Moosflechten belegten Tische zu einem Bezirk, in dem sich wohnen ließ, freilich nur noch ein paar Wochen lang. Und Wasik überlegte, wie lang sein Herr in der Stadt bleiben werde, und dachte: ›Nun, du hast kein übles Leben...‹ Schließlich war er hier öfter für sich als draußen in Schoeneben. Hier bildest du dich als Helfer in Liebessachen aus, nicht schlecht... Und der Abstand herrschte, derselbe, der ihm wichtig war. Die Grenze ließ ihn allein sein, denn darauf kam es an. Die Einsamkeit war seine Speise. Daß Frauen selten allein sein konnten, war verständlich. Aber ein Mann?

Nun, Kemmler, der würde vielleicht allein sein können, ja, der schon. Aber auch nur, weil er Fanny liebte und sie nicht bekam. Und wieder sagte er für sich: »Man wird halt nicht verrückt!«
Heimlich und wie unterm Tisch oder hinter einer Wand kam es ihm komisch vor, daß die Leute immer nur versuchten, das Glück zu zementieren. Denn du heiratest niemals; aber daß du so darüber denkst, darfst du dir nicht anmerken lassen.
Er fuhr wieder in die Stadt zurück; sie lag im Abendlicht. Es war gut, im Abendlicht in eine Stadt zu kommen. In der Ferne lagerten Hügel wie unter blauen Pelzen, durchsetzt mit Staub und Licht, mit Splittern und Einsprengseln, welche glitzerten. Eine Villa war aus grünlichem Sandstein gebaut und hatte die Farbe der Tische im Garten des Gockelwirts. Die Villa war schon wie entrückt; dahinter aber spitzten Leidenschaften ihre Pfeile, und Männer und Frauen lagen in einem rostigen Drahtverhau; nach außen freilich sieht es glatt und edel aus, du weißt Bescheid ...
Und Wasik hörte Engelsleben zu seinem Freund Kemmler sagen: »Schau nicht so gleichmütig, alter König, ich mag dieses Gesicht nicht«, denn Kemmlers Gesicht strotzte von Güte, und Engelsleben wäre nichts gewesen ohne Kemmler. ›Halt hart an mir‹, war in sein Wappen über der Tür eingemeißelt, dort wo Bäume über den Weg hingen und es hineinging in die alten grünen Gründe.
›Lebet alle wohl... lebt wohl. Ich tauche in den grünen Gründen unter‹, dachte Wasik, doch wurde ihm dieser Wunsch leider nicht erfüllt. Eine Weile mußte er sich noch gedulden zwischen Drahtverhauen, den Rücken krumm machen und sagen: ›Bitt schön, der Herr...‹ Es war doch gut, abseits zu stehen und Bescheid zu wissen. Und insge-

heim liebte natürlich auch der Diener Wasik Fräulein Fanny. Mach dir nichts draus, laß dich nicht davon beschweren.
Er stieg aus der Trambahn aus, und draußen fuhr der Kaiser in der langen und geraden Straße. Seine Kalesche war schwarz und hoch. Langsam fuhr der Wagen. Er saß am Fenster, das herabgelassen war. Ein Wachmann salutierte. Der Bart des Kaisers, sein schwarzes Käppi, das Gold einer Lampe neben dem Kutschbock, die Schimmel mit den roten Decken und die Lakaien unter Federhüten waren eingetaucht in hohe Häuser und verschmolzen mit Altsilber, einer Legierung, schon geschwärzt von Patina.

Ein gleichmütiger Mensch, der Wasik… ›Was dir zustößt oder begegnet, läßt du auf sich beruhen; so paßt es zu deiner Natur. Zwischen zwei sich reibenden Mühlsteinen schlüpft nur Wasser durch. Du mußt wie Wasser werden‹, dachte er.
»Ein Philosoph, der Wasik«, hatte Fanny einmal zu Kemmler gesagt, nur wußte er nicht mehr genau, wann das gewesen war. Vielleicht auch auf diesem Manöverball, denn alles behielt nicht einmal der Diener Wasik im Gedächtnis. Es kam auch nicht drauf an.
Er stieg aus der Trambahn aus. Das Abendlicht war stark und blendete. Und warm war's hier, und alles war noch grün. Der Kastanienbaum, draußen im Wirtsgarten, mußte ein früh gealterter gewesen sein. Wenn du bedenkst, wie jung du bist, und alles so betrachtest, als wärst du schon zurückgezogen in ein ausgekühltes Alter, dann glaubt dir niemand deine Jahre. Du bist ein altersloser Mensch, wahrscheinlich weil du niemand hast, mit dem du rechnen kannst; aber das schadet nichts, und du ersparst dir viel.

Er ging durch das Konsulatsviertel; hier ging er gern. Hier hatte der September eine überreife Farbe. Eine stillstehende Zeit war gute Zeit, und hier stand die Zeit still. Eine Dame mit breitrandigem Hut und Handschuhen, die ihr bis zu den Ellenbogen reichten, stieg in einen offenen Landauer ein. Und Fanny ging auf der anderen Straßenseite.
Das war für Wasik günstig. Er wartete und ließ sie drüben weitergehen. Sie blieb vor dem französischen Konsulat stehen. Weshalb ging sie hierher? Du kennst dich aus, du wirst deinem Herrn Neuigkeiten bringen können...
Schanbacher, ein Wachmann, mit dem er befreundet war, kannte den Konsulatsdiener, der drüben in gestreifter Hose, die Hemdsärmel so weiß wie eine frisch gekalkte Stube, geschorene Grasfransen vom Rasenteppich kehrte; ein beleibter Mann, dem es wie eine gallertige Schicht unter der Weste lag und dessen Glatze mit einer brillantinegewichsten Haarsträhne... Denn Wasik schaute nur, er registrierte und nahm auf; ein Luftzug dieses warmen Abends, der sich an die Villen des Konsulatsviertels schmiegte, konnte nicht lautloser sein als Wasik, der bloß stand, zusah und sich alles merkte.
Es geschah wenig. Weil Wasik über den Konsulatsdiener Henry Conin vieles von seinem Freund Schanbacher erfahren hatte, hoffte er, den Herrn überraschen zu können. ›Der wird staunen, wie gut ich seine Fanny kenne‹, dachte er und wartete später im Hotelkorridor vor dem Zimmer seines Herrn. Die Handtücher waren frisch, er hatte eine Flasche Haarwasser gekauft, weil die alte nur noch eine Bodendecke Flüssigkeit enthielt; auch die Bürste hatte er gewaschen und in der Küche auf dem Herd getrocknet. Und jetzt wartete er also, sitzend auf einem Stuhl mit Strohgeflecht, und wenn er nicht der mit Alleinsein gut vertraute Wasik gewesen

wäre, hätte er zumindest mit dem Zimmermädchen, das am Ende des Korridors bei offener Tür Wäsche bügelte, ein Gespräch angefangen; aber das gab es nicht für Wasik, denn Wasik wartete jetzt dienstlich und wußte: es ist alles überreif, du kennst den Herrn, er wird dich herbeirufen, daß die Fenster zittern, wenn du jetzt weggehst... Der Stallbursche hatte heute abend das Pferd nicht versorgt und sich auf den Diener Wasik verlassen. Wasik hatte das Notwendige fürs Pferd getan und ihm sogar mit einem Schwamm den After ausgewaschen; doch davon würde er seinem Herrn nichts erzählen, weil er nur als Aufpasser für Fanny herbestellt war und Bericht erstatten mußte.

»Sie flanieren nachmittags. Darf man wissen, wo? Schließlich habe ich Sie hierher mitgenommen, um... Na, kommen Sie herein.«

Er klimperte mit Schlüsseln in der Tasche; vielleicht waren's Safeschlüssel. Er setzte sich geschmeidig in den Schreibtischstuhl, und das war schon ein schlechtes Zeichen.

»Gnädiger Herr, wenn ich von hintenherein berichten darf, sozusagen diese noch in meinen Augen lebende Begebenheit, deren Zeuge ich vor einer Stunde...«

Der Herr nickte, die Hand am Schnurrbart, und Wasik sagte: »Sie war bei ihrem Onkel Henry Conin, Diener im französischen Konsulat. Wie Sie wissen...« Der Herr wußte es nicht und ließ deshalb sein Gesicht unbeweglich. Conin war der Mann ihrer Tante, ein Kellner aus Versailles. Tante Emilie hatte ihn bei den Orloff-Dawidoffs in Sankt Petersburg kennengelernt und Photographien als Postkarten verschickt, auf denen einmal ihr Mann im Frack neben einem Pony mit der Prinzessin Orloff-Dawidoff, zum anderen aber Tante Emilie selbst zu sehen war, wie sie, das Haar aufgelöst, in einem Heuhaufen saß und sich ihr Haar vermischte mit Heufasern. Aber dies nur nebenbei. Die Tante und der Onkel hatten von den Russen Schmuck geschenkt bekommen, die sie in den letzten Jahren langsam verkauft hatten, um Geld für eine Krebsoperation zu sammeln. Die Operation wurde ausgeführt, aber jetzt war Tante Emilie sehr müde und sehr krank, und Onkel Henry sagte zu Fanny: »Wird nimmer gutt.« Er lehnte den Besen an die Mauer, nahm, bevor er den Cutaway anzog, seine gestärkten Manschetten von einem Fenstergesims dicht überm Boden neben dem Eingang zum Konsulat, stülpte sie über die haarigen, zitterigen Hände und deutete auf die Manschettenknöpfe: »Alles originell Gold und Zarenadler.« Vor der Glastür ging es links in seine Wohnung. Die Tante ruhte im Messingbett und war recht schwach; auf einem weißen Schrank lag ein angeschnittener Schinken; der Onkel stieg auf einen Stuhl, holte den Schinken, schnitt eine Scheibe ab, legte sie Fanny auf die Hand, und sie aß mit ihm Schinken und trank Schampus aus einem Wasserglas... »Aber nicht, daß Sie glauben, ich erzählte Märchen oder hätte es gehört von andrer Seite, nein... Ich habe es gesehen. Ich bin hineingegangen in das Konsulat; und weil der genannte Conin die Tür zu seinen Zimmern [es sind zwei] offengelassen hatte, sah ich die Szene. Übrigens sah ich auch noch etwas anderes, aber das liegt außerhalb.«

»Ja, los. Erzähl schon weiter.«

»In der Wohnung des Konsuls schlief eine Frau auf einem Sofa, und neben ihr saß Doktor Waißnix. Die Dame stöhnte und drehte sich mühsam herauf. Ich glaube, die lag in Hypnose. Waißnix schien die Sonne ins Gesicht.«

Das mit der Sonne war schlecht, weil die Sonne in die Wohnung des Konsuls um diese Jahreszeit und zwischen fünf

und sechs Uhr abends nicht mehr hineinscheinen konnte, doch hoffte Wasik, daß der Herr nichts merke.
Der Herr sagte: »So?« und zuckte mit der Hand. Der wußte also, wer gemeint war, und weshalb sich eine Dame den Händen eines Seelenarztes überliefert hatte. Ja, den Händen. – »Übrigens habe ich mir einmal sagen lassen, daß eine seelische Erkrankung nur dann gravierend sei, wenn der Arzt mit Drogen kommen müsse«, sagte Wasik und dachte: ›was phantasierst du da zusammen...‹.
»So? Also gut... Und dank schön, Wasik.«

Jetzt hast du deinem Herrn nicht sagen können, weshalb Fanny zu ihrer kranken Tante ging. Ob dein Herr das selber weiß? Gewiß. Er kann's sich denken, wie du es dir denken kannst. Oder geht man zu einer todkranken Frau, wenn man sich selber ganz gesund fühlt? Oder du gehst hin und hast ein schlechtes Gewissen, weil du gesund bist... Und Wasik versuchte sich vorzustellen, was Fanny dachte, wovor sie Angst hatte und was sie freute, doch hätte er, um's zu ergründen, mit den Fingerspitzen denken müssen, und das gelang ihm nicht. Freilich, du weißt manches von den Menschen, mit denen du hier leben mußt, aber vorausberechnen, was geschehen wird, das kannst du nicht. Deshalb bist du kein Menschenkenner.
Ein paar Tage gingen wie ohne Geräusch vorbei, eingepackt in Watteluft und nur mit Handreichungen für seinen Herrn ausgefüllt. Das helle Wetter war erloschen, der starkfarbige Tag von gestern hatte hinter seinen Spiegeln Wolkenschlamm verborgen gehabt, und dieser Wolkenschlamm trat jetzt hervor.
Fensterbrummend, gummiglatt und scharf kämmte der Regen. Wasik stellte seinem Herrn ein Paar eigene Galoschen

in den Schrank, weil an Engelslebens Überschuhen eine Naht geplatzt war. Er holte seine Schusterahle aus dem Koffer und flickte den Schuh selbst. Das war eine solide Arbeit, bei der hatte er etwas Festes in der Hand. Und er dachte an Kemmler, der an einem nach fettigen Bauernstiefeln schmeckenden Tag wie heut vielleicht mit dem Schäfer Roßnagel Radnaben einschmierte oder den Schäferkarren mit Blech und Teerpappe abdichtete, denn davon hatte er beim Manöver an einem verregneten Sonntag erzählt, als sie nach der Kirche einen Schnaps getrunken hatten.

Wasik beneidete Kemmler. Er traf ihn dann mit Fanny auf der Straße, und es war im Zwielicht. Der große Mann kam in einem schwarzen Havelock auf ihn zu und hatte einen Schlapphut ausgesetzt; in dieser Pelerine glich er vollends einem Schäfer. Er streckte den Arm nach Fanny aus, als lüfte er einen Flügel. Wasik wollte an den beiden vorbeigehen, aber Kemmler hielt ihn fest und sagte: »Geh mit uns. Es ist ja kein Geheimnis, daß wir da sind.« Fanny, im Futteral eines hellen Gummimantels, sagte: »Aber der Wasik, der ist doch im Dienst.« Sie lachte, es kam ihm vor, als ob sie wüßte, daß er ihr nachspionieren mußte, bis er die beiden Opernbillette in den Fingern spürte, die er heut für den Herrn hatte kaufen müssen. Es eilte, in einer halben Stunde mußte er mit dem Wagen vor dem Hotel stehen. – »Und dabei geht Ihr Herr doch heute mit Erika ins Theater«, sagte Fanny in singendem Ton und sah an einer Fassade hinauf. Und Kemmler: »Nett von unserem Wenzel. Er soll sich auch einmal anstrengen.«

War alles wieder ins richtige Gleis gekommen? Wasik konnte es sich nicht vorstellen. Diese zwei strengten sich an, Konversation zu machen. Also willst du doch dahinterschauen, das kommt dir nicht zu... Und Wasik verbeugte

sich und ging zum Hotel, den kalten, schon schwarzsträhnigen Abend im Gesicht und hinter Gebüsch vom gaslichtgelben Leib einer Büste begleitet, die steif dastand, ein Kopf auf einem Sockel. Dann wurde das Trottoir breit, und er besann sich auf eine Seitengasse, durch die er rascher zum Hotel kam. Weil Kemmler ihm wieder als einer vorgekommen war, auf den er sich verlassen konnte, glaubte er, zu seinem vierzigsten Geburtstag werde ihm Kemmler ein silbernes Zigarettenetui mit der Gravierung schenken: ›Von deinem Kemmler.‹ Aber solche Zigarettenetuis phantasierte er jetzt oft zusammen und dachte: ›weil du bei denen doch fremd bist.‹
Er traf den Herrn, den Mantel neben sich und den Stock zwischen den Knien, in einem Ledersessel bei der Theke, und überlegte, ob er ihm das Monokel am Band nicht auf die Wäschekommode gelegt hatte, denn jetzt trug er es nicht; zum erstenmal trug er kein Monokel für die Oper und sagte: »Laß dir Zeit, Wasik. Es reicht bequem. Ich gehe übrigens zu Fuß. Ich bin heute abend auch allein.«
Also war es schade, daß er von Fanny und von Kemmler so schnell weggelaufen war. Ob Kemmler immer noch Essig statt Kupfervitriol gegen den Fußpilz seiner Schafe nahm? Freilich, Essig war milder. Und wenn die Lämmer zu mager waren, mischte er Malz ins Futter; das nährte kräftig.

Weil er nun frei hatte an diesem Abend, ging er zum Figlmüller und dachte: ›Vielleicht triffst du den Schanbacher dort.‹ Der saß dann neben einem von der Kriminalkanzlei in der engen Stube rechter Hand unter braunen Photographien; ›Figlmüller beim Rebeln seiner Eigenfechsung‹ stand darunter. Schanbacher, ein Wachmann, hatte es dem Figlmüller in Druckbuchstaben unter die Photographie geschrieben, denn Schanbacher wollte in den Innendienst und hatte dafür einen Kursus mitgemacht; dort war auch Druckschrift geübt worden. Aber der von der Kriminalkanzlei sagte, Druckschrift brauche Schanbacher später selten, die Karteiblätter würden alle in Kurrentschrift ausgefüllt. – »Wie's immer ist auf den Schulen oder in der Lehrlingszeit«, sagte Wasik und erzählte, daß er als Piccolo... Aber nein, es stimmte nicht, was er jetzt sagen wollte, denn alles, was er damals getan hatte, tat er auch heute noch; zum Beispiel Silberputzen. Also war's nicht unnötig gewesen, was er damals gelernt hatte.

Schanbacher stieß ihn an: »Toni, laß es doch!« Und zum Kanzleibeamten sagte er, der Wasik sei zu stad; dem sei immer alles recht; der raunze nie. Und Wasik sagte: »Ehrlich gesagt, ich wüßt auch nicht, weshalb ich raunzen sollte«, worauf Schanbacher sagte: »Und dabei singt er doch den Roten Eber!« Sie lachten und fragten einander, weshalb sie denn eigentlich alle bei den Roten seien, wenn doch keiner von ihnen den Kaiser weghaben wolle: »Also, ich meine, das geht nicht zusammen. Aber bei uns geht es, scheint's, trotzdem zusammen.«

Der Kriminalrat – so sagten sie zu ihm, obwohl er bloß Kanzlist war – hatte ein dünnes Buch über den Erzherzog-Thronfolger Franz Ferdinand dabei; in dem stand, daß der Erzherzog sich die Backen mit einer Speckschwarte einfette, wenn er im Gebirg auf Gamsjagd sei; er sammle alte Bauernmöbel und Bilder von Malern aus Kärnten. Die Familie des Erzherzogs war auf einer Photographie zu sehen. Er hatte helle Augen, wahrscheinlich waren sie blaugrün. Der Kriminalrat sagte, solche sehe man häufig in Böhmen, und Wasik dachte: ›fast dieselben, wie Fanny sie hat.‹ Seinen Schnurrbart hatte der Thronfolger an den Spitzen aufgedreht, und sein Bürstenhaar war kurz geschnitten; er trug Uniform. Die Erzherzogin hatte ein Kleid mit Schleppe an, die ihrem großen Buben vor den Schuhen lag; ihr Mädel hatte im Haar eine Schleife; über die Schulter hing ihr der Zopf; der kleine Bub hatte ein Album mit Photographien aufgeschlagen.

Das sah alles nett und freundlich aus. »Und wie geht's deiner Anna?« fragte Wasik, und Schanbacher sagte, die sei immer noch gut beieinander; sein Mädel sei heuer in die Schule gekommen. ›Merkwürdig, daß ich euch gar nicht beneide‹, dachte Wasik, und die beiden andern sagten, er komme auch bald dran, denn besser haben als sie solle er es auch nicht. Wasik sah Fanny neben sich, sie drehte den Kopf dem Nachthimmel zu, in diesem Gummimantel, der rötlich gewesen war oder lachsfarben und wie Guttapercha ausgesehen hatte, dasselbe Guttapercha, das ihm seine Mutter immer mit einem nassen Halswickel umgebunden hatte. Aber seine Mutter: wie weit war die jetzt auch schon weg... Nicht zum Ausdenken. Aber die Fanny. Wenn er ehrlich gewesen wäre, hätte er zum Kriminalrat und zum Schanbacher sagen müssen: ›Mir gefällt keine andere als die Fanny.‹ Aber du wirst dich hüten... Und der Thronfolger sah aus wie ein Bezirkshauptmann. Das war das Schöne, daß sogar einer wie der Thronfolger so selbstverständlich aussah; auch der Kaiser in seiner faltigen Uniform und wenn er einen Zwicker aufsetzte, um eine Staatsakte zu unterschreiben, auch der sah selbstverständlich aus. Sogar einer wie Wasik gehörte schließlich noch dazu, aber leider stand er zwischen denen in faltigen Uniformen und solchen wie Schanbacher. Und Fanny, die hätte ihn ausgelacht, und schließlich lachte er selbst auch. Er ließ sich noch einen Wein bringen. So ganz abwegig war der Vergleich mit Fanny

dann auch wieder nicht, weil ihre Tante doch Zofe gewesen und ihr Onkel ein Diener wie Wasik war.
»Er ist wieder im Turm, der Wasik«, sagte Schanbacher, denn Wasik hatte einmal erzählt, als fünfzehnjähriger Waisenhauszögling habe er vor einem Weinbergturm gedacht: da drin möchte ich später wohnen... und das denke er heute noch. Deshalb sagten sie jetzt immer, er sei im Turm, wenn er mit seinem Kopf abseits war; dabei war er bloß vomWein beduselt. - »Und ausschauen tut der Wasik, als hätt er nie schmutzige Händ«, sagte der Kriminalrat.

Die wußten auch nichts von ihm, obwohl's ihm wichtig war, zu wissen, wie er anderen erschien. Die glaubten also, er sei einer, an den nichts herankomme, und damit hatten sie wahrscheinlich recht; denn dieser Anton Wasik mußte hinter einer Mauer stehen, weil er Diener war. So gehörte sich's für ihn, das war sein Platz. Und wann wurde die Mauer abgerissen? ›Erst im Alter, wenn du frei bist‹, dachte er.
Jetzt hatte er so gut wie nichts zu tun, weil der Herr seine Verhältnisse ordnen wollte. So hieß das vielleicht in den Akten des ›Kriminalrats‹; aber wie man als Kanzlist lebte und an den Fingerspitzen bloß Papier und einen Federhalter hatte, das konnte er sich nicht vorstellen. Du hast es jedenfalls mit deinem Herrn zu tun, und dieser Herr wird jetzt gebeutelt. Die Fanny erreicht er nicht, weil er sie liebt, und die Erika will er nicht haben, weil - Ja, weshalb? Darauf gab's keine Antwort.
Es ging auf den November zu. Gedämpfte Helligkeit. Ein Tag ragte aus dem Stundenfluß heraus. Er kaufte Schnürsenkel, einen Kamm und eine Bürste in einem engen Laden hinterm Dom und ging dann auf ein Palais mit zwei schwarzen Bronzedamen neben dem Eingang zu. Dort stand Fanny

an der Mauer zwischen Kemmler und Engelsleben und sah geradeaus; einen Fuß hatte sie hochgehoben und hinter sich auf einen Mauerstein gestellt. ›Wie ein Gassenmädel‹, dachte Wasik, und ihm fiel ein, daß sie einmal gesagt hatte, im Sommer barfuß herumlaufen und warmen Trottoirboden unter den Sohlen haben, das sei ihr das liebste; jetzt aber müsse sie halt eine Dame werden, ganz unbequem sei das. ›Und eine Ehefrau mußt du auch werden, das ist strapaziös‹, sagte Wasik zu ihr in Gedanken und sah auf alte Dächer, die moosig, braun und geschwärzt waren. Ein Bau hatte einen krummen Mauerbuckel und stand breit da wie Kemmler; das war eine alte Remise oder ein Marstall. Und zwei dunkle Stollen waren in den steinernen Insektenbau der Stadt hineingetrieben, finster gekrümmte Gassen; die Sonne schien flach herein.
Abends stand Wasik in glasscharfem Regenlicht vor dem Hotel Munsch. Er sah einen Hydranten an, eine gebogene und gußeiserne Röhre. Mit gespanntem Mund ging er hinter den Kutschen auf und ab, die vor dem Hotel standen. Drüben ging sein Herr und kam herüber. Wasik begrüßte ihn, und Engelsleben sagte: »Ach, Sie sind's, Wasik. Als hätten Sie's gerochen, wie?« – »Ich wüßte nicht, Herr, inwiefern ich gerochen haben sollte.« – »Sie haben gerochen, daß wir heut ausziehen.« – »Dann haben sich der Herr im Hotel nicht wohlgefühlt?« – »Gewissermaßen.« Und Engelsleben lachte. Wasik ging hinter ihm durch das Glastourniquet hinein, sah sich in einem Spiegel und lächelte mit der Haut über den Backenknochen; sonst regte sich in seinem Gesicht nichts. Im Vestibül gingen Leute wie in einem Film, ein zappelnd verfilzter Haufen. Es graute ihm jetzt vor den Leuten, wie es ihm vor dem Schloß Schoeneben graute, wo er allein mit seinem Herrn sein mußte. Er hatte sich doch vorgestellt, er

würde jetzt bald eine Herrin haben, aber damit war es nichts.
Neben ihm sagte ein Piccolo, er werde am Telephon verlangt, und Wasik bat den Herrn, er möge ihn für dieses Telephongespräch entschuldigen. – »Ja, natürlich. Gehen Sie schon weg.«
Das Telephon war in einem stickigen Kabinett, wo der Boden nachgab und das Licht anging. Er nahm den Hörer ab, sagte: »Ja«, und hörte Fanny reden, so nah, als säße sie in seinem Kopf; sie atmete und sprach in schwarzer Nähe: »Hast du was? Nicht? Dann ist es gut. Du, Kemmler hat so nett von dir erzählt, daß ich direkt... Nein, Sehnsucht nicht.« Sie lachte. »Dir kann ich es ja sagen, du bist nicht beleidigt. Aber ich wär gekränkt, wenn einer zu mir sagte: Nein, Sehnsucht nicht... Und weshalb ich anruf, das ist nicht wegen mir. Wegen der Erika. Es geht ihr halt so schlecht. Kümmere dich doch um sie. Weshalb sie jetzt so schlecht beisammen ist, weiß ich natürlich nicht.« Sie lachte wieder. »Also, du bringst das in Ordnung? Ich dank dir schön.« – »Gnädiges Fräulein, hier ist Wasik. Der Piccolo hat mich mit dem Herrn verwechselt.« Es war still, und endlich sagte sie: »Sie wissen es ja auch... Sie, Wasik, die Erika...« Sie schneuzte sich. »Also, er soll mich anläuten. Sie sagen's ihm? Und Ihnen sage ich's jetzt auch: Die Erika ist ihm unheimlich, Sie wissen schon, weshalb. Sie hat sich aber noch in der Gewalt. Waißnix sagt auch: ›Ich glaub, sie wird es schaffen.‹ Ich verrate nichts davon und komme auch einmal zu Ihnen, Wasik. Ja, ich werde bald als Ihre Herrin... Und diskret ist der Wasik auch, oh, ich weiß! Kein Wörtlein eines Sterblichen...«
Es war stumm, es war versunken; das Gespräch war weggehuscht. Er ging hinauf zum Herrn, sagte, daß er Fräulein

von Czechrod anrufen solle, und sah beim Kofferpacken auf die Dächer. Wieder schwebte der Ballon, diesmal auf einer Hälfte blauflaumig vom Schatten, und er glaubte, das hätte er bis heut noch nie gesehen. Dann trug er den Koffer auf den Gang hinaus und setzte sich darauf. Er wartete, und wieder dachte er an Kemmler. Der konnte Erika vielleicht diesen Engelsleben ausreden, jawohl, dafür wäre Kemmler der Richtige. Fanny mußte niemand einen Mann ausreden, weder Herrn Vicinus noch Herrn Engelsleben. Nein, den auf keinen Fall.

Der Dienst ging weiter. Vor dem Schloß Schoeneben streckten sich die Felder; dort ging's nach Carnuntum hinaus. Der Dunst lag jetzt weit draußen. In der Nähe war es klar. Wasik stand vor dem Schloß, und der ovale Platz, wo Kutschen drehen konnten, war sauber gekehrt. Das Schloß Schoeneben hatte eine Haut aus Sandstein, an der Wetterseite grünlich; das Dach war flach. Ein strenger Bau, und Kemmler hatte einmal zum Herrn gesagt: »Typisch, daß du kein Dachgeschoß hast; es würd nicht zu dir passen, Wenzel.« Und Kemmler versuchte ihm klarzumachen, daß es notwendig sei, ein Dachgeschoß zu haben, vollgestellt mit alten Möbeln; im Polster eines Sofas müsse ein Mäusenest sein, denn so sah es bei Kemmler unterm Dach seines Gutshofs mit den Schafställen und der Mauer aus goldenem Mist aus. Das war ein versponnener Bursche, dieser Kemmler, einer, der sich eingrub und wußte, was ewig dauerte, auch wenn es längst versunken war. Wasiks Herr wußte es leider nicht.
Wasik wartete auf Kemmlers Kutsche. Sie kam, ein leichtes Gefährt, die Räder durchsichtig im raschen Fahren. Kemmler lenkte selbst, half Fanny übers Trittbrett und wik-

kelte die Zügel um die Bremskurbel. Fanny atmete auf. Kemmler ging hinter den Wagen, wischte die Hände an der Hose ab und sagte zu Wasik: »Neue Bremsklötze wären auch nicht schlecht, was meinen Sie?« Und er ging mit ihm zu den Hinterrädern, und sie überlegten, weshalb es pfiff, wenn er bremste. Das Pferd zupfte ihn am Rock und puffte ihn; er ließ es ein Zuckerstück mit schnuppernden Lefzen von der flachen Hand nehmen und warf ihm eine Decke über. Engelsleben kam heraus. Kemmler sagte: »Serwas, alter Barbar« zu ihm, und Wasik ging hinein. ›Also gut‹, dachte er, ›ich will Erika nicht im Weg stehen; vielleicht fegt's die Luft sauber, wenn sie sie sehen...‹ Und er ließ die Tür der Glasveranda offen und holte das Geschirr. Durch die Tür sah er ins Vestibül hinaus.

Dort kamen jetzt Kemmler, Fanny und Engelsleben von draußen herein, und Erika trat aus Wasiks Zimmer. Sie sagte: »Er deckt den Tisch. Er hat mich bei sich aufgenommen.« Mit ausgestrecktem nacktem Arm stand sie im Sommerkleid vor ihnen. Dann umarmte sie Fanny und ging mit ihr.

Wasik wartete mit der Kaffeekanne neben der Tür. Nun standen alle um den Tisch. Erika hatte einen Stein in der Hand. Sie betrachtete den Stein, er lag auf ihren langen Fingern, und ging damit zu Engelsleben. – »Fühle doch mal meine Muschel an«, sagte sie zu ihm. Er sah beiseite. Sie stampfte auf und rief: »Faß sie an!« Sofort deckte sie den Mund mit der Hand zu und sah sich um. Der Stein fiel auf den Boden. Dann flüsterte sie neben Engelsleben etwas, von dem Wasik nur verstand, ihre Muschel sei also versteint, und ob er wisse, was das heiße. Kemmler hob die Versteinerung auf und zeigte sie herum: »Eine *terebratula vulgaris*. Die gibt es nur im Muschelkalk. Und gut erhalten... Erika«,

und er stellte sich neben sie, »zieh doch zu mir auf den Hof. Dort kannst du etwas Rechtes schaffen.«
Sie sah sich um, sie lachte. Die Versteinerung legte sie auf den Tisch, daß es hart klang. Dann fragte sie: »Wie weit ist Ihr Gutshof von diesem Schloß entfernt, mein Herr?« – »Ach, Erika, das weißt du doch. Eine halbe Stund mit dem Wagen.« – »Und da meinst du, ich sollte bei dir Stallmagd machen? Das würde mir guttun?« – »Ja, das glaube ich.«
Sie setzten sich. Wasik ging herum und schenkte den Kaffee ein. Erika beugte sich vor, lächelte dünn und scharf und sagte: »Nein..., darauf laß ich mich nicht ein. Du kannst sagen, was du willst, aber dann verliere ich meine Erinnerungen. Die gebe ich nicht her.« Sie lachte, umkrampfte die Muschel, küßte sie und schob sie unters Kleid: »Jetzt drückt sie mich.« Sie sah zu Wasik auf, der ihr Kaffee einschenkte, und sagte: »Da bleibe ich lieber beim Herrn Wasik.«
Wasik hörte nichts und schenkte Kemmler ein. Er ging um den runden Tisch herum, der zu groß für vier Gäste war. Engelsleben flüsterte: »Wasik, haben Sie etwas mit ihr?« – »Gnädiger Herr, ich habe nicht die Absicht, den Dienst auf Schloß Schoeneben zu quittieren.« Dabei strömte der Kaffee in Engelslebens Tasse. Wasik preßte eine Serviette an den Bauch der schweren, als Schwan geformten Silberkanne, ein Prunkstück mit ebenhölzernem Griff; er sah sich um; dann trug er die Kanne zu einem Tischchen mit goldenen Greifenfüßen und stellte sie ab, eine blaue Haube darüberstülpend. Er selber stand neben dem Tischchen und schaute durch die Fenster in den Garten.
Es war hell und warm. Draußen rief ein Vogel sein durchdringendes Geschrei, und Erika drehte sich um. Vor den hohen Fenstern stand eine Pappel. – »Kein Kiebitz... nur ein Star; er macht den Kiebitz nach. Kiebitze sind längst fort«,

sagte Kemmler. - »Ach was, Kiebitz! Es war ein Klageruf«, sagte Erika.

»Da schaut - die Schwärme!« sagte Fanny. Ein Regen geflügelter Senkbleie fiel in die Pappel ein. Dann schnalzte und krächzte es, ein klirrendes Gewirr von Vogellauten. Die Pappel starrte von Staren, und im Gegenlicht war nicht zu unterscheiden, ob es Blätter oder Flügel waren, was sich regte. Die Stare schwatzten, das genügte. Es fiel nicht auf, daß am Tisch niemand etwas sagte. Der Wind ließ die Pappelblätter wedeln, und was sich bewegte, ob Blätter oder Flügel, war nicht zu erkennen. Engelsleben sah gegen das Licht. Die Pappel erschien schwarz; auch die Gäste am Tisch waren alle dunkel außer Kemmler; er wurde angeschienen von der Sonne.

Wasik stand auf und ging hinaus; er setzte sich in die leere Küche und las Zeitung; neben sich eine Kaffeetasse, las er die Rubrik ›Aus der Gesellschaft‹ und schaute hinaus in den Garten. Er drehte sich eine Zigarette, es ging flink. Er rauchte und las wieder; zwischendurch trank er einen Schluck schwarzen Kaffees.

Dann hörte er den Herrn, wie er durchs Vestibül ging; seine Schritte wurden stumm, und Wasik dachte: ›Jetzt steht er an der Küchentür...‹ und las in der Zeitung weiter.

»Wie ist sie hergekommen?« fragte der Herr.

Wasik stand auf, drückte seine Zigarette aus und sagte: »Wahrscheinlich mit der Bahn.« Er wartete und fügte nach einer Pause hinzu: »Also, Wagen hab ich keinen fahren hören, Herr. Vielleicht hat sie trotzdem einen genommen und ist schon auf der Straße ausgestiegen.« - »Dann muß sie doch geläutet haben?« Wasik schüttelte den Kopf: »Nicht unbedingt.« - »Also, erzähl schon, wie es war!« - »Ich habe die Wege gerecht, und dabei hat mich jemand angerührt. Wie ich mich umschaue, steht sie da. Ich sag schon immer, es wär gut, wenn wir einen Separatausgang zum Garten hätten.« – »Sapperlot, ich habe doch schon oft gesagt: dann gehst du halt durchs große Zimmer zur Terrasse!« – »Der Herr erlauben: aber ein Diener bleibt lieber in seinem Bezirk. In die Zimmer geht er nur, wenn er gerufen wird. Oder zum Silberputzen.« – »Wenn niemand drin ist, geht er trotzdem durch die Zimmer. Aber das ist gleichgültig... Sag, was passiert ist.« – »Sie wollte hinein in meine Stube und dort warten. Das habe ich erlaubt. In meinem Zimmer kann sie ja nichts irritieren, Herr.«

Engelsleben biß sich auf die Fingernägel und sagte: »Wasik, wenn Sie etwas mit ihr haben sollten – Es wär mir sogar recht.«

»Gnädiger Herr, ich sehe mir die feinen Damen lieber aus der Ferne an.«

»Aber du hast ja weder etwas mit dem Zimmermädchen noch mit der Köchin. Was ist der Wasik für ein Mensch, frag ich mich oft.«

»Ein Diener, gnädiger Herr. Ein Diener hat genug Gelegenheiten, das ist richtig. Aber er weiß so viel. Er schaut zu, und dabei bleibt viel hängen. Deshalb denkt er: mische dich doch nicht auch noch hinein.«

»Und heiraten? Wollen Sie das nie?«

»Wenn es sich ergibt, warum nicht? Aber es hat Zeit. Eine Heirat..., also, ich weiß nicht recht. Verstehen Sie mich richtig: Was beim Heiraten alles mit hineinspielt, weiß ich leider sehr genau. Und wenn Sie etwas genau kennen, dann wird die Sache schwierig. Das beste ist, denke ich oft, wenn du alles bloß halb oder viertels weißt, oder noch weniger. Wenn Sie bloß eine Ahnung haben, fällt alles leicht, und Sie wissen, was Sie wollen. Aber so...«

»Sagen Sie, Wasik: Hat sie etwas von mir erzählt?«

»Ja, alles«, sagte Wasik. »Sie liebt Sie. Das ist es halt. Sehen Sie, das ist immer das Schwierigste. Da liebt einen eine Frau, man selbst aber überlegt, wägt ab. Und was kommt dabei heraus? Der Zweifel. Ein ganzes Leben mit dieser Dame…, nur mit dieser, denkt man. Und dann ist es auch schon vorbei. Man soll nichts denken, aber wer kann das schon? Der Dumme. Und der Leidenschaftliche, da haben Sie natürlich recht.«

Jetzt wundert er sich, weil ich auch über mich Bescheid weiß. Du hast zugegeben, daß dir Erika alles erzählt hat… Das ist ehrlich, aber unerfreulich für den Herrn. Oder hast du's aus einem bestimmten Grund gesagt? ›Jawohl, das traue ich dir zu‹, dachte Wasik und versuchte, die Gedanken seines Herrn kennenzulernen; vielleicht dachte er, wenn der Diener viel von ihm wisse, habe ihn der Diener in der Hand; da brauchte ein Pressemann nur den Diener auszuhorchen, und schon hatte er eine Handvoll Tatsachen für eine Skandalgeschichte, Motto: ›Die Verkommenheit der bourgeoisen Klasse.‹ Der Herr muß sich also gut mit dir stellen. Du hast keine Leidenschaften, oder du nimmst deine Leidenschaften an die Kandare; das ist günstig für dich. Wärst du unbesonnen - Nein, wenn du unkontrollierter wärest, wüßte dein Herr, wie er dich einzuschätzen hat. So muß der immer zu sich sagen: sei schlau und halt dir deinen Diener warm.

»Und was würden Sie mir in dieser Geschichte raten, Wasik?«

»Die Sache laufen lassen, Herr. Meistens klärt es sich im Lauf der Zeit, obwohl… Ich meine: bei dieser Erika… Sie war doch schon mal verheiratet? Also deshalb sehe ich die Sache nicht besonders rosig.«

»Sie glaubt, es sei ihre stärkste Liebe. Aber ist's nicht immer so?«

»Wissen Sie, Herr, ich habe das Gefühl – bei mir ist so etwas immer bloß ein Gefühl, denn da oben«, Wasik deutete an die Stirn, »ist mit mir wenig los. Also, ich habe das Gefühl, als hätte bei ihr irgendwann einmal etwas nicht richtig eingehakt. Vielleicht war sie mit Ihnen nicht zufrieden, ich weiß ja nicht... So etwas kann günstig sein, wenn man voneinander weg will, aber dann hätte sie sagen müssen: ›Ich will dich nicht mehr sehen.‹ Und das hat sie bekanntlich nicht gesagt.«

Während er redete, sah er durch das Fenster. Der Herr sollte wissen, daß sie ihm dies erzählt hatte, denn Erika hielt jetzt nichts mehr zurück. Es hatte sie erleichtert, auch dieses Letzte zu verraten; es war natürlich das Entscheidende, und es lag im verborgenen Bezirk. Wenn andere darüber sprachen, fand der Herr es immer interessant und machte mit; ja, er sparte nicht an Zynismen und scharf würzenden Wörtern. Aber mit ihr... mit der... mit dieser Erika... und daß sie's ihm, dem Diener, erzählt hatte, das versetzte vielleicht sogar einem Mann wie Engelsleben einen Schlag; oder es zuckte ihm wenigstens einen Augenblick lang durch die Eingeweide. Wahrscheinlich hatte er nicht einmal Kemmler davon erzählt, wie zwischen ihm und ihr das bei der Nachttischlampe – Aber das wußte jetzt der Diener.

»Also, die Sache ist in Ordnung, Wasik. Ich gehe jetzt wieder hinüber.«

»Gnädiger Herr...«

Wasik deutete eine Verbeugung an; er sah geradeaus ins Glasfenster des Büfetts und sah seinen Mund wie eine geschlossene Auster.

Langsam ging der Herr hinaus. Wasik überlegte, ob er stolz sein könne, weil sein Herr von ihm abhängig war. ›Der dämonische Wasik…‹, dachte er und lächelte. Jetzt waren diese anderen, zu denen er nie gezählt werden wollte, hinter ihm im Vestibül. Kemmler sagte: »… und Rübenschnitzel unters Futter gemischt, das ist gut; das gibt Speck. Aber ihr müßt hochwertige Rübenschnitzel nehmen, sonst wird es nichts.« Dann wieder Fannys Stimme: »Ich will doch nicht dazwischentreten. Was ist das für eine verquere Gschicht… Du, Erika, wir gehen alle zwei zum Kemmler auf den Gutshof.« – »Guttun würd's euch schon. Aber es hilft bloß, wenn Erika ihre versteinte Muschel wegwirft. Mit der hat's keinen Wert.« Und Erika: »Solch ein Stein hilft dir doch. An den kannst du dich halten.«
Es krachte hölzern. »Fegt den Schmutz weg! Wischt die Asche von den Möbeln! Laßt die Risse in den Wänden stopfen! Alles soll glatt und sauber sein! Jagt die Ratten aus den Polstern! Aber leider seht ihr nicht, wo Ratten sind… Der Hausherr«, und sie kicherte, »hat einen Rattenkopf!« Ein Stein flog, und die Muschel rollte in die Küche. Wasik schaute auf die Zeitung. – »Ratten müssen sein«, hörte er Kemmler sagen, »Ratten gehören dazu. Ich sag immer zum Neuschmid, der für die Schweine sorgt: ›Schlag nicht zu viele Ratten tot, sonst kommen sie uns anderswo wieder herein.‹ Zum Beispiel in der Tuberkulose bei den Kühen.« Kemmler lachte. Vor dem Küchenfenster brausten Stare, und für einen Augenblick war der Himmel gefüllt mit Schattenbildern flügelspreizender Vogelleiber; dann lag wieder alles klar, und Wasik schaute weit hinaus. Auf einem solchen Schwarme liegen, wär gewesen wie auf einem Teppich. Statt dessen aber rollte ihm eine versteinte Muschel vor die Füße, und das Tor schlug zu.

Sie waren fortgegangen, und es ging auf sechs. Noch einen Windstoß Zeit, und du mußt dich wieder vertragen mit der Köchin; du mußt die Abfallkübel an die Straße stellen. Der Abfall mit Schimmel und mit Milben und die Fäulnis des Gemüts, die gehörten zusammen. Vielleicht, daß Erika mit ihrem Schlamm seinen Herrn stark machen mußte. Auf jeden und auf alles kam es an, da hatte Kemmler recht. Auch auf die Ratten, Wasik, ja, auch auf die Ratten... Aber du verlierst dich in abwegigen Gedanken, und der Schimmelgeruch macht den Diener Wasik taub. Freilich, er hat sein Gutes. Und Wasik hörte Kemmlers Stimme wieder, aber jetzt nur in Gedanken, doch war es eine Stimme, die schob ihm einen Stuhl unter den Hintern.

Er ging ins Vestibül hinaus, um nachzuschauen, was zuvor so gekracht hatte. Erika hatte geschrien, es war notwendig gewesen, daß sie schrie. Und ob die Spannung in der Luft verschwand, wenn Fanny hier als Herrin einzog, das war ungewiß.

Er sah sich im Vestibül um, wo die Dame in steinerner Rüstung, auf einen Schild gestützt, vor der Säule in der Mitte stand. Hier hatte also Erika Risse in der Wand gesehen, hier, wo Decken und Wände frisch geweißt waren, doch wußte Wasik, worum's ging und was sie gemeint hatte; auch der Aschenstaub, den sie von den Stuhlpolstern hatte kehren wollen, war nicht abwegig, obwohl auf ihnen keine Spur von Asche lag. Gut, denn alles hatte seine Ordnung.

Er hob den Lehnstuhl auf, der umgeworfen war, jetzt stand er wieder allein an der Wand. Wasik wischte Staub vom Telephonkasten, der nicht hier hereinpaßte, aber sag nichts gegen ihn. Der Kasten gehörte in den Zusammenhang und hing im Grau, weil in den Ecken dieses Vestibüls das Licht grau war. Der Herr kam heute nicht zurück, auch wenn sein Diener das Essen warmstellen ließ; denn er, als Diener, dieser Wasik, wußte Bescheid um seinen Herrn, der jetzt vielleicht bei Kemmler war, und das wär gut für ihn gewesen bei dieser verqueren Gschicht; und Wasik ließ die Köchin für den Stallburschen und für sich einen Kaiserschmarren machen. Dann schickte er die beiden weg und wußte, daß er auch von diesen beiden gern gesehen wurde, obwohl er für sie so etwas wie Milchglasscheiben in einer Speisekammer war, also neutral. Das Neutrale diente gutem Einvernehmen, wie der ›Kriminalrat‹ gesagt hätte. Und der Abend beim Figlmüller fiel ihm wieder ein, und daß Schanbacher sich noch gegen elf Uhr ein Backhendl hatte bringen lassen.

Das Telephon, das Telephon... Es läutete und war gegen halb zehn eine verquere Gschicht. Er nahm die Ohrmuschel vom Haken und hörte: »Allein? Also gut... Du, ich stell mich für dich zurecht. Komm doch wieder einmal zu mir. Bei mir ist immer etwas los, auch wenn ich nicht allein bin. Es muß ja nicht immer der Doktor Waißnix sein, den du hier triffst. Du kennst doch auch die Schnucki und das Billchen. Ja, lauter arme Hascherl, aber mit viel Geld... Und vorgestern sind dem Billchen Tränen aus den Augen gespritzt; die hat erwartet, daß ein verheirateter Mann anruft. Photographieren hat sie sich auch lassen und mir ihre Bilder gezeigt. ›Darauf schau ich doch aus – Also ich könnt mich selber küssen!‹ hat sie gesagt.« – »Hören Sie, gnädige Frau, hier ist doch Wasik!« – »Aber ja. Egal... Komm einmal her, ich lieb dich immer noch. Und du? Du drückst dich halt vorsichtig aus, und hast natürlich recht... Wie geht es deiner Frau? Ach so, du hast noch keine, aber bald wird's soweit sein... Oh, du hast Glück... Es wird dir glükken. Fanny ist doch willig. Die nimmt die Ehe streng als einen Auftrag. Das Schicksal hat's ihr aufgetragen, und wenn du das dem Wasik sagst, der wird's verstehen. Oder rede ich geschwollen?« – »Gnädige Frau, ich muß Sie nochmals darauf aufmerksam machen, daß Wasik am Telephon ist.« – »Verzeih... Jetzt schau ich meine Zehen an. Da legt sich einer an den andern... und sie wandern, und ich dichte. Ich dichte ein Gedicht auf meine Zehen und die Kirche. Die Kirche ist ein Kristall, in dem alle Gläubigen und alle Heiligen... Du hast eine heitere Frau... Oh, das wäre eine Leidenschaft geworden, wenn wir einander geheiratet hätten! Zum Glück ist's nicht passiert. Komm einmal wieder her..., aber jetzt bin ich beim Kemmler, und bei dem bleib ich. Adieu!«

Die Erika. Es hatte nichts genützt, daß er immer wieder gesagt hatte: »Hier ist doch Wasik!« Die hörte gar nicht hin, die hörte nur sich selber. Das Heikelste..., und wenn du nur dich selber hörtest, wo kämest du da hin? Mit solch einer Veranlagung... Aber Veranlagung gab es nur beim Finanzamt. Ein Mensch war nicht veranlagt. Eingewoben und zusammengewalkt mit dunklem Filz war er, mehr nicht.

Spät kam der Herr zurück, es war gegen halb zwei. Wasik war aufgeblieben. Er nahm ihm den Mantel ab. Der Herr sagte: »Beim Kemmler war ich. Die Damen sind noch draußen. Übrigens: die Erika bleibt bei ihm.«

»Das ist also erfreulich, Herr.«

Er überlegte, ob er ihm sagen sollte, daß sie angeläutet hatte; aber sie waren doch zusammen bei Kemmler gewesen, und deshalb eilte das jetzt nicht. Sie mußte also in Kemmlers Haus aus dem Zimmer hinausgegangen sein und bei dem angerufen haben, der kurz zuvor neben ihr gesessen und, während sie ins Telephon hineinsprach, entweder eine Treppe höher oder hinter einer Tür bei Kemmler gewesen war.

Wasik war froh, als es stürmte. Jetzt war endlich nasser Herbst gekommen. Er ging im Gärtnerschurz zum Heckenschneiden in den Garten. Die Schere schnappte, und er sah abgeschnittene Zweige an, deren Kern weiß war. In der Allee lag violette Feuchtigkeit. Die Platanen sahen wie frisch geschälte Geweihe aus.

Der Herr kam zu ihm und sagte: »Wasik, wann glauben Sie, daß es soweit ist?«

»Frühling wird's schon werden, Herr. Aber ich denke an die niederen Löhne der Arbeiter.«

»Wenn ich sie hinaufsetze, werde ich boykottiert. Man sperrt mir die Lieferungen. Aber ich wollte Sie noch etwas anderes fragen: Was soll ich ihr zur Hochzeit schenken?«

»Eine Arbeitersiedlung, wo jeder sein Haus und seinen Garten hat. Das wird sie freuen. Sie ist doch eine Helle, aber nicht bloß, weil sie blond ist... Manchmal sieht's einfach aus, und Sie denken: die Menschen sind einzuteilen in helle und in dunkle, und irgendwo stimmt es natürlich auch; aber immer stimmt es nicht. Sehen Sie zum Beispiel Ihren Freund an, Herrn von Kemmler.«

»Aber der ist doch in Ordnung; der tut viel. Der schafft etwas Rechtes.«

»Gewiß..., ich sage nichts dagegen. Außerdem - Sie gestatten schon - kann ich's mir nicht erlauben. Aber es könnte sein, daß er sich überlegt: Wofür halte ich nun also diesen sogenannten landwirtschaftlichen Musterbetrieb aufrecht? Dazu braucht's doch einen Menschen, ich meine: einen, der das später übernimmt. Aber so ins Leere hinaus - Sie müssen bedenken: Herr von Kemmler ist allein - so ins Leere hinaus schaffen, also vielleicht für die Zukunft und so... Also, ich weiß nicht, ob ihm das genügt. Freilich, bis jetzt ist immer noch alles tadellos. Ich sage ja auch nichts dagegen.

Ich meine nur, wenn einmal - Sehen Sie bloß mich an, Herr.«
»Ich wundere mich schon lange, daß Sie es aushalten, immer bloß als Diener...«
»Ach, der Diener wär schon recht. Bloß in der Luft liegt etwas anderes. Daß zum Beispiel so etwas passiert wie das mit der Schwester Ihrer Braut. Gnädiger Herr, das ist für unsereins ein Zeichen.«
Wahrscheinlich überlegte der Herr jetzt, ob er fragen sollte: Wofür ist es ein Zeichen? unterließ es aber. Als ob ein Knochen weich geworden wäre, dafür war's ein Zeichen, und das wußte auch der Herr. Er fuhr jetzt jeden Tag in die Fabrik und sagte einmal zu Wasik: »Also, die Arbeitersiedlung, die bekommt sie. Das war eine gute Idee von Ihnen.«

Anfang Juni - bis zur Hochzeit war es nicht mehr lang - fuhr er Fanny und den Herrn zu den Plätzen hinaus, wo die Arbeitersiedlung schon ausgesteckt war. Lattengerüste ragten in die Luft, man sah, wie hoch das Ganze werden sollte, und wenn es dastand, verdarb's das abseitige Tal; es verdeckte das alte Weinbauerndorf, das braun und eng, ein Nest mit Kirchturmspitze, in Obstgärten lag. Aber daß ihm dies jetzt so erschien, davon durfte er nichts erzählen. Da standen also die Lattengerüste, diese hohen Markierungen für Häuser, die noch Luft waren, aber späterhin aufstehen würden aus dem Nichts des Geldes.
Er hielt die Kutsche an. Der Herr und Fanny stiegen aus dem Wagen und gingen über Wiesen. Der Architekt war auch gekommen, und sein Gefährt stand weiter unten, wo die Straße eine Biegung machte. ›Wenn du wüßtest, wie es in deinem Herrn aussieht, hättest du festere Kniegelenke‹, dachte Wasik. Er stand neben der Kutsche, die Hand an der

Bremskurbel; das machte er Kemmler nach. Bei seinem Herrn blieb vieles versteckt hinter schwarzen Zäunen; er sah oft aus, als werde er geschoben und gedrängt von innen her; aber Rechenschaft über sich selber und über seine Schritte geben, dazu war keiner fähig, also auch dieser Engelsleben nicht; und zu wissen, worauf's ankam, wurde von niemand verlangt. Gut waren alle Menschen, die freie Schultern und lockere Arme hatten, aber zu denen gehörte weder er, der Diener, noch sein Herr.
Ach ja, diese Gedanken..., sie waren immer bodenlos. »Sei froh, daß du Erde unter deinen Schuhen spürst«, sagte er zu sich und sah auf der Straße Kemmler herankommen; Erika war bei ihm. Sie ging aufrecht und hatte eine neue Haut bekommen; daß ein Mensch sich so verändern, daß er so fest werden konnte, das war... Ja, was war es denn? Es war, und das genügte. Und Wasik freute sich.
Kemmler, die Hände in den Taschen der Samthose, blieb stehen und machte die Augen schmal. Er griff in seine Jacke und holte die Pfeife heraus. Erika sah ihm zu, wie er die Pfeife stopfte; dann sagte er etwas zu ihr. Sie sah herüber und griff sich an den Mund. Und nachdem Kemmler seine Henkelpfeife angezündet hatte, gingen beide weiter.
Als sie bei ihm waren, sagte Kemmler: »Es ist ja der Wasik.« Und Erika: »Dann ist es sowieso in Ordnung.« – »Wie sich der Wasik verändert, wenn man so etwas zu ihm sagt... Also, damit ich's nicht vergesse: Am Sonntagnachmittag um vier bei uns. Da haben Sie doch frei?« Kemmler tippte ihm mit der Pfeifenspitze auf den obersten Jackenknopf, und Wasik sagte: »Ich danke Ihnen herzlich.« Dabei strahlte er und wußte, daß dieses Strahlen bei ihm selten vorkam. ›Aber, daß du so bleich bist vor diesen beiden Sonnenbraunen...‹, dachte er.

»Ja, wir beide haben es uns jetzt bequem gemacht und hoffen, daß es hält«, sagte Erika. Kemmler sah auf das Gerstenfeld neben der Straße, dieses grünfransige Gewebe dichter Grannen; er wischte sich mit dem Rockärmel über die Stirn, rauchte und sagte zu Erika: »Glaubst du, daß ich die neue Methode beibehalten soll?« Er zeigte auf die dicht stehenden Halme, die sich ineinander zu verweben schienen und über die ein blankes Rieseln lief wie Wasserspiegelungen auf einer Ufermauer. - »Also, fester steht es schon; freilich, du verlierst Stroh.« - »Im nächsten Jahr mach ich's genauso. Danke schön für deinen Rat«, sagte Kemmler und erzählte Wasik, er habe auf dem Feld etwas Neues probiert, und Erika habe es ihm geraten. - »Aber du, es war doch dem Roßnagel seine Idee!« sagte Erika, doch ließ sich Kemmler nicht beirren: »Also, sie hat zu mir gesagt: ›Laß doch einmal die Schafe über die junge Saatfrucht laufen; sie fressen zwar die Halme ab - du mußt es schon im März oder April tun, wenn die Frucht daumenhoch ist -, aber sie treten dann den Boden fest; der ist doch von der Winterkälte aufgebrochen, aufgelockert; und die Schafe düngen dir den Acker; das kommt der Frucht zugute...‹ Sie sehen, daß sie recht gehabt hat.«
Erika lächelte. Kemmler sagte: »Ich geh geschwind zu denen da hinunter« und ging über die Wiesen. Erika setzte sich in die Kutsche und schob die Lippen vor: »Ein guter Platz.« Drunten sprach Kemmler mit Fanny und mit dem Herrn. Der Herr ging neben dem Architekten, einem schmalen Menschen, der einen Zwicker aufsetzte, in ein Papier hineinsah und die Hand ausstreckte. Die Luft war klar, als wüsche sie die Augen aus, und der Himmel glänzte, wie's zum Föhn gehörte. Wasik sagte es Erika, die schwieg, denn er mußte etwas reden, so gehörte es sich doch; und

dafür war das Wetter immer noch geeignet. »Umschlagen wird's«, sagte Erika, »heut ist es zu schön«; und Wasik sagte, das kümmere ihn nicht; ihm sei's so recht, wie's jetzt sei; von innen her war's frisch geworden, das genügte. ›Das Blut der Blätter und das Fleisch der Erde...‹, dachte er. Diese Erika war jünger geworden beim Kemmler, und er dachte: ›Bis in die Augen hinein ist die jetzt sauber und fest.‹ Früher war unter ihren Augen etwas bläulich aufgelöst gewesen, und das fehlte jetzt. – »Die Wiesen dort haben Sumpfstellen, das ist die Schwierigkeit für den Architekten«, sagte Wasik und erzählte von der Siedlung. Die Frau – so sprach er von Fanny – habe es so haben wollen, daß jeder dort ein Haus und einen Garten hatte; auch Badzimmer waren in den Häusern, eine Idee ›von der Frau‹. Mit der Bahn kamen die Arbeiter in zwanzig Minuten zur Fabrik; der Herr hatte veranlaßt, daß ein Extrazug eingesetzt wurde, wenn es einmal soweit war. Und Wasik, der's genau erzählte, stellte einen Fuß aufs Trittbrett.

Erika hatte die Hand am Kinn und sah geradeaus: »Er strengt sich also an, Ihr Herr. Sehr brav. Aber warum sagen Sie immer: ›die Frau‹? Ist's schon soweit?«

Wasik nahm den Fuß vom Trittbrett und sagte: »Das Fest soll in ungefähr drei Wochen sein. Die Einladungen, die Anzeigen werden vorbereitet. Ich habe auch Adressen auf Couverts geschrieben, aber die wichtigen Adressen schreibt die Frau.«

»Ich kann mir denken, Sie haben eine Handschrift, Wasik, eine gute Handschrift. Die läßt sich verwenden. Und ›die Frau‹ hat Kemmler im Rücken. Ohne Kemmler würde sie die neue Reise niemals machen.« – »Die Frau sagte über diese Siedlung: ›Aber das hat doch einen *Sinn!*‹« – »Ja, das ist schon recht. Aber ohne Kemmler bekämen wir alle ein ge-

frorenes Gesicht und steife Arme, wie Hofdamen oder so... Meine Schwester denkt: ›mir wird nichts geschenkt trotz dieser Siedlung; ich muß mich umgewöhnen‹.«
Kemmler kam allein zurück. - »Also, diese Siedlung-«, sagte er. - »Eine soziale Leistung«, unterbrach ihn Erika und stieg aus der Kutsche aus. Sie ging auf der Straße voraus. Kemmler klopfte mit der Pfeife ans Wagenrad und sagte zu Wasik: »Sie hat gesagt, daß ihre Tante Emilie gestorben sei; ihr Onkel Henry auch. Wissen Sie etwas Genaues?«
Wasik hatte erwartet, daß das kommen werde; er war darauf vorbereitet, und deshalb fiel's ihm leicht, Auskunft zu geben: Die Frau des Konsulatsdieners Conin hatte Krebs gehabt; der Mann war kurz nach ihr gestorben, und dann auch seine Schwägerin. Ein Kriminalsekretär hatte es ihm erzählt, denn Wasik ging manchmal in die Weinwirtschaft Figlmüller und traf dort Freunde; ›oder was man halt so Freunde heißt‹. Der vom Kriminalamt hatte der Schwägerin wegen eine lange Schreiberei gehabt, weil es geheißen hatte, die habe sich vergiftet. Aber es war Leichengift gewesen; sie hatte den toten Conin geküßt.
»So«, sagte Kemmler und stellte den Fuß aufs Trittbrett; er sah in die leere Kutsche. »Sie kommen also am nächsten Sonntag zu uns 'raus. Sie, Wasik, Ihre neue Herrin mag Sie. ›Der Wasik ist der Gescheiteste von uns, er arrangiert sich halt‹, hat sie zu mir gesagt.«
Wasik spürte Hitze in den Backen und dachte: ›Du wirst rot, und hoffentlich fällt's niemand auf.‹ Kemmler ging zu Erika hinüber; die wartete am Wald. Die Straße führte am Wald entlang, und die Bäume hingen über sie. Kemmler und Erika gingen in den Wald hinein.

Am Sonntag fuhr er auf dem Rad zu Kemmler. Das Land in der Hitze und die Ferne waren schweigend. Er segelte auf seinem Fahrrad, und manchmal schlug ihm eine harte Fliege an die Backe. Wo die Straße über eine Höhe ging, hatte Kemmler heuer Korn stehen statt Zuckerrüben wie im letzten Jahr. Das Korn war grün und wurde gelb von unten her, als sauge es den hellen Boden ein. ›Die Weite und die Ferne...‹, dachte Wasik. Die Farben, diese Augenhaut der Erde, und daß er allein war, daß er schwitzte und daß die Luft an ihm zerrte, dies genügte ihm. Er sah es an, es flog durch ihn hindurch.

Dann mußte er das Rad unter Nußbäumen schieben. Die ausgewaschene Straße stieg. Er roch Schafe, weil Roßnagel am Hang linker Hand weiden ließ; der Schafgeruch war scharf und fettig. Roßnagel stand abgewendet, die Schippe zwischen den Beinen. Abgewendet dastehen war am besten. Wasik fiel ein, daß Roßnagel auch am Heiligen Abend geweidet und zu Kemmler gesagt hatte: »Wenn ich's nicht tät, was würden da meine Schafhammel von mir denken.« So einen gab es immer noch, so einen wie Roßnagel; Kemmler gehörte auch dazu. Deshalb war es kein Wunder, daß Fanny ohne Kemmler diesen Engelsleben nie genommen hätte.

Linker Hand streckte sich der Schafstall, frisch verputzt und das Fachwerk mit Teerlösung gestrichen. Die Straße führte an der Parkmauer vorbei; die Parkmauer war alt und mit Mörtel geflickt, und Bäume spannten ihr Blätternetz über der Straße aus. Das waren Kemmlers grüne Gründe. Ein Tor war grün übersponnen und hatte in den Ecken steinerne Gewinde; dort gehörten die Bolzen für die Türflügel hinein, aber die Türflügel fehlten; die waren in vierhundert Jahren morsch geworden, und heute brauchte man sie nicht mehr. Stiefmütterchen hingen von der Mauer eines Gartens, und dahinter ging's zum Tal hinunter. Störche segelten, fünf Störche. Die Blumen hier bei Kemmler, das gemeißelte Wappen überm Eingang zum Schloßbau, die Mauer aus goldenem Mist, und gegenüber das Brett, auf dem leere Milchkannen standen, das sah sich Wasik alles an. Hofplätze, die, wie es zum Sonntag gehörte, sauber gekehrt waren, legten sich aneinander, und Kemmler kam aus dem Park, wo über der Pforte neben dem Tor Büsche bis zur Inschrift hinaufreichten: ›Wilhelm von Kemmler guot bawt dieß Hauß Gott bhalts in huot.‹

Kemmler kam für Wasik ein bißchen zu früh, weil er beim Fahren den Stehkragen in die Rocktasche gesteckt hatte; aber Kemmler sagte: »Lassen Sie's doch weg.« Er selber hatte ein Jägerhemd und eine Trachtenhose an. Er ging mit Wasik über die grausteinerne Brücke, unter der, im Schloßgraben, Bohnen ausgesteckt und Beerenbüsche gepflanzt waren. Dahinter stand ein zweites Tor, und wieder hockte so ein breites Haus daneben, unverändert seit vierhundert Jahren. Dann Ruinenmauern, und hinter einer grünen Tür ein enger, verwilderter Erdefleck mit einem Bienenstand. – »Hier laß ich alles wachsen, Wasik. Das muß sein, weil doch sonst immer herumgeschnitten und gehackt wird. Wenn das überall so ist, gedeiht nichts recht.«

Er zeigte Wasik in der holzriechenden Hitze der Baracke die Glasscheiben, hinter denen Bienen wimmelten. – »Ich versteh leider nichts davon«, sagte Wasik, und Kemmler sagte: »Besser, als Sie verstünden's halb. Sie ist kein Hexenwerk, die Bienenzucht«, und Wasik verstand auch das Wort ›Hexenwerk‹ nicht. – »Das habe ich vom Steidle.« – »Der Melder beim Regiment?« sagte Wasik, und sie versuchten,

den Dialekt des Steidle nachzumachen, sagten »auselich« und »heckabeerlich«, ja sogar »Furzklemmer«.
Später saßen sie auf der Terrasse nach dem Garten, diesem baumgetürmten Park, und Wasik drehte sich einmal im Sessel um, weil er glaubte, es wäre jemand hinter ihm gegangen. Der Kaffeetisch war gedeckt; es gab warmen Rahmstrudel. - »Das hat sie nicht lernen müssen«, sagte Kemmler. »Sie kocht auch gut... Und Doktor Waißnix hat zu mir gesagt: ›Es kann Ihnen glücken, was Sie vorhaben, aber einstehen für einen Erfolg kann ich nicht; Rückfälle sind immer möglich...‹ Deshalb verheimlichen wir ihr die Hochzeit; den Termin braucht sie nicht zu wissen. Schicken Sie mir also dann die Einladung in einem neutralen Umschlag zu.« - »Ich habe die Einladung mitgebracht«, sagte Wasik und gab Kemmler das Papier. - »Daß Sie an so etwas vorher gedacht haben, ist echt Wasik. Alle Achtung.« - »Herr von Kemmler, dieses Kompliment muß ich leider refüsieren. Ich habe mir gedacht: du fährst sowieso hinaus und bringst es ihm.« Kemmler lächelte, reichte Wasik ein Kistchen mit Zigarren und sagte: »Was man denkt, weiß man nie genau.«
Sie rauchten und horchten aufs Gespräch der Bäume. Von überallher riefen die Kuckucke. - »Am liebsten würd ich mit der Erika während dieser Hochzeit verreisen, aber das geht halt nicht. Wäre wahrscheinlich auch schlecht für sie. Aber sie will, daß wir einmal mit Roßnagel und der Herde weggehen für viele Wochen. Ihnen brauch ich nicht zu sagen, daß sonst nichts zwischen uns ist.« - »Nein«, sagte Wasik. - »Ich glaub, es wär schlecht für sie, wenn's anders wäre. - Nun, ich weiß es nicht. Aber... Ich kann das einfach nicht. Es wäre doch verlogen«, sagte Kemmler. Und Wasik, der geradeaus sah, erzählte von Fanny und sagte, die Frau brin-

ge kein altes Kleid aufs Schloß mit. Sie bringe gar nichts mit; nichts von früher.
»Vielleicht«, sagte Kemmler, »nimmt sie's doch zu streng.«
Wasik wollte ›Und Sie?‹ sagen, aber das verwehrte er sich dann. Kemmler nahm auch alles streng, aber er hatte seinen Gutshof. ›Und du hast deinen Dienst‹, dachte Wasik und sagte: »Sie kommt mir vor... Also bis in die Augenwinkel hinein hell. Vielleicht nur, weil sie jung ist.« Daß er selbst jung war, fiel ihm nicht ein, aber über sich fiel ihm nie etwas ein, wenn er an die Frau dachte. Und Kemmler auch nicht, und deshalb standen sie jetzt gleich auf gleich. – »Man läßt's hinuntersinken. Das Beste, das man tun kann«, sagte Kemmler.
Es war jetzt nicht mehr viel zu sagen, es war auch schon halb sechs. Zum Abendessen mußte Wasik wieder in Schoeneben sein. Hinterm Park ging Kemmler mit ihm über einen Pfad, der unterm Geäder der Tretschmielen erdig war. Wasik schob sein Fahrrad. Drüben auf der weißsandigen Straße glänzten Pappeln und reichten in die Ferne, als machte ein Riese in einer Blätterrüstung weite Schritte und träte ins Land hinaus; Hügel lenkten in eine Senke, und Höfe sahen weiß herauf; wo ein Wald im Schatten lag, hatte er den blauen Hauch der Ferne. Die Straßen seien Seile, sagte Kemmler, die wollten das Unendliche einfangen, aber es werde ihnen nicht gelingen. Er erzählte von Erika und sagte, er frage sie bei allem Neuen. Zum Beispiel, ob er Nitrophosca nehmen solle; das sehe wie blaue Saatkörner aus, sei aber Kunstdünger. Oder ob er Körner gegen Schnecken streuen solle. Sie sei dann für das Nitrophosca und gegen Schneckenkörner. Sie rate nach seinem Gefühl immer richtig, denn ohne Schnecken liefen ihm die Igel weg, und er habe doch Igel gern.

»Ich wüßte nicht, wie Sie es anders machen sollten«, sagte Wasik und dachte: ›daß er das überhaupt mit dir bespricht...‹ Sie standen bei der Parkmauer am Hang. Unten lag eine Sägemühle. Roßnagel kam mit den Schafen, und die Schafe flossen über den Hang. Der Hund bellte einen Stein an, der aus dem Boden ragte. Roßnagel klopfte mit der Schippe drauf, und es klang hell. Dann rief er Kemmler.

Wie ein alter Brotlaib schaute der Stein aus dem Gras und hatte als Verzierung versteinerte Schnecken. Wieder schlug Roßnagel auf den Stein und sagte: »Für mich klingt das metallisch, aber meine Schipp ist nicht dran schuld. Den kenne ich nämlich schon lang...« Kemmler sagte: »Hol einen Spaten« und machte mit Roßnagels Schippe den Boden lokker. Dann grub er mit dem Spaten. Es kam ein Männerkopf heraus, die Schnecken waren Haarlocken aus geschwärzter Bronze, und Kemmler sagte: »Da schaut uns jetzt ein Kaiser an; ein römischer.«

Wasik dachte, es sei wie im letzten Herbst, als er den Ballon über den Dächern habe schweben sehen, aber weshalb der Kaiserkopf auch so etwas war, das hätte er nicht sagen können. Er fuhr bald mit dem Rad ins Schloß zurück und dachte: schweig.

Jetzt war sie im Schloß. Es kamen schon Geschenke. Sie war mager geworden, und wenn sie etwas anrührte, schien sie ihre Arme von weither danach auszustrecken. Es wurde besser, und auf der Hochzeitsgesellschaft war es ganz verschwunden, fast als hätte sie sich eingelebt. Da gab sie jedem gern die Hand.

Vicinus kam und redete mit Waißnix. Der Professor ging steif. Manchmal nahm er seine Brille ab und hielt sie, während er redete, im Schoß. ›Hoffentlich schwitze ich nicht meine weiße Jacke durch‹, dachte Wasik. Die Blumen hatte er im Vestibül abstellen lassen, weil die Gäste sonst in jedem Zimmer über Blumen hätten hinwegsteigen oder sich an ihnen hätten vorbeidrängen müssen. Die Eisbombe war steif und von Reifkörnern glitzernd serviert worden und hatte unter dem Messer geknirscht; die Bohnen aber, die waren kalt gewesen. Ein Mißgeschick gehörte zu jeder Festlichkeit, und wieder fiel ihm der Manöverball ein, auf dem Kemmlers Schimmel vom Agenten hatte festgehalten werden müssen, als der Kaiser eingetroffen war.

Der Kaffee wurde serviert. Schwatzen befriedigte Lippen und Nerven; Arme lockerten sich auf Lehnen. Kemmler, erst jetzt gekommen, wickelte den Kaiserkopf aus Packpapier und stellte ihn neben ein Teeservice aufs Büfett zu den anderen Geschenken; niemand beachtete Kemmler, niemand beachtete sein Geschenk. Er stand am Fenster und nahm eine Zigarre aus der Fracktasche. Wasik gab ihm Feuer. Kemmler rauchte, aber die Zigarre zog nicht, und Kemmler mußte ein abgeschältes Tabakblatt mit der Zunge naß machen. Dann flüsterte er Wasik zu: »Die Kirche habe ich verschlafen.« Waißnix sah den Kaiserkopf an, blieb lange davor stehen, drehte sich um und ging zu Kemmler. Jetzt hatte der Arzt wieder diese Metallsplitter, diese funkelnden Einsprengsel in den dunkeln Augen; oder es kam ihm, dem Diener, nur so vor, in Wirklichkeit war es der Wein. Wasik stellte ein Tablett mit Gläsern, in denen es grünlich floß, auf eine Fensterbank und holte seinen Zigarrenabschneider aus der Tasche; dabei hörte er Waißnix etwas von ›Zwischenlösung‹ sagen und daß sich nichts halten lasse, auf die Dauer gesehen. – »Ich bin informiert«, sagte Kemmler. Wasik ging in die Küche und stellte Gläser auf den Spülstein. Kemmlers regennasser Havelock trocknete neben dem Ofen; er hatte ihn hier hereingehängt, und deshalb raunzte der Koch, der vom ›Meisel und Schadn‹ engagiert war.

Als dann Wasik drüben Kuchen auftrug – die Frau hatte keine Torte haben wollen –, saß Kemmler neben Fannys Vater, und Engelsleben begrüßte ihn mit einem lauten: »Mir bleibt nichts erspart!« Das war ein Kaiserwort; nach dem Tod des Kronprinzen Rudolf hatte es der Kaiser zu seinem Hofmarschall gesagt, oder es ging wenigstens davon die Rede. Wasik stand an der Wand und verbarg sich hinter seinem Austernmund. Die Frau saß oben und schob mit dem kleinen Finger Krümel auf dem Tischtuch zusammen, wie sie's auf dem Manöverball auch gemacht hatte. Dann glaubte er, jemand sei draußen auf der Balustrade entlanggetänzelt, ein Kind vielleicht; aber es waren keine Kinder in dieser Gesellschaft. Wasik sah durch die hohen Fenster auf eine quecksilberflüssige Himmelswand zwischen den beiden Pappeln, die an den Flanken der Terrasse standen, und betrachtete die Gesellschaft, die sich verändert hatte, als wären ihre Figuren anders gestellt worden, wie in einem Spiel; vielleicht hatte er länger hinausgesehen in den Garten, als er glaubte. Und wieder stand Kemmler neben ihm und fragte, wann er heut frei habe. – »Wenn ich zu Bett gehe, gnädiger Herr«, antwortete Wasik und sagte, weil sie über freie Zeit und Urlaub sprachen, er habe immer frei, denn Augen und Ohren seien unbeirrbar; es komme nur aufs Training an. Draußen aber ging Erika in einem dunkelvioletten Kleid vorbei. Über der Brust hatte sie's aufgerissen. Dann drehte sie sich um, preßte sich von außen an eines der hohen Fenster und sah herein.

»Komm«, sagte Kemmler zu Wasik, und er ging hinter Kemmler.

Auf der Terrasse machte sie vor ihnen einen tiefen Knix und sagte: »Jawohl, wir gehen jetzt zusammen fort.« Sie folgte ihnen durch den Garten, stieg mit Kemmler in die Kutsche und sagte: »Ich will auch Wasik dabeihaben.« Kemmler nickte Wasik zu, und er stieg ein. Sie fuhren, Kemmler lenkte, und Wasik saß ihr gegenüber. Nun ging die Straße am Steinbruch vorbei. Wasik dachte, es sei ungehörig, sie immer anzustarren, und sah auf die Wiesen hinaus.
Danach war ihr Sitz leer. Kemmler hielt an, daß das Pferd hochging, und sprang vom Bock; sie aber lag schon unten in der Steinbruchtiefe.

Im Herbst war dann die Jagd. In der Jagdhütte saß Fanny Kemmler gegenüber, und Wasik legte Scheite in den Ofen. Es brannten Kerzen auf dem Tisch. Das war alles so weit vergangen und fand doch heute statt. Die Frau hatte ein gedunsenes Gesicht wegen ihrer Schwangerschaft. Wasik setzte sich neben sie. Die Teller standen auf dem Tisch für alle andern, die noch kommen wollten, es roch vom Ofen her nach warmem Harz, und hinterm Schiebefenster der Theke wartete die Köchin, die Hand ins Haar gesteckt und Zeitung lesend.
Kemmler erzählte von seinem Urgroßvater, der nachts oft aufgestanden war, sich im Hemd ans Spinett gesetzt und lange gespielt hatte; gekannt habe er den Mann nicht, es sei nur so die Sage über ihn gegangen, denn aufgeschrieben habe dieser Urgroßvater nichts. – »Wozu auch«, sagte Kemmler, und die Frau sagte, jawohl, denn wer etwas aufschreibe, der wolle es ›dem Fluß‹ entreißen. Es sei notwendig, den Fluß dahingleiten zu lassen, ihn gut zu finden und sich selber auch. Dann schwieg sie eine Weile und sah Kemmler an. – »Und wie waren die Zeiten damals neben deinem Ur-

großvater?« fragte sie und sagte rasch, der Wasik glaube nämlich, es sei immer alles gleich. – »Ich darf daran erinnern, daß ich gesagt habe: bis auf das Gefühl, das in der Luft liegt, ist jede Zeit immer dieselbe. Es ändern sich nur die Gefühle wie die Lüfte. Also, bitte schön...« Und Wasik sagte, alle Zeitabschnitte wechselten vielleicht wie Klimazonen, und nach dieser Warmzeit, die seit Menschengedenken herrsche, werde sicher wieder einmal eine Kaltzeit kommen. »Also, ich meine: für die ganze Erde. Na, bitte schön: so hat es doch am letzten Samstag in der Beilage zur ›Zeit‹ gestanden.« Die Frau lachte. Wasik überlegte, ob er die Gläser ausgerieben habe. Wenn diese Gläser seit dem letzten Frühjahr unbenutzt im Schrank gestanden hatten, mußte er sie jetzt ausreiben.

»Na, Wasik: Keine Waffenübung heuer? Da fehlt manchem von uns halt doch etwas. Freilich, uns beiden fehlt nichts... Und wie viele Pferde heuer wohl in Maulwurfshaufen treten werden?« sagte Kemmler.

Waißnix und Engelsleben kamen. Das Ende von Waißnix' Zigarre glühte auffällig rot und groß, doch war's keine außergewöhnliche Zigarre. Der Arzt trug einen Stutzer, eine dicke Joppe, und sein Spitzbart streifte den Lammfellkragen. Im Kerzenlicht sah's aus, als mischten sich silberne Fäden mit dem Pelz, doch kam's von Waißnix' blondem Bart. Der Diener nahm dem Arzt den Stutzer ab. Engelsleben lehnte seine Flinte an die Holzwand und sagte: »Uns begegnen heute lauter Kappenleute.« Die Frau sah groß herüber. Der Arzt sagte: »Es sind Waldarbeiter; sie haben dunkle Mützen aufgehabt. Fanny, denken Sie sich, bitte, nichts dabei. Einer hat auch einen Schlapphut aufgehabt und nach Erde und Tabak gerochen.«

Wasik stellte einen dritten Kerzenleuchter auf den Tisch,

ging aus der Stube und in die Küche, um den Hirschbraten zu tranchieren. Das Schiebefenster war hochgeschoben. Wasik rieb die Gläser aus, die staubig waren. Hinter ihm sagte der Herr, er vermisse seinen Diener, wenn er auch nur für kurze Zeit verschwunden sei, und die Frau sagte, jeder Mensch brauche einen Schatten, in dem er seine Dunkelheit verstecke, obwohl sie Wasik nicht für dunkel halte, trotz seines schwarzen Haars.
Wasik machte das Schiebefenster zu. Dann tranchierte er den Braten und legte ihn in die Schüsseln. Wieder ging er hinaus in die Stube. Die Köchin schob die Schüsseln auf die Theke, und Wasik trug sie zum Tisch. Wildgeruch war in der Stube. Engelsleben erzählte von einem roten Eber, den er gesehen habe, aber der Arzt sagte, dabei könne es sich nur um ›die scheidende Sonne‹ gehandelt haben. Die Frau wiederholte: »Die scheidende Sonne« und lachte leise.
Sie aßen. Wasik wechselte die Teller; er ging lautlos hinter den Gästen, denn für ihn waren alle diese Leute Gäste, auch die Frau und sein Herr. Er setzte sich auf einen Hocker und sah auf den Boden. Durchs Schiebefenster wurden Glasschalen mit steifer Sahne herausgeschoben; Wasik trug sie zum Tisch und ließ jeden seiner Gäste einen silbernen Kaffeelöffel von einem Tablett nehmen. Dann wartete er wieder, auf dem Hocker sitzend, trug alle ausgegessenen Glasschalen fort und holte Wein. Und während er den Korkenzieher in einen Flaschenkorken bohrte, fragte ihn der Arzt, welcher Gesellschaftsklasse er sich zugehörig fühle. – »Gnädiger Herr, ich weiß es leider nicht«, antwortete der Diener und sagte, wie sie alle wüßten, sei er außerehelich geboren worden und habe seine Mutter nur bis zum elften Lebensjahr gekannt. »Dann mußte ich alleine weiterkommen, aber ich habe mich nicht schlecht dabei gefühlt«, sagte er, denn jetzt

wollte er eine ausweichende Antwort geben, damit keiner wußte, wie er mit ihm dran war. Trotzdem verstand er Waißnix nicht, als dieser sagte: »Wenn Sie, wie ich, die Menschen lediglich als Kranke sehen, verblüfft Sie ein solches Wort nicht. Ihren Herrn jedoch haben Sie verblüfft.« – »Weshalb? Des Alleinseins wegen?« sagte Wasik – »Ja, deshalb.«

Fanny deutete an die Wand, wo eine Gitarre hing, und sagte: »Wasik, singen Sie uns doch den Roten Eber. In der letzten Zeit hat mir Wasik oft auf der Gitarre vorgespielt. Er,« sie schaute den Herrn an, »sieht das freilich nicht so gern.«

So redete sie jetzt, und Wasik war's gewohnt. Daß sie jedoch eine Gitarre in die Jagdhütte gebracht hatte, fand er sonderbar. Weshalb will sie, daß ich hier singe? Vielleicht nur, um ihren Mann zu ärgern... Aber das war unwahrscheinlich.

Wasik nahm die Gitarre von der Wand, die klang, als wäre sie vor einer halben Stunde gestimmt worden. Dann fing er zu singen an und war weitab:

»Wer ihn hat gesehen in den Wäldern,
Weiß nicht, wo der rote Eber ruht.
Keiner kennt die Wege in den Wäldern.
Spät herauf kommt die verrohte Glut.
– Spät herauf kommt die verrohte Glut.

Schlote und Kamine, Essen, Feuer:
Was sie alle brau'n ist ihm vertraut.
Doch der rote Eber meidet Feuer
In den Äckern, im zerwühlten Kraut.
– In den Äckern, im zerwühlten Kraut.

Traget ihr noch Gold am schmalen Halse?
In Kaserne und Fabrik wächst strenges Rot.
Roter Eber mit dem starken Halse,
Du bist ein Vertrauter beim Komplott.
– Du bist ein Vertrauter beim Komplott.«

So sang er und sah die Herrschaften an. Die wunderten sich also über seine starke, seine veränderte Stimme, doch hatte dies nichts zu bedeuten, und er überlegte, ob er ihnen sagen solle, das komme nur vom Text des Liedes; denn sobald er sang, war er so tief im Text, daß er den anderen Wasik vergessen hatte, denselben, der ein Diener war. Durchs Lied griff er hinaus ins Ferne und hatte Abendlicht im Rücken, das gierig glühte; von ›scheidender Sonne‹ aber war da nichts.
Später stand dann Kemmlers Kutsche vor der Hütte. Vom Mond wurde der Wald mit Silberdampf gefüllt. Waißnix stieg ein, nach ihm kam Kemmler, und Fanny legte, bevor der Wagen abfuhr, einen Finger auf den Reifen des Kutschenrads, der gleißte.

Dies hatte wie eine Beschwörung ausgesehen, oder so, als wollte sie den Wagen mit dem Finger halten, aber den ›Roten Eber‹ wollte sie nach diesem Abend nicht mehr hören. Er war in der letzten Zeit sowieso zu oft bei ihr gewesen, und sie hatte nach seinem Gitarreklimpern mit ihm über Erika und Kemmler reden wollen, obwohl er doch von ihnen so gut wie nichts wußte; es ging ihn auch nichts an.
Bald war wiederum der auf Gräbern kerzenflackernde November da, ein Allerheiligengewimmel, und früh kam Schnee. Wasik fuhr in die Stadt, sah braunes Schneemehl in den Straßen, und als er nach dem Mittagessen seinen Gast-

hof in der Innenstadt verließ, war die Luft warm geworden. Der Schnee war sulzig. Am Ende der Straße stand die Luft wie eine Haut, und Wasik dachte: grad, als sähest du auf einen Fisch. Schnee und schwarze Bäume starrten hinter Staketenzäunen, und eine lange und gerade Straße führte mit Trambahnschienen in die Ferne, hinaus zu Rauch und Fischhautluft, weil sich die Stadt hier im Weiten verlor. Er ging zum Friedhof, und was er sah, zerschmolz im Augenblick und wurde fest in der Erinnerung.

›Nachher weißt du immer mehr als jetzt‹, sagte er zu sich selber. Er ging durch die Einsegnungshalle, wo ein Sarg zwischen Oleanderbüschen stand und Leute vorbeigingen. Gräber waren mit Gewächshausblumen und mit Moos geschmückt; und viele Kerzenlichter flackerten und regten sich, ein unwirklicher Leib.

Wasik war im schwarzen Mantel und trug einen steifen, runden Hut, eine Melone; das gehörte zum Besuch des Friedhofs am Allerheiligentag, eine Übereinkunft seit langer Zeit. Gut, daß eine solche Übereinkunft existierte, es war notwendig, sich ihr einzuordnen, und es genügte nicht, davon zu wissen; es mußte ein Gefühl von Schwarz hinuntergreifen in die Gräber, wo es gelb war. Das Schwarze und das Gelbe, vereinigt in den Staatsfarben der Monarchie, und also beides Todesfarben, das ist ein vertrautes Wissen; du wirst es nicht versickern lassen, obwohl es ausgelöscht gehörte aus den Gedanken eines jungen Mannes, auch wenn er Diener war... Und er redete mit sich selber, spürte die Stengel der Blumen durchs nasse Papier und sah seine im schwarzen Lederhandschuh steckende Hand an, die in der Rauchluft dieses Nachmittages den Strauß hielt; Hand und Blumen sah er entfernt, als hätten sie sich von ihm abgelöst.

Nun ging neben ihm Kemmler, auch er im schwarzen Mantel und mit Blumen. Wasik begrüßte Kemmler, und Kemmler sagte, er gehe zu Erika. – »Ich habe sonst keine eigenen Gräber«, sagte Wasik.

Sie standen am Grab beieinander; jeder legte seine Blumen auf das Grab. – »Was war sie für ein Mensch?« sagte Kemmler. – »Wie jeder andere«, sagte der Diener. Es herrschte das gleiche, das immer fest verhüllt war. Der Diener hatte einen Ring am Finger, und Kemmler sah auf diesen Ring. – »Wenn man gewußt hätte, was kommen wird«, sagte Wasik, »hätte man es anders gehen lassen; oder man hätte es versucht. Geglückt wäre es nicht.«

Kemmler fragte, wie es ›draußen‹ gehe, und meinte das Schloß Schoeneben. Es war kaum anders als zuvor. Dann sprachen sie über Lieder, und der Diener sagte, die meisten kenne er aus Frankreich; er sei als Kellner dort gewesen. »Wie das so üblich ist«, fügte er hinzu. »Ich habe noch eine Verabredung«, sagte er dann und ordnete die Blumen auf dem Grab. Wieder sah Kemmler den Ring an seinem Finger an, und Wasik sagte: »Aus dem Ehering meines Großvaters und einem Ohrschmuck meiner Mutter ist er gemacht«, und zeigte den Ring Kemmler. Der Ohrschmuck war ein ovaler Onyx mit Einlagen aus goldenen Blumen. »Und jetzt gehe ich zu einem Freund, der Wachmann ist; er hat ein Kind, ein Mädchen. So einer weiß natürlich mehr als ich... Dem Mädchen bring ich Süßigkeiten mit. In meinem Leben geschieht wenig.«

So versuchte er, Kemmlers Neugier auszulöschen, und vielleicht gelang's ihm auch, sich herauszuhalten, weil er seine Ketten kannte; denn Wasik glaubte nicht, er wäre frei. – »Die Zeit steht doch nur scheinbar still«, sagte der Diener. – »Also glauben Sie, daß bald der ›Rote Eber‹ kommt?« – »Ich fürchte es.«

Gedämpftes Reden, wie es sich gehörte. Von einem Herrn war Wasik nicht zu unterscheiden. Aber so ist es schon oft gewesen, dachte er. Man glich sich an, und schließlich kam's auf dasselbe hinaus. Wasik sah auf Gräber und sah Kemmler nach, der hinter Grabsteinen verschwand, gebrochenen Säulen und Engeln aus schwarzem Metall. Dazu das Fischige der Luft. Er ging weiter und erinnerte sich, wie er hier - es war noch nicht lang her - vor einem geöffneten Grab gestanden war; zerfressene und nasse Sargbretter waren an eine Erdmauer gelehnt gewesen, eines davon mit einem schwarzen Tuchfetzen beklebt, auch dieses Brett schon über fünfzig Jahre alt.

Es ging vorbei, und es kam Helligkeit. Der Sommer war schon wieder jung. Wasik dachte an den Mohn über der Mauer, nicht weit von Kemmlers Gutshof. Die Wolken zeigten ihre Türme, ihre dunklen Speerspitzen aus Nebeln, und neue Geräusche lebten in der Hitze auf: Regen vor einem offenen Fenster, Donner, der weitab klang. Jasminduft wehte, und wieder stuften sich die Wolken, Barrieren, Basteien und Festungen aus Wasser, das in der Luft ruhte. Es hatte sich erneuert. Die liebsten Blumen sind für dich alle hellblau; die zähe Wegwarte ist deine Blume, die kommt mal später in dein Wappen, aber du bist froh, weil du keins hast. Die mit den Wappen leben so beschwerlich...
An einem Samstag kehrte er den Platz vor dem Tor mit den zwei Säulen, als Kemmler vorfuhr. - »Leider muß ich Sie wissen lassen, daß die gnädige Frau schläft. Und der Herr will nicht gestört sein, also steht Ihrem Besuch nichts im Wege«, sagte Wasik. Sie gingen in die Küche. Im Garten trockneten Windeln an einer Leine, und Wasik sagte: »Jawohl, bei hoch und nieder ist es gleich.« Er schmunzelte

und wusch sich die Hände. Dann klang die Klingel über der Küchentür. Wasik griff nach einem Handtuch, er sagte: »Bitte, sich zu gedulden einen Augenblick« und ging ins Schlafzimmer hinauf. Dort sagte die Frau, Kemmler solle heraufkommen, sie habe seine Stimme schon gehört. So führte er ihn denn hinauf. Unbeholfen stand Kemmler vor dem Bett, und Wasik schaute auf die Seite. Die Frau hatte sich warm geschlafen; das dichte, stark glänzende blonde Haar bis zu den Schultern offen, sah sie zu Kemmler auf; sie hatte große und klare Augen; wegwartenblaue... dachte Wasik und sah wieder weg, denn solch ein Wort dachte man nicht bei einer Herrin. Sie ist deine Herrin, merk es dir... Sie hielt den Säugling hoch, lachte und schaute an Kemmler vorbei. – »Er wird eine Nase bekommen wie sein Vater, bloß die Augen sind zu dunkel. Woher er diese dunkeln Augen hat?«
Wasik wußte es, und sie wußte es auch. Nicht umsonst hatte Erika diese Augen gehabt, und sie erschienen jetzt wieder in diesem Sohn. Der Herr kam herein und rauchte eine Zigarre. Der war ein Schattenriß neben dieser Frau im hellen Zimmer, wo Baumkronen die Fenster füllten. Wieder sagte er sein rauhes: »Serwas, alter Barbar!« und sprach von der Arbeitersiedlung: »Das Projekt mußte ich aufgeben, mangels Geldes.« – »...mangels Geldes«, wiederholte die Frau. – »Sie glaubt es nicht. Was kann ich machen, wenn sie es nicht glaubt? Sie glaubt auch nicht, daß die Arbeiter lieber in ihren Hinterhöfen bleiben. Ich habe sie gefragt, und was ist herausgekommen? Acht Prozent wollen aufs Land ziehen, und die andern sagen: ›Jeden Tag eine halbe Stunde früher aufstehen? Nein...‹ Du, das gefällt mir. Oder schläfst du nicht auch gerne lang?«
Kemmler sagte: »Ja. Der Mensch ist auch in einem freund-

lichen Haus unzufrieden; aber es ist für ihn besser als in einem muffigen Quartier.«
Engelsleben ging aus dem Zimmer. Die Frau schaute auf ihr Kind und sagte: »Gut, daß ich mich um den da kümmern muß; der treibt alles fort; der rückt es in die Ferne.«
Das helle und das hohe, das weite Zimmer war um sie, eingewoben in frische Blätter.

Zweiter Teil

DER DIENER WASIK GING DURCH DIE STADT. DIE Gebäude standen jetzt in starker Wärme. Da waren diese hohen Palaisbauten dicht aneinandergerückt, alle gelblich und mit schwarzen Kerben wie marmoriert. Er bog um eine Ecke, und es war ein Sonntag. Die Stadt an einem Sonntag sehen, war für Wasik wichtig. Sein Leben wurde angereichert mit Vergangenem, als ob er alle Stiegen, alle Höfe, alle Kammern und Dachböden, alle Winkel und niedrigen, bodennahen Wohnungen, die bevölkert gewesen waren mit Menschen seiner Verwandtschaft, im Blut und in den Nervensträngen hätte. Das war eine verästelte, unwirkliche Gesellschaft von Gerüchen, Bewegungen unbekannter Leiber, Handreichungen und Gefühlen. Wenn du dich nicht abgesondert hättest und die andern immer genau wüßten, wann du zu ihnen kommst und was du treibst, wohin du gehst und was du denkst, dann wärest du verstrickt in deine Zeit... So aber ist's nicht nötig, daß es diesen Wasik gibt... Ebensogut nicht vorhanden sein können, das war vorteilhaft. Er wurde nicht genötigt, eine gewisse Gasse entlangzugehen, aber diese hier war ihm vertraut; sie war eng und hoch.

Das Licht herrschte als Mauerlicht, und alle Schatten waren trocken. Stumme Scheiben geschlossener Geschäfte rückten nah heran; die Helligkeit im Feuchten war nur eine Haut, und dann hatte er diese Wirtschaft, eine Kneipe, um sich, groß, mit Räumen, wo auch tagsüber Licht brannte. Er war dort unbekannt. Er aß mit Blechbestecken und sah die Bilder an, alle dicht unter der Decke aufgehängt und etwas fürs Museum des Gemüts; angeräucherte Bilder, aber solche, die Löcher in die Wände stießen, als öffneten sie eine andre Zeit. Die andre Zeit war wichtiger als diese Zeit. Das Versunkene, das Abgelegte, das Vergessene und das Entschwundene machten alles zu einem Raum. Die Zukunft, die blieb ausgeschlossen, denn in ihr wartete der ›Rote Eber‹. Und Wasik dachte an das Lied vom ›Roten Eber‹, er hatte es im Kopf. Ob es denen in der Jagdhütte, damals [auch schon fast ein Jahr vorbei], ob es denen... Aber die wußten doch auch ohne dieses Lied vom ›Roten Eber‹, woher der Wind kam. Der Wind kam immer noch von Südosten herüber und war heiß.

Du verträgst dich gut mit denen, die etwas empfinden, aber was du empfindest, das weißt du nicht genau.

Er sah eine Küchenschabe in eine Mauerritze schlüpfen und spürte das zerkratzte Blech des Löffels an den Lippen. Am Büfett stand ein feister junger Mann und lachte mit glatten Backen.

Wasik bezahlte sein Mittagessen, ging. Zielloses Gehen, ohne zu wissen: um dreiviertel vier mußt du bei einem sogenannten Freunde sein, das machte die Gelenke locker. Wo du noch einmal hingerätst, bleibt unbestimmt. Das Unbestimmte war das Wichtigste. Gut, daß alles Künftige unbestimmt war, er hoffte nicht aufs Künftige; das Künftige war nur zu schmecken als Eisengeschmack und zu fühlen als roter Eber, irgendwo zwischen fernen Dächern. Gut, daß das Vergangene fest stand und hereinatmete in das, was er jetzt tat. Das Vergangene durchsetzte alles und saugte es auf. Vergangenheit war immer; es gab nur Vergangenheit, Vergangenheit und täglichen Dienst, in dem die Freiheit lebte, jederzeit weggehen zu können. Der Dienst lief nebenher, der war das Nötige, die Handlungen, und was sich nicht erklären ließ. Nur mit Gewöhnlichem verdiente jedermann sein Geld; mit Niedrigem, mit Nichtigem, Sinnlosem, und es war der Tribut, eine Abgabe, die jeder leisten mußte. Vielleicht das Wichtigste: die Handlungen des Fleisches; die Handlungen des Kopfes und der Sinne flossen mit ihnen zusammen und erzeugten das Gerede, das Geräusch des Schwatzens, das Geschwätz. Was zuerst wichtig war: der Kopf, die Sinne oder das Fleisch, das wußte niemand.

Er kam auf einen weiten Platz mit einem Reiterstandbild. Das Pferd hob die Vorderhufe, und sein Reiter zeigte in die Ferne; er hielt eine Fahne hoch. Das Licht war weiß. Scharfe Hitze schnitt herein, und hohe Gebäude erschienen schwarz und streng. Fenster waren eine dünne Haut. Alles war weit, stand fest und unbeweglich; es dauerte und es rührte sich nicht. Der Balkon des breiten Traktes, dieses Hauses eines Kaisers, der war leer.

Er ging in ein Café mit hohen Scheiben, hinter denen Palmen standen. Hier war er gerne. Mit trockenen und spitzen Blättern rührten Palmen ans Fensterglas, und in der Kaffeehausstille hörte er ein Geräusch, als klopfte jemand; es mußte in dem Gang sein, wo die weißen Toilettentüren waren und die Tür zur Küche. Er stellte sich diesen Gang vor, sah einen Konditorjungen mit weißer Mütze aus der Küche kommen und pfeifend nach unten laufen, und hörte wieder dieses Klopfen. Knistern mischte sich hinein, als bräche eine Scheibe, und er dachte: es muß unter der Decke des Gangs sein, aber dort sind keine Fenster. Er ging hinaus, sah sich um, konnte nichts entdecken an der Decke mit der Gipsleiste. Wieder ging er ins Café zurück. Grüne Polstersessel hatten Rücken, Arme; er sah sich in einem Spiegel und dachte: ›Wenn du hier bekannt wärest mit einem Kellner, könntest du ihn fragen, wer geklopft hat.‹ Vor den Fenstern waren alle Bäume unbeweglich, und drüben hob der Reiter einen Arm; er zeigte schräg nach oben, eine Feldherrngeste. ›Wenn du dem Reiter folgtest, kämst du nach Südosten‹, dachte er, sah im glasigen Licht den Platz, als wäre er erstarrt, und erinnerte sich an das Lied vom ›Roten Eber‹; aber

ein Reiter war kein roter Eber, und er, ein Diener, gehörte nicht hierher, obwohl's ihm keiner ansah, daß er fehl am Platze war in diesem samtgepolsterten Café.
Er gehörte nicht dazu. ›Wohin gehörst du?‹ dachte er. ›In die Remise, wo du morgen eine Kutsche putzen wirst...‹ An einem freien Sonntag hing ein Diener in der Luft und glaubte, es klopfe irgendwer, aber das Recht, ›Herein!‹ zu rufen, hatte nur ein Herr. Vielleicht war's besser, man ließ den Besucher nicht herein, und der Diener mußte dafür sorgen, daß er verschwand. Welcher Besucher aber unerwartet klopfen würde, wußte niemand, und weshalb ein Diener sonntags in einem Café unter Herrschaften saß, darauf war eine Antwort geben schwierig.

Wenig später – der nächste Tag war auch schon wieder vorgeschritten und vertiefte sich in die Nachmittagsstille – bürstete er in der dämmrigen Remise, wo es kühl war, die Polster der Kutsche; der Pferdebursch schlief. Der Herr war noch in der Fabrik, und Wasik dachte, außer dem Pferdeburschen schliefe auch die Frau, als sie hereinkam und sagte: »Er ist gestern ermordet worden.« Ihre Hand hielt die Bremskurbel fest. Wasik sah auf ihre Finger und bürstete weiter. Dann fragte er, ob es eine Pistole oder eine Bombe gewesen sei, und sie sagte: »Ich glaube, eine Pistole.« Daß sie die Meldung nicht genau gelesen hatte, wunderte ihn nicht, er aber hätte gern gewußt, was für ein Mann der Mörder oder Attentäter war, der vielleicht unter Säbelhieben von Gendarmen liegengeblieben war.
Dann dachte er an den heißen Tag und an das Café, wo er gestern gewesen war. Zwei Blätter der Palme dicht am Fenster hatten gelbliche und trockene Spitzen gehabt, und Wasik sagte: »Gestern war ich in einem Café am Helden-

platz.« - »Heldenplatz...«, wiederholte sie, und er bürstete weiterhin die Polster, tat was notwendig war und las eine Woche später, also am Dienstag, dem siebten Juli, in der Zeitung ›Die Zeit‹ über das Attentat. Den Mord hatten zwei Männer ausgeführt, einer mit einem Revolver und einer mit einer Bombe; die Kugeln hatten den Thronfolger getroffen, die Bombe war im Gefolge explodiert; der Revolverschütze hatte auf einem Strohsack geschlafen; der Ministerrat war einberufen worden; heute morgen um acht Uhr fünfunddreißig Minuten war der Kaiser zum Wiederantritt des Sommerséjours abgefahren; der Thronfolger war beerdigt worden; an den ersten Obersthofmeister hatte der Kaiser ein Handschreiben gerichtet; der Thronfolger und seine Gattin waren nach spanischem Zeremoniell beerdigt worden; unterm Hochadel hatte es Mißstimmung gegeben, weil der Obersthofmeister nicht den höchsten Grad der Hoftrauer angeordnet hatte, eine Mißstimmung, die Wasik nicht verstehen konnte. Statt dessen dachte er an den zerfetzten Uniformrock, der, blutbefleckt, bald in einer Vitrine liegen würde, also unter Glas. Und Wasik erinnerte sich an eine Kirche in Paris, wo ein Schrank im leeren Chor gestanden hatte. Hinter den Scheiben dieses Schranks war ein mit Goldbändern besticktes, auf der Brust zerrissenes und braunfleckiges Wams gehangen; das hatten sie in einem Grab gefunden. Der Thronfolger aber konnte nicht beerdigt werden in einer befleckten Uniform; deshalb wurde sie aufbewahrt. Denn heute wurde vieles aufbewahrt, obwohl wahrscheinlich niemand alle blutfleckigen Uniformen...

Dann begann der Krieg.

Wasik verlor in Galizien den Ring seiner Mutter und kam nach dem Kriege in die Stadt zurück. Es breitete sich nebeliges Regenwetter aus; die Stadt war unverändert. Wasik ging neben Kemmler, der jetzt Rittmeister war. In deutschen Städten mußten sich die Offiziere ihre Rangabzeichen von den Schultern schneiden, aber hier war das nicht nötig. – »Auf meinem Hof ist alles durcheinander. Wissen Sie: der Verwalter... Seien Sie froh, daß Sie keinen Gutshof haben«, sagte Kemmler. – »Mit Ihren Sorgen sind Sie nicht alleine«, sagte Wasik, und Kemmler sagte, ja, der Engelsleben sei mit seiner Lokomotivenfabrik auch nicht besser dran: »Bedenken Sie die Streiks, die es geben wird; denken Sie an die Leute, die keine Arbeit finden.« Aber davon wußte Wasik viel.
Mit der Bahn fuhren sie hinaus. Es waren dieselben Waggons wie früher, als er sonntags in die Stadt gefahren war. Und jetzt kam er also zurück an seinen alten Arbeitsplatz. Es war beinahe so, als begänne nun ein langer Urlaub, denn in jedem Urlaub hatte Wasik im Schloß ausgeholfen, weil er kein anderes Zuhause hatte. Der Bub der Frau, der Sohn des Herrn, war trotz dem Krieg herangewachsen, und die Frau sagte oft von ihm: »Also, Wasik, bei Ihnen ist er halt am liebsten.« Einmal hatte ihm der Bub sogar sein Koppel gewichst und sich mit Schuhwichse verschmiert. Die Frau hatte ihre Nervengespinste abgelegt und schaffte in der Küche, im Garten und im Haus; fast sah's so aus, als wär's ihr recht, daß sie allein war. Ihr Mann hatte sich derweil mit Kriegshandwerk beschäftigt; zweimal war er verwundet worden. Die Frau las am liebsten alte Bücher, und Bücher waren ja genug im Haus. Und du hast jetzt Polen gesehen und ein Stück von der Ukraine; das liegt in dir, du hast es aufgenommen, und seitdem weißt du noch klarer, daß du

alleinbleiben willst; etwas anderes hätte nichts genützt. Der Regimentsarzt Doktor Waißnix war einmal zu ihm ins Blockhaus gekommen, um nach einem Unteroffizier zu sehen. Da hatte Waißnix vor der Tür zu ihm gesagt: »Sie sind also froh, weil all das für Sie nicht so wichtig ist?« und Wasik hatte geantwortet: »Jawohl, mir gefällt's im Osten auch am besten.«

Die Menschen waren einzuteilen in solche, denen's im Osten gefiel, und in andere, die sich dort fremd fühlten; diese konnte Wasik nicht verstehen. Der Osten..., dachte er und war froh, weil's vor dem Wagenfenster weit war. Die Ebene streckte sich weit hinaus. Und wahrscheinlich dauerte es nicht mehr lange, bis sich Engelsleben ein Automobil anschaffte, denn in diesem Krieg waren Maschinen und Motoren stark geworden. Die Frau aber wollte immer in einer Kutsche fahren, und daß der Bub einmal Automobile gerne haben werde, das glaubte er nicht. Kemmler wollte kein Automobil besitzen und hatte Rußland gern.

Alles war gallertig wie Regenwetter, doch würde sich's bald festigen. In einem russischen Bauernhaus, hinten bei den Ställen, wo er oft Pferdedecken in die Sonne gehängt hatte, dort war etwas gewesen, das er hier nirgends fand. Genau sagen, was es gewesen war, das hätte er nicht können. – »Wenn hinterm Haus Heufasern verstreut sind, und Sie sehen sie an, ich meine: von der Holztreppe aus, auf der Sie bequem sitzen: Erinnern Sie sich noch, Herr Rittmeister?« sagte er zu Kemmler und wunderte sich, weil er's sagte. Ein Diener hatte doch zu schweigen. Aber jetzt war er kein Soldat mehr und noch nicht Diener, und deshalb schwatzte er.

Er stieg aus. Kemmler fuhr weiter. ›Bald herrscht wieder das Gleichgewicht‹, sagte er zu sich selbst. Das Gleichgewicht der Tage war das Wichtigste für einen Diener; wes-

halb fortgehen oder die Stellung wechseln? Es blieb ja doch immer dasselbe. Im Krieg hatte man oft die Stellung wechseln müssen, und was war dabei herausgekommen? Ein gestörtes Gleichgewicht. Und heimlich und fast ängstlich dachte er: ›Merkwürdig, daß du jetzt vom ‚Roten Eber' nichts mehr wissen willst...‹ Wahrscheinlich deshalb, weil der ›Rote Eber‹ jetzt hereingedrungen war und wühlte. Es war noch ungenau zu sehen, doch man merkte es. Und daß der Kaiser nicht mehr da war: sehr bedenklich. Es hätte sich so fügen sollen, daß der Kaiser wenigstens so lange herrschte, wie die Lebenszeit des Dieners Wasik dauerte. Aber wenn es nicht geschah, dann mußte sich der Diener Wasik anders zurechtfinden.
Vicinus war gefallen. Vielleicht lebte deshalb die Frau leichter; aber das ging ihn nichts an.

Im Schoenebener Schloß führte ihn die Frau zum Herrn hinein, der am Schreibtisch mit den vielen Schubladen saß. Wasik legte seinen Wäschebeutel auf den Boden und stand stramm. Der Herr lachte, grinste ihn an, stand auf und gab ihm die Hand; seinen schwarzen Schnurrbart hatte er gestutzt; in den Mundwinkeln hing er nicht mehr so lang herab wie früher. Das stand ihm besser, er glich noch mehr einem vom Hochadel, sah aber milder oder geschmeidiger aus; vielleicht auch diplomatischer. So genau war es nicht ersichtlich. Er war natürlich immer noch der alte. Aber vielleicht hatte ihn die lange Zeit im Osten und daß ihm Kemmler in Rußland den abgewetzten Lederband zu lesen gegeben hatte, anders gemacht; gleichgültiger oder mit Gleichmut durchsäuert. In dem Buch waren Worte gestanden, die Wasik nicht so schnell vergaß; zum Beispiel dieses: ›Sieh nach innen; von keiner Sache entgeh dir die eigentümliche

Beschaffenheit und der Wert.‹ Oder jenes andere: ›Auf welch geringer Scholle der ganzen Erde gehst du! Dies bedenke und stell dir nichts als wichtig vor als zu handeln, wie deine eigene Natur es weiß, und zu leiden, wie die allgemeine Natur es bringt.‹ Das war der gute Hinweis eines toten Kaisers. Aber, wer hielt's aus, so lang in einem Buch zu lesen? Nur Kemmler... Der da hielt nichts lange aus; der mußte immer wieder etwas Neues anzetteln oder vom Zaun reißen. Für den würde ich niemals meine Hand ins Feuer legen; aber für die Frau.

Es kam ihm vor, als wäre sie größer geworden. Sie lehnte an der Tür. Der Herr sagte: »Wasik, stellen Sie sich vor, ich schriftstellere jetzt. Gegen diese Republik natürlich... Daß der Kaiser weg ist – nun, der mußte weg. Aber wir werden etwas Neues machen, etwas anderes. Drüben im Reich fängt's auch bald an.«

Wasik sah zur Frau hinüber, und die machte eine Handbewegung, als wollte sie sagen: ›Du kennst ihn ja...‹ Dann ging er in sein Zimmer, packte die Wäsche aus und zog sich um. Die Uniform verschnürte er in Packpapier und legte sie unter die Ziegel; dort stand auch ein verstaubter Frauenkopf aus Gips.

Als er fertig war und sich auf seinem Bett ausstreckte, kam die Frau herein. Sie sagte: »Bleiben Sie nur liegen... Ich will etwas Privates mit Ihnen besprechen. Sie haben ja gesehen, wie er jetzt ist, aber das macht mir nichts aus. Wissen Sie, ich will nur nicht, daß er mir den Buben verdirbt. Er will ihn zu einem harten Burschen machen, aber das geht doch nicht.«

»Freilich. Ich überlege nur, wie ich gegen Ihren Mann aufkommen soll. Ich kann mich doch mit Ihrem Mann nicht über die Erziehung seines Sohnes streiten... Wie wär es, wenn Herr von Kemmler, der schließlich Pate ist...«

»Der wird mir auch helfen. Ich schicke ihn zwischendurch immer wieder zum Kemmler. Ich sage das alles bloß, damit Sie Bescheid wissen.«
Er hatte schon Bescheid gewußt, nur war das eine recht heikle Aufgabe. ›Stelle dir also vor, du hättest einen Sohn und wie du mit dem sprechen würdest‹, dachte er. Sein Freund Schanbacher, der Wachmann [auch im Krieg gefallen], hatte eine Tochter; die war jetzt elf. Also, mit der gab's keine Schwierigkeiten; und die Frau hatte eine Pension... Zu denen mußt du am Sonntag hineinschauen.

Der Sonntag kam auch bald heran. Im Vestibül sagte der Bub zu ihm: »Mache mir einen Schild, den niemand sieht«, und Wasik fragte, wozu er ihn brauche, aber der Bub stellte sich hinter eine Säule.
Es klingelte an der Tür. Wasik öffnete, und dann kam Ditschy herein, der im Krieg Trompeter gewesen war, ein schwarzhaariger Kerl mit einer Narbe im gelblichen Gesicht. Er trug eine Windjacke und eine graue Kappe. Sie hatten ihn in der Schwadron den ›Paraner‹ genannt, und das war er auch.–»Servus. Laß mich zum Chef hinein«, sagte Ditschy; er hatte Reithosen und Wadenstrümpfe an. Solch ein Kostüm war Wasik widerwärtig; jetzt war man doch wieder Privatmann, wozu dann dieser räuberische Aufzug, dachte er und führte Ditschy hinauf zum ›Chef‹.
Als er wieder nach unten kam, wartete die Frau auf ihn. Der Knabe trat hinter der Säule vor und sagte: »Das war er jetzt. Ein Kappenmann.« – »Wenn's regnet, und du bist draußen, hast du doch auch eine Kappe auf dem Kopf«, sagte Wasik.
Später nahm er Anzüge des Herrn aus dem Schrank; die Frau hatte gesagt, die meisten paßten ihm nicht mehr, und

manche seien abgewetzt. Im Krieg war Engelsleben kräftiger geworden; seine Jacken spannten an den Schultern, die Westen saßen knapp über der Brust. Wasik mußte die engen Westen und Jacken aussortieren; keine schwierige Arbeit, weil er von jedem Kleidungsstück wußte, was der Herr darüber gesagt hatte. Dieser braune Anzug hieß ›Ufergestrüpp‹, weil ihn der Herr gern in die Fabrik anzog, die in den Flußauen lag. Nach den Stunden im Kontor ging er in den verwilderten Niederungen am Fluß spazieren, einem abgelegenen Bereich, wo Fasanen über die Wege liefen. Und weil der Anzug, den er dazu trug, von Anfang an und schon beim Schneider ›bequem‹ und ›leger‹ angemessen worden war [Wasik war beim Schneider immer mit dabei], so paßte er auch heute noch, wie jener helle, den Wasik ›Sommerlüfte‹ hieß. Von dieser Sorte hatte der Herr mehrere; es war die Kleidung fürs Flanieren, und dazu nahm er gern den schwarzen Stock mit Elfenbeinknauf – übrigens auch ein Requisit, das langsam aus der Mode kam, wahrscheinlich, weil der Stock ein Ersatz für den Degen aus früheren Zeiten war; und da man lange genug Degen und Waffen getragen hatte, so erübrigte sich's jetzt; ja, vielleicht war der Stock auch noch ein bürgerliches Requisit. Übrigens schade, daß das Bürgerliche aus der Mode kam. Was sollte an seine Stelle treten? Vielleicht das Rowdytum? Ja, das kam jetzt herauf. Das Rohe und Vulgäre wurden schick, das spürte so ein Diener an den Fingerspitzen, oder erschnupperte es, witterte es aus.
Die feierlichen Anzüge, die mit den seidenen Aufschlägen, waren zu eng geworden. Die Frau hatte gesagt: »Er soll sich neue machen lassen«, Engelsleben aber sagte: »Indiskutabel. Viel zu teuer. Der Schneider wird die Nähte herauslassen, und damit Schluß.« Das war gut gedacht; in einem

ganz bestimmten und heimlichen Sinne war es gut gedacht, nur hätte der Herr diesen Gedanken niemals als einen guten akzeptiert; eher die Frau. Denn wenn er, der Diener Anton Wasik, zu der Frau gesagt hätte: ›Wozu neue, feierliche Kleider? Es beginnt doch keine neue Zeit‹, hätte sie ihm recht gegeben; aber es begann trotzdem eine neue Zeit, allerdings hatte sie schon vor dem Kriege angefangen; jetzt machte sie sich nur stärker bemerkbar, aber eine große war sie nicht zu nennen; eher eine grobe - der ›Rote Eber‹ war grobschlächtig -, eine barbarische. Sie hatten ja auch alle Adelsprädikate abgeschafft, obwohl hier jedermann so hieß wie früher. Eine Mischmaschzeit hatte begonnen; der Diener sah es an den Kleidern.
Und jener Ditschy, der jetzt drinnen beim Herrn war, wußte zwar nicht, was geschah, machte aber mit. ›Was er zum Herrn sagt, will ich nicht hören, wüßte es aber trotzdem gerne‹, dachte Wasik. Der Ditschy war im Krieg am rechten Platz gewesen. Engelsleben hatte ihn gebrauchen können, aber Kemmler mochte ihn nicht leiden. Er hatte requiriert, also aufgespürt, wo etwas zum Mitnehmen dagewesen war; zum Beispiel Heu oder Kartoschka oder das letzte Schwein eines ausgepowerten Bauern. Eine Zeitlang war er in einer Muschikbluse herumgelaufen, einen Gürtel darüber, die Pistole an der Hüfte. Wie ein Marodeur hatte er ausgesehen.
Die Frau kam herein und sagte: »Was will denn dieser Kappenmensch? Wissen Sie etwas Genaues?« - »Ich weiß nur Ungenaues. Ob der Herr Genaues weiß, entzieht sich meiner Kenntnis.« - »So was richtet Schaden an«, sagte die Frau und begann ihre Kleider auf das Bett zu legen.
Schaden anrichten? Die Ungenauigkeit? Gewiß. Wasik sah, wie die Frau ihre Kleider prüfte. Ihr waren sie zu weit

geworden. Nicht gut für eine Frau; sie hätte wieder dicker werden sollen. Aber wenn sie darauf bedacht war, mager zu sein, weil es modern war: warum nicht? Nein, darum kümmerte die sich nicht; die ißt auch reichlich, aber vielleicht hat sie Angst, und deshalb wird sie mager, dachte er.

»Wer bedauert, daß der Kaiser nicht mehr da ist...«, sagte Wasik.

»Ich glaube, es gibt Leute, die das nicht bedauern und trotzdem alles anders haben wollen.«

»Dies erscheint mir als eine falsche Meinung«, sagte Wasik, und die Frau sagte: »Aber was können Sie dagegen tun?« Sie sah in die Richtung, wo das Zimmer des Herrn lag. Ans Schlafzimmer schloß sich ihr Zimmer an, und dann folgte das des Herrn, weshalb hier niemand hören konnte, was drüben gesprochen wurde; wahrscheinlich hatte sie das Gespräch zwischen Ditschy und ihrem Mann gehört und war deshalb zu ihm gekommen.

»Sie gehen doch heute zu Frau Schanbacher, Wasik. Glauben Sie, es wär ihr recht, wenn Sie ihr ein Kleid von mir bringen würden?«

»Es wird sie freuen«, sagte Wasik.

Mit seinem Kleiderpaket unterm Arm ging er nachmittags durch die Toreinfahrt in den Hof hinein, wo rechter Hand ein einstöckiges Haus stand; hinter dem Haus lag ein Garten. Er läutete an der Tür mit dem porzellanenen Klingelknopf. Innen war Anna beim Bügeln. Ihre Freundin Elise Rabl, eine Näherin, die im Krieg Trambahnschaffnerin gewesen war, saß ihr gegenüber, und Annas Kind malte am Fenster. Wasik legte dem Mädchen drei Zwetschgenmänner auf den Tisch, und das Kind bog sie so zurecht, daß sich

beide verneigten; dann gab es jedem ein Stück Papier in die Hand, auf dem ›Zum Danke und zum Gruße‹ stand.
Anna bügelte, die Blusenärmel aufgekrempelt. Das Kind war hellblond wie die Mutter, hatte aber straff anliegendes Haar mit zwei Zopfschwänzen; es malte ein Unterwasserbildchen: ein Polyp hatte weiße Augen und einen unflätigen Mund; Korallengewächs stieg verästelt auf, ein Stein schlief auf dem Meeresgrund, und Fische regten sich, standen aber auf dem Papier still. Das Kind schaute zu Wasik auf und beugte sich darüber: »'s ist noch nicht fertig!« Es hatte Augen, als wäre es aus Rußland. Anna legte eine Kinderbluse auf einen Stapel Wäsche und wischte sich mit dem nackten Arm über die Stirn: »Ich glaub, ich mache euch einen Kaffee!« Die war eine Stämmige, in ihrem Gesicht drang etwas durch, das bei der Frau seines Herrn nur noch auf der Haut lag. Er konnte nicht sagen, was es war, aber darauf kam es auch nicht an. Dann schob er ihr das Paket hin.
Sie faltete das Kleid auseinander, betastete es, ließ es über den Arm fließen und sagte: »Direkt für die Oper ...« Es war dunkelgrau und einfach, beinah streng, aber sehr teuer; das merkte Anna gleich und sagte: »Also, von deiner Gnädigen... Also direkt: Sapperlot!« Denn für Anna war etwas Freudiges immer direkt und sapperlot. – »Da müßt ihr mich entschuldigen für einen Moment«, sagte sie und verschwand. Elise Rabl war entweder verlegen oder wollte nicht viel von den Menschen wissen und schaute deshalb auf die Seite. Wie sie's dann aber ausgehalten hatte, ausgerechnet als Trambahnschaffnerin, das konnte Wasik nicht verstehen. Anna kam herein und sagte: »Also ihr..., da möcht man ja direkt soupieren!« Das dunkle Kleid machte ihre Haut fein, und vielleicht hatte sie sich auch gepudert.

Dazu ihr buschiges, mit dem Kamm gelockertes Haar, weil sie doch früher als Friseuse gegangen war.
Sie tranken Kaffee in der Sofaecke, und Anna hatte das Kleid wieder ausgezogen. – »Wie ist's draußen bei dir?« fragte sie.
»Ich weiß nicht recht... Aber der Herr ist mir halt zu zerfahren. Manchmal denk ich direkt: Du solltest vielleicht doch was anderes anfangen.«
»Was ich schon immer sage. Bei der Polizei würden sie dich nehmen. Aber bloß solang du noch nicht vierzig bist.«
»Ja, weißt du: das ist mir zu wenig privat«, sagte Wasik.
»Der Onkel Toni«, sagte das Mädchen, »kommt aus einer Geschichte.«
»Aus welcher?«
»Einer, die schon alt ist.«
Die Worte kamen ihm merkwürdig vor; es lag etwas darin, das ihm nicht klar war und zu ihm gehörte. Was war eine alte Geschichte? Die von einem, der sich zwar zurechtfand und seinen Dienst verrichtete, aber fremd blieb. Der Mensch hatte nur ein Zuhause, und das war sein Leib. ›Du mußt dich bei dir selbst einrichten‹, dachte Wasik; ›du kannst keinem helfen.‹ Und er saß und rauchte eine Zigarre, hörte die beiden Frauen darüber reden, ob es für Anna gut wäre, wenn sie den halben Tag in einem Kaffeehaus serviere, und sah wieder das Kind neben sich an. – »Wenn's neblig ist«, sagte das Kind, »haben die Häuser ihre Ruh. Im Nebel ist ein Haus ein Haus.« – »Und sommers?« fragte Wasik. – »Ach, im Sommer..., da hat ein Haus die Schwalben. Zum Nachschauen, weißt du.« – »Das Nachschauen ist das Schönste«, sagte Wasik.
Dann ging er wieder und war froh, zu gehen. »Dort ist's dir auch zu eng«, sagte er zu sich selbst. Er war durch irgend-

was verdorben worden, vielleicht bloß, weil's nicht mehr so war wie früher. Und früher hatte er den ›Roten Eber‹ gesungen, das war auch so etwas gewesen: ›Spät herauf kommt die verrohte Glut.‹ Eine Ahnung war in diesem Lied gewesen, aber nicht mehr.

Der Abend war neblig. Jetzt gingen die Gerüchte von den Schiebern um. Nie hatte er früher etwas von Schiebern gehört, aber jetzt war ein Schieber einer in einem Mantel mit Samtkragen und steifem rundem Hut, und die Krawatte saß ihm plump am Hals. Oder Schieber hatten junge, aufgedunsene Gesichter. Wahrscheinlich war das eine Meinung, eine Vorstellung, und sicher gab's auch Schieber mit ausgezehrten Backen, und sie gingen nicht nur auf der Straße, wenn es neblig war. Und einen Diener gingen Schieber gar nichts an.

Er trank ein Glas Portwein in einem Café, wo Bridge gespielt wurde. Das war verständnisvoll: Bridge, Portwein und eine Zigarre. Wasik sah auf seinen Mantel unterm steifen Hut und bemerkte, daß auch er einen Samtkragen hatte; und es war kein abgelegter Mantel seines Herrn, denn diesen hatte er sich selbst verdient. Er dachte an sein Konto, seine Ersparnisse, die erklecklich waren für einen Diener. Es machte sich bezahlt, wenn man nicht die Stellung wechselte, und vielleicht wär es gut, sich irgendwo ein kleines Besitztum zu kaufen, auch wenn es nur ein verlassener Weinberg war; dann besäße man vielleicht ein Weinberghaus, das sich ausbauen ließe, gleichsam als Alterssitz. Ja, du kommst in die Jahre... Und da du keine Leidenschaften kennst, und nicht einmal das Kartenspiel dich reizen kann -«

Wieder zog er den Mantel an und ging. Das war der Reiz

sanfter Ziellosigkeit, der sich ein strengem Dienste verpflichteter Mann hingab. Es kam ihm vor, als wär er immer so gegangen. Im nächsten Jahr wurde er vierzig, also blieb er bei den Engelslebens; es nützte ja nichts, wegzugehen und Besseres zu suchen, denn besser war es nirgends. Die Grundstimmung blieb gleich; es änderten sich nur gewisse Meinungen und Aussichten, also das, was Engelsleben ›Die Aspekte‹ oder ›Die Konstellationen‹ nannte. ›Zeitbedingte Konstellationen können vom Menschen nicht verändert, nur ausgenützt werden‹, stand im Manuskript, das der Herr auf seinem Schreibtisch liegen hatte, an dem er täglich weiterkritzelte und das die Aufschrift ›Das Tröpfchengewebe des Ichs‹ trug.

Dieses Tröpfchengewebe war so etwas wie Nebel. Wer den Nebel genau ansah, die Häuser erkennen wollte, diese Stationen der Erinnerung - und Rußland beispielsweise war ein stattliches, ein recht weitläufiges Gebäude -, oder unter Lampen stehenblieb, die einen engen Kreis hell machten [denn immer war es nur ein enger Kreis, den jeder überschaute], der merkte, daß es wichtig war, sich wenigstens im eignen Kopfe eine Heimstatt zu errichten.

»Wer war eigentlich Ihr Vater?« fragte ihn die Frau draußen in Schoeneben, als zum erstenmal der Himmel ein Licht von Flügeln hatte. Wasik hackte die Rosenbeete und sah dort hinüber, wo zwischen schwarzen Stämmen die Luft blau war wie das Wasser auf dem Bildchen des Schanbachermädchens.

Er stützte sich auf die Hacke, sah hinaus und sagte: »Ich weiß es nicht; aber es muß ein Herr gewesen sein, kein Mann. Meine Mutter bekam Geld überwiesen. Ich glaube aber, mich zu erinnern«, und Wasik nahm seine Mütze ab und wischte sie mit einem frischen Taschentuche aus, »daß sie gesagt hat, er trage manchmal eine Uniform mit einem Zweispitzhut. Also muß er doch – so stelle ich es mir wenigstens vor – mindestens Bezirkshauptmann gewesen sein.«

»Das paßt zu Ihnen... Und: ich hab es mir gedacht.«

»Jetzt denken Sie: weil der Wasik so vorsichtig in der Liebe ist. Wissen Sie, wenn in meinem Leben nicht alles streng geordnet sein kann, bleibe ich lieber allein.«

»Hier... Wasik. Nehmen Sie das, bitte. Heute ist doch Ihr Geburtstag. Sie wollen nicht daran erinnert werden, aber weil Sie in demselben Sternbild wie mein Sohn geboren sind. Sie müssen diesen Ring aber auch tragen, Wasik. Bei jeder Arbeit. Sonst nützt er Ihnen nichts.«

Es war ein schwerer, goldner Ring mit einem Doppeladler, den er als Petschaft hätte verwenden können, wenn er Briefe geschrieben und die Briefe versiegelt hätte; aber er schrieb ja nie.

»Gnädige Frau«, sagte er, »wie soll ich Ihnen für des Geschenk danken?«

»Das brauchen Sie sich nicht zu überlegen. Aber, wenn ich Ihnen nachher den Edi herausschicken darf?«

»Damit machen Sie mir eine Freude«, sagte er. Sie ging ins Haus zurück.

Es war gut, konventionell zu bleiben. Es war wichtig, nicht die Etikette zu verletzen; wer sich an die Etikette hielt, blieb ungeschoren. Die Etikette war ein verläßlicher Schild. Und er hackte weiter, grub erste Keime vorjähriger Ahornsamen um und sah immer wieder auf den Ring, der ihn vor den Leuten als exklusiven Kreisen zugehörig erscheinen ließ. Zwar konnte dies von denen, die ihn kannten, als eine Fexerei bezeichnet werden, aber wer in Rußland gewesen war, der bildete sich nichts mehr ein.

Er durfte sich auch dieses Ringes wegen heute einmal herzhaft freuen; oder brachte er dies nicht zustande? Er konnte schließlich keinen Tanz aufführen, obwohl's ihm in den Beinen juckte; aber ein seriöser Diener ließ sich so was nicht anmerken. Und es ist besser, wenn du den Herrschaften deine Freude nicht zu deutlich zeigst, sonst spannen sie dich noch gewaltsamer vor ihren Karren; obwohl - Nein, als Sklavendienst war ihm die Arbeit nie erschienen, und es war dumm, wenn in Zeitungen stand, gewisse Dienstverhältnisse erinnerten noch an Leibeigenschaft, beispielsweise in sogenannten ›Herrschaftshäusern‹. Wenn die gewußt hätten, wie's in einem Diener aussah, hätten sie den Mund gehalten; schließlich war's doch so, daß jeder auf den andern angewiesen war, ob Herr oder Diener; und das Leben ganz allein bestehen, wer brachte das schon fertig... Du bist kein Mensch, der auf die andern faszinierend wirkt, so daß sie gar nicht anders können, als dir zu Diensten sein. Aber du hast die Möglichkeit, dich zu separieren... Sollten die ihm nur einmal dumm kommen, dann schlug er schon zurück. Abstand halten, das war wichtig. Und leider hatte jeder für den andern eine Henkerschlinge in der Tasche; aber das war ganz natürlich.
So redete er mit sich selbst. Dann kam der Edi. Frisch sah er aus und sagte: »Den Schild, den keiner sieht, mußt du mir machen.« - »Wozu brauchst du ihn denn?« - »Das weißt du doch.« Und er flüsterte: »Gegen meinen Vater.«
Das war ein Wort. - »Komm, hol deine Hacke, dann hilfst du mir«, sagte Wasik. Er tat's, kam wieder her und fragte: »Magst du den Kappenmann?« - »Wer ist der Kappenmann?« - »Der Ditschy«. - »Ach, der Ditschy«, sagte Wasik. - »Der Ditschy, das ist doch ein Teufel. Aber ich hab eine herrliche Mama.«

Also war Ditschy wieder oben beim Herrn, aber hinaufgehen und an der Tür horchen, das kam nicht in Frage; er erfuhr sowieso alles von der Frau, und daß ihn dieser Ditschy haßte, wußte er seit Tubaczin.

Die Frau kam in den Garten, kniete neben Edi und hackte die Erde mit einer Kinderhacke. Das war falsch. Ein Kind erwartete, daß ein Erwachsener mit einer langen Hacke schaffte; es sollte wissen: ich muß größer werden. Sie aber machte sich klein, und der Bub mußte denken: die Kindheit dauert ewig. Freilich, glücklich war kein Kind.

»Wie war das eigentlich damals in Tubaczin?« sagte sie, die Hand auf die Erde gepreßt; sie schaute zu ihm auf.

»Schlecht zu erzählen, jetzt«, sagte Wasik und deutete auf den Buben. Sie schaute ihr Kind an und sagte: »Wenn Sie's mir allein erzählen, spürt er hernach die Spannung in der Luft und weiß nicht, was los ist. Das wär noch schlechter. Also, reden Sie schon, Wasik.«

Sie war resolut geworden; im Krieg war sie resolut geworden, und das hielt er für ein gutes Zeichen. Der Tod ihrer Eltern hatte ihr genützt; er wußte noch, wie er in seinem letzten Urlaub - Ende siebzehn mußte das gewesen sein - zu ihr gesagt hatte: »Richtig erwachsen ist ein Mensch erst, wenn beide Eltern tot sind.« Das hatte ihr einen Schock gegeben, aber ein Jahr später hatte sie zu ihm gesagt: »Das war gut... Sehr gut war's, was Sie damals gesagt haben. Sie, das war notwendig.« Ihre Worte hatte er im Ohr, der Tonfall war kräftig gewesen. Und wenn ein Mann wie er nur in solch einem engen Bezirk lebte und mit wenigen Menschen bekannt wurde, merkte er sich jedes Wort.

»Also: Was war in Tubaczin?«

»Das war ein halb zerschossenes Dorf im Sommer, und ich seh noch den Herrn oben in einem Haus stehen, von dem fehlte die Wand. Er stand in einem Zimmer, und eine Wand war Luft.«

»Es handelt sich doch nicht um meinen Mann. Ich will vom – Na, Sie wissen schon. Über den will ich etwas erfahren.«

»Also ... der Herr steht oben in dem Zimmer.« Wasik atmete auf. »Da bringt der Ditschy, sagen wir also einmal: einen Franktireur. Und den stößt er in eine Scheune hinein, und unterm Tor nimmt er seine Pistole aus dem Futteral. Der Franktireur dreht sich noch um, aber dann knallt's. Und ich sage nachher zum Ditschy: ›Du dreckige Figur.‹ Seitdem ist es aus zwischen uns.«

»Und der Herr hat –«

»Gelacht hat er. ›Gehen Sie doch weg, Wasik. Legen Sie sich hin. Schließlich ist einer weniger ... Und die Fourage ist sowieso knapp‹, hat er zu mir gesagt. Heut rieche ich noch den Geruch von altem Fett im Bauernhaus, wo ich geschlafen habe. Der muß sich in der Wand festgesetzt haben. Seitdem riecht dieser Ditschy für mich nach altem Fett.«

»Sie wissen, daß er sich beim Herrn einschmeichelt? Er sucht eine Stellung. Als Diener.«

»Wenn er damit Glück hat, kann ich nichts dagegen tun. Dann such ich mir halt eine andre Stellung. Vielleicht nimmt mich Herr von Kemmler. Arbeitsscheu bin ich nicht.«

Mit der Frau konnte er so sprechen, wie es ihm bequem war. Ditschy war ein Konkurrent, das brauchte sie ihm nicht zu sagen. Jetzt sagte sie zu ihm: »Mein Wort gilt etwas bei ihm. Ich kann ihn lenken. Deshalb bleiben Sie hier. Es gibt nur eins, das mir nicht paßt: die Freundschaft zwischen diesem Kerl und ihm.«

»Jetzt meinen Sie den politischen Hintergrund«, sagte Wasik.

»Und das stört Sie gar nicht?«
»Doch. Aber ich kann's nicht ändern... Kein Wunder, wenn ein Krieg vier Jahre lang nur Niedrigem geschmeichelt hat; daß sich so etwas nachher auswirkt, also ich meine: letzthin ist das selbstverständlich.«
Sie kniete immer noch am Boden und stützte sich auf die weiche Erde; ihr Ärmel wurde schmutzig; sie lächelte, ihr Gesicht war erhitzt. »Der Ring steht Ihnen gut«, sagte sie leise. Dann fragte sie: »Und Sie glauben also, sie werden Erfolg haben? Ich meine es politisch.« - »Wenn es den Menschen schlecht geht, haben Aufrührer Erfolg. Oder wär es Ihnen lieber, wenn er eine Geliebte hätte?« - »Ja.«
Die Antwort wunderte ihn nicht, und er hörte sich sagen: »Nach dem Geschehnis mit Ihrer Schwester wird es unwahrscheinlich sein, daß er...« - »Das weiß ich auch, aber mir wär es trotzdem lieber.« Dabei schaute sie ihn an. Du brauchst's nicht so deutlich zu sagen; ich weiß schon, daß ihr nichts mehr miteinander habt... ›Und ich möchte nicht ... Nein, ich möchte wirklich nicht‹, dachte er und sagte: »Vielleicht wär's gut, Sie würden einmal mit Herrn von Kemmler sprechen.« - »Ach, der... Schon gut, daß Sie den erwähnen, und Kemmler sagt meinem Mann alles, was er denkt, und es ist ganz in meinem Sinn, was Kemmler denkt. Daß es aber bei meinem Mann nichts nützt, was Kemmler sagt, ist selbstverständlich. Und dann: Kemmler sollte sich eine Frau suchen. Ein Gutshof ohne eine Frau geht doch zugrunde.«
Welche Sorgen sie sich um die Besitztümer fremder Leute machte... und wie anders sie geworden war. Anfang dreißig fing für jeden eine Schwebezeit an, die ließ sich nicht fortscheuchen. Du bist froh, weil deine dreißiger Jahre in den Krieg gefallen sind und weil du nichts Neues entdecken

willst, das andere vielleicht ›Das Leben spüren‹ nennen. Freilich, ohne Aufregungen war jeder Mensch nur ein wandelnder Toter, aber mit seiner Herrin wollte er nichts im Sinn haben. Und wenn sie irgendwas anfangen wollte, das in der Schwebe hing und außerhalb der Nerven und des Fleisches lag – Aber das gab es leider nicht mehr, wenn man dreißig oder vierzig war. Mit zwanzig ja…, aber in unserem Alter?
›Nein, gnädige Frau… Und schließlich haben Sie einen gescheiten Kopf. Im Krieg haben Sie viel gelesen, aber nur, weil Krieg gewesen ist; Ihr Kind hat Sie gebraucht, und Angst um Ihren Mann hatten sie auch. Die Hacke in der Hand und einen grünen Schurz mit Messingkette umgebunden, steht vor Ihnen ein Diener, der sich beschränkt. Warum? Aus Angst, und weil er denkt: Was kommt denn schon heraus bei einem andern Leben? Was glauben Sie, wie Sie sich heillos fühlten, meine Dame, wenn der Diener einer wäre, der alles bloß als günstige Gelegenheit ausnützte. Und wie verschlampt Ihr Haushalt würde und wie ratlos Ihr Sohn würde, wenn alles so abliefe, wie Sie wollen…‹
»Der ist wichtiger als alles«, sagte Wasik und deutete auf ihren Sohn. Da zog sie den Buben zu sich her, umklammerte kniend seine Beine, drückte ihn an sich und küßte ihn. Der Knabe warf Erde nach ihr und lachte. Jetzt hatte sie eine beschmierte Backe. – »Es ist gut, wenn er schmutzig ist«, sagte sie. »Ich werde ihn zu Kemmler tun; dort soll er im Stall herumpatschen. Aber ich liege vor Ihnen am Boden, Wasik, ziemt sich das? Mir ist's gleichgültig, ob es sich geziemt. Und wenn mein Mann von oben zugesehen hat, von seinem Fenster aus, wird er bloß grinsen.«
»Gnädige Frau… trotzdem kann alles anders sein, als wir es wünschen«, sagte Wasik.

Sie wollte, daß er nicht mehr ›gnädige Frau‹ zu ihr sagte, auch nicht vor ihrem Mann; das ging natürlich nicht, und er sagte es ihr. – »Aber wenn wir unter uns sind, lassen Sie es weg«, entschied sie und fügte leis hinzu: »Ich verbitte mir's, gefälligst.« Dabei lächelte sie und schaute auf die Seite. Sie hielt ihren schmutzigen Buben an der Hand und sagte: »So, jetzt waschen wir uns beide. Mögen Sie denken, was Sie wollen, Wasik, aber ich steige mit meinem Buben in die Badewanne. Waißnix zieht die Augenbrauen hoch, wenn ich es ihm erzähle; aber es ist besser, der Bub hat eine Mutter, die er liebt. Das wissen Sie aus eigener Erfahrung.«

»Aber es macht Schwierigkeiten, gnädige Frau, und man merkt's erst später. Für mich ist die Sache beinah einfach, weil ich sozusagen Strenge walten lasse; freilich nur gegen mich selbst.«

»Wieder sagen Sie ›gnädige Frau‹... Sie, unter uns: Ich bin nicht gnädig, aber eine Frau. Falsch wär's wahrscheinlich auch, wenn ich wollte, daß mein Bub ›Fanny‹ zu mir sagte, wie?«

Er hob die Schultern, die Hände auf den Hackenstiel gelegt. Sie zuckte mit den Lippen, ging weiter, drehte sich nach ihm um und deutete auf die Stelle ihrer Hand, wo bei ihm der Ring mit dem Doppeladler steckte. ›Ich suche mir trotzdem keine andere Stellung‹, dachte Wasik. Es war gut, dort zu bleiben, wo man sich eingewöhnt hatte, auch wenn die Lebensstimmung hitzig wurde; das dauerte sowieso nie lang. Der Frühling fing auch an, das war eine Entschuldigung. Jedenfalls eintönig und gleichförmig war das Leben auf Schloß Schoeneben nicht zu nennen, dessen war er sich bewußt; und künftig würde es noch angespannter werden, dessen war er sicher.

Er hackte weiter und ging ins Haus zurück, als er dem Himmel und dem Licht über dem Garten ansah, daß es Zeit war, den Kaffee zu machen. Im elektrischen Kocher ließ er Wasser sieden – so eine bläuliche Gasflamme wär am Nachmittag merkwürdig gewesen, aber die gab's hier nicht – und trug Geschirr und Kanne zum Herrn hinauf, der auf seiner Couch schlief, die rauhe Kommißdecke bis zum Kinn heraufgezogen, steinernen Gesichts. Er wachte auf, als Wasik das Tablett mit dem Geschirr auf den Schreibtisch stellte, griff nach den Zigaretten und sah zu Boden, die Decke auf den Knien. Der Schreibtisch stand neben der Couch; Engelsleben konnte von dort die Tasse greifen. So trank er denn, während der Diener wartete. Er ließ die Hand mit dem Ring vor ihm herunterhängen. Engelsleben sah den Ring, schaute vorbei und rauchte. Dann strich er sich übers Gesicht, wischte Haare aus der Stirn und sagte: »So ist das also… Sagen Sie: Ditschy hat sich heut noch nicht gemeldet?«

»Nein, Herr.«

»Sie sollten einmal mit dabeisein, Wasik.«

»Wenn Sie es wünschen, Herr…«

Es klopfte. Engelsleben sagte: »Jaa…«, und die Frau kam herein. Sie ging wie eine, die merkt, daß man ihr nachschaut, obwohl Engelsleben nicht zu ihr hinübersah und Wasik sich nur kurz umwandte. Dann fragte Engelsleben, was es bedeute, wenn einem im Traum die eigene Mutter begegne und, ihr Gebiß bleckend, grinse.

»Daß du aufhören sollst mit diesem politischen Unsinn«, sagte die Frau.

Er sah flüchtig und als wäre er erstaunt, sie hier zu finden, zu ihr hinüber, streckte den Zeigefinger aus und sagte: »Wasik, kommen Sie mal näher. Ja, dicht zu mir… So.« Er nahm seine Hand, drehte den Ring an Wasiks Finger, lehnte sich auf der Couch zurück, begann nach den Worten: »Also, Wasik, wir haben doch zusammen manches durchgestanden« von Rußland zu erzählen und verlor sich in Erinnerungen, weitschweifig und wie im Traum verschwimmend. Das gefiel Wasik, er sah sich in Filzstiefeln mit schwarzen Gummigaloschen auf einer schneesulzigen Straße gehen, wo totes Frühlicht herrschte und ein Pferd in einer an den Rändern gefrorenen Blutlache lag, sah auch ein Haus mit zwei rotlackierten Löwen aus Holz auftauchen und hörte Engelslebens Worte: »Und wie gefällt Ihnen meine Frau, Herr Wasik?«

»Ich habe ihm den Ring geschenkt, weil er heute Geburtstag hat«, sagte die Frau.

»Dann ist es etwas anderes. Entschuldigen Sie, bitte... Aber was die Mutter in meinem Traum bedeutet, das wissen Sie trotzdem nicht?«

»Da mußt du Waißnix fragen«, sagte die Frau.

Weiße Wäsche kam aus dem Waschhaus, und es war Juni. Wasik sah sie an; sie lag im Vestibül in breiten Körben. Das Vestibül war kühl, die Tür stand offen, und warmer Wind floß von draußen herein. Die Wäsche war noch nicht gebügelt; sie bauschte sich, erschien zerknittert, und grünes Blätterlicht lebte vor Fenstergittern.

Sommerzeit. Herr Ditschy kam herein. Heut war er hell gekleidet, erdig gebräunt, und sein Gesicht war auf der linken Backe durchfurcht von einer abenteuerlichen Narbe [Granatsplitter]. – »Geh nur hinauf«, sagte Wasik zu ihm. Ditschy zeigte ihm seinen Paß, deutete auf Stempel von Konsulaten und Zollstationen und blätterte um, als Wasik das Blatt mit der Photographie anschauen wollte, um zu sehen, welcher Beruf bei ihm vermerkt war. – »Dann reist du also ins Ausland für die Fabrik Engelsleben«, sagte Wasik. Ditschy schaute lächelnd in die Höhe und sagte: »Auch im Ausland haben wir schon unsre Leute.« – »Aber meistens warst du doch im Reich und in Italien? Ich mag nämlich das Reich nicht.« – »Dort ist dir die Luft zu scharf?« Und Wasik nickte, sah auf die Wäsche und hörte Ditschy sagen, es lebe ein großer Mann im Reich, aber der sei ein Österreicher: »Einmal ist er auch ein armer Hund wie du und ich gewesen.« – »Armer Hund und ich?« sagte Wasik. »Ich bin kein armer Hund.« Und wieder beugte er sich über einen Wäschekorb und prüfte, was darin an Lockerem und Leichtem lag. Endlich ging der Mann hinauf. Wasik betastete seinen Ring, sein Geburtstagsgeschenk, erinnerte sich an den fischwolkigen Geburtstag und dachte, er sei immer gleich alt gewesen. ›Von deinem sechsten Geburtstag an hast du alles gewußt...‹ Da war etwas gewesen, das sich zwar niemals verändert, aber trotzdem alles bestimmt und eingefärbt hatte, wahrscheinlich weil das Etwas hauptsächlich aus Angst bestand. Jeder Mensch hatte ein Gefühl, wenn er einem anderen begegnete, und sobald er nachher mit ihm sprach, bestätigte sich nur dieses Gefühl. Erfahrung, Weisheit, Lebenskenntnis: mit den Jahren nahmen sie nicht zu.

Die Frau kam ins Vestibül herunter. Neben ihr ging ihr Sohn. Sie hielt sich aufrechter als früher. Wasik glaubte dem Sohn anzusehen, daß er später einmal groß und hager werde. Die Frau schaute an Wasik vorbei und fragte, ob sie einsteigen könnten, und Wasik sagte: »Selbstverständlich« und »bitte schön«. Er ging hinter ihnen hinaus ins Freie. Die Frau drehte sich um und sah auf die Körbe mit der Wäsche; vielleicht dachte sie: ›so weiß kann unsre Wäsche gar nicht sein.‹

Draußen war der Schatten warm. Das Pferd stand im Schat-

ten, und die Kutsche war heiß; die Sonne hatte draufgeschienen, es war der Wagen mit den lilafarbenen Plüschpolstern, schon sanft verschossen; aber die Frau liebte das Alte und ließ deshalb die Polster nicht erneuern; sie ging nicht mit der Zeit, sie schaute zurück, wie Wasik zurückschaute, dieser verschlossene Diener. Jetzt saß sie hinter ihm; neben ihm saß ihr Sohn. Sie fuhren.
So würde es wohl immer sein: ein Fahren und ein Schauen und ein Gehen. Wasik wäre lieber allein in die Stadt gegangen, als jetzt zu fahren. ›Auf dem Rückweg werde ich mit ihr allein sein‹, dachte er. Wie abgeschlossen war sein Leben; es sagte wenig aus. Von einem Tag auf den andern kannst du entlassen werden, aber dann findest du wieder etwas anderes. Sonderbar, daß du dir keine Sorgen um die Zukunft machst.
»Links halten, Wasik. Fahren wir den alten Weg«, sagte hinter ihm die Frau. Der alte Weg war steinig; ›den Hang werden wir niemals hinaufkommen‹, dachte Wasik und fuhr, wie sie es wünschte, durch einen heißen Hohlweg, wo Mohn blühte; aber dann senkte sich der Weg, wurde gerade und weiß. Er führte durch ein Tal, an das er sich nicht mehr erinnerte; hinter ihm sagte die Frau: »So geht es manchmal«, und es war, als ob sie ihn durchschaute. Ein Tal, das abseits lag und an einer Stelle flach wurde, ins Weite gestreckt und erfüllt von den Grannenfransen eines Gerstenfelds, das so dicht erschien, als wär es grünes Haar; wenn es der Wind berührte, hatte es ein Glänzen; die Halme und die Ähren wurden vom Wind verwoben, es ging an einem Waldsaum abwärts zu der Mühle, die er kannte, und all dies gehörte Kemmler; bei dem war's in der rechten Hand. Das Gerstenfeld war sozusagen Jugend. Lach jetzt nicht, denn es gibt Menschen, die eine Jugend haben wie ein Gerstenfeld im

Juni; vielleicht gehörte auch der Bub zu ihnen, der jetzt neben ihm auf dem Bock saß und schwieg.
Vor der Mühle saßen Bussarde auf einem Baum, unbewegliche Tiere in rostfarbenen Federkleidern, und zwei von ihnen strichen schleppend ab; einer blieb sitzen. In der Mühle schrie und klang eine Kreissäge; ein Riemen klatschte. Dann wurde der Weg sumpfig. Der Gaul trat tief in den Schlammboden ein, und die Räder waren lautlos; es schaukelte. Danach der ansteigende Pfad, der sich unter Gras verborgen hatte. Und dann mußte er halten.
»Aussteigen, bitte schön, meine Herrschaften«, sagte Wasik, und der Knabe sagte: »Die Mama ist nicht mehr da.« Er rief: »Mama!« Gegenüber waren Spritzer von Licht in Erlenlaub verstreut, und es rieselte am Hang wie abrutschende Erde unter einem Schuh; vielleicht war die Frau oben und sah herab; es freute sie, daß der Diener und ihr Kind unruhig wurden und sie suchten, oder sie war noch früher ausgestiegen, vielleicht schon in der Mühle, um nach der Kreissäge zu schauen.
Er nahm einen Koffer aus der Kutsche und hörte den Buben sagen: »Vielleicht hat sich die Mama verletzt.« Und nun erinnerte sich Wasik, daß sie an dem verlassenen Steinbruch vorbeigefahren waren, in den sich ihre Schwester gestürzt hatte; der lag hinter der Mühle. Aber er sagte nichts, stieg nur langsam am Hang empor, wo er auf Steinen ausrutschte, aber dann im niederen Gras gehen konnte, wo es nach warmer Pfefferminze roch. Die alte Linde hatte einen schrundigen Stamm, ausgebeult von verhärteten Kropfgeschwülsten, Ablagerungen überwundener Krankheiten, als wären Steine ins Holz eingewachsen. Wie Raubvogelkrallen waren die Wurzeln bloßgelegt. Und dann die Weite ihrer Blätter und der Geruch der Blüten.

»Mama!« rief der Bub und rannte den Weg zurück. Sie winkte neben der Kutsche. Es war gut, daß die Frauen jetzt kurze Kleider trugen, aber daß die da noch lebte, war das wichtigste. ›Wie wär dein Leben öd, wenn die nicht wäre‹, dachte Wasik und winkte. Schade, daß er sich nicht einlassen konnte mit ihr; aber von den Nächsten mußte doch Abstand gehalten werden, es ging nicht an, daß ihn so etwas wie eine gewisse wilde Heimlichkeit heimsuchte, jetzt, in seinem vierzigsten Jahr. Aber du hast doch alles nie richtig gekannt, du bist bloß eingeschnürt gewesen in ein Dienstverhältnis ... Und er überlegte, wie es zu arrangieren wäre, vielleicht am Vormittag; dann war der Herr in der Fabrik. Aber niemand konnte sagen, wann er zurückkehrte im schwarzen Automobil mit dem Chauffeur. Hätte doch der Kemmler sie genommen, aber der war ihr zu wohlbekannt. Und es wäre aufgefallen, wenn er gekommen wäre, sagen wir: an jedem zweiten Vormittag.

»Ich möcht nicht beim Onkel Ferdinand sein. Ich will wieder zurückfahren mit euch«, sagte der Bub, und die Frau sah Wasik an. – »Und was meinen Sie?« fragte sie ihn. – »Ich würd an deiner Stelle lieber beim Onkel Ferdinand bleiben«, sagte Wasik.

Kemmler kam aus dem Bienenstand und rauchte Pfeife; wie einem Bauern schlappte ihm die Samthose um die Beine, und aus Sandalen schauten dicke Zehen. Sein Haar war buschig und hing im Nacken über den Hemdkragen; er schwitzte und wischte sich den Schweiß mit einem gewürfelten Sacktuch ab. Der hatte auch schon graue Fäden über beiden Ohren, war aber braun gebeizt von Luft und Sonne. Jetzt streifte er seine Hemdsärmel über die haarigen Unterarme und knöpfte das Hemd zu. Die Frau sah auf den Brükkenweg und lächelte, als der Bub sein Händchen in Kemmlers Pranke schob, und Wasik schien's, als hätte sie ihn mit jenem Blick gestreift, den er für sich den ›Apfel‹ nannte. Die Hand über den Augen sah sie von der Brücke des Schloßgrabens in das Tal hinunter und hatte in den Mundwinkeln eine Falte, nicht tiefer als eine Nagelspur. Sie hielt sich in der Hand und freute sich auf etwas Nahes. Sie war anders als vor dem Krieg.

Ein Mädchen brachte Himbeerwasser auf die Balustrade vor dem Garten, und Stallgeruch wehte von ihrem Rock. Kemmler schaute zu ihr auf; das Mädchen schob die Unterlippe vor. Die Frau sah hinaus auf den Garten, trank einen Schluck und sagte: »Du bist hier gut versorgt.« Und nach einer Weile sagte sie: »Prost Wasik!« und wandte sich dem Diener zu; dabei mußte sie sich halb zur Seite drehen, um ihm ins Gesicht sehen zu können, denn Wasik hatte seinen Stuhl weiter vom Tisch zurückgestellt als alle andern.

Am Boden lag der Bub vor einer Burg mit Brücken, Zinnen, einem altmodischen Riesenspielzeug, prunkvoll verwunschen und getürmt. Nun schob er einen Reiter über die Zugbrücke in den Hof zum Turnier hinein, wo auf der Terrasse eine blaue Dame stand und winkte. Der Reiter war hell und jung, mit freiem Kopf; alle andern Kämpfer waren dicht verlarvt hinter eisernen Visieren, der aber hatte nur sein Haar und ein dünnes Kettenhemd.

»Wer wohl siegen wird?« sagte die Frau; in den Mundwinkeln hatte sie ein Zucken.

Wasik war froh, daß er kein junger Held sein mußte, und ging später mit ihr weg. – »Dem Edi tut es gut, wenn er die Luft von Schoeneben vergißt; die ist doch stickig«, sagte sie und blieb unter der alten Linde stehen. Überm Tal schwebten Störche, senkten sich herunter auf die Wiesen und gingen bedächtig zwischen den Heumännern. - »Ah, die strengen Vögel«, sagte Wasik. »Sie zerhauen jeden Ehebrecher mit den Schnäbeln.«

»Zum Glück hat noch niemand erforscht...«, sagte die Frau und atmete auf. Sie sah geradeaus und ging hinunter; dann bückte sie sich, riß Thymian aus, zerrieb die Blätter in den Händen und sog ihren Duft tief ein.

Sie gingen zu der Kutsche. Er machte den Schlag auf, aber sie schüttelte den Kopf. Er machte den Schlag wieder zu, stieg auf den Bock und strich neben sich die Decke glatt; da setzte sich die Frau auf seine Hand.

Eine schmeichelnde Erinnerung für später, sagen wir: wenn du sechzig bist... aber jetzt schon drang das Licht herein; es hatte eine feine Haut. Du wirst's nie wieder haben, nimm's dankbar an, ein Vierzigjähriger, der seine Jugend nachholt. Sie ist unglücklich. - »Küß mich doch.« Seide war dünn und kühl, dazu heiße Haut, und daß sie glücklich war. - »Zuschauen wird niemand... hinter Mauern wär es besser.« Sie lachte. - »Praktischer«, sagte er und ließ die Zügel auf den schwarzglänzenden Pferderücken klatschen. Gut, daß sie lachte und es leicht nahm; aber später konnte es sich ändern, und ob er dann die Zügel noch in der Hand hatte -

Das war dieses Ereignis auf dem Kutschbock. Es schmeichelte ihm, aber wiederholen sollte es sich nicht. Es kam manchmal herauf im Sommerwind, wenn er in einen Hof hineinsah. Er hatte jetzt auch am Dienstagnachmittag frei. Was gewesen war, das war etwas für eine Minute, während er den Mund vorschob und zurückdachte. Zuweilen sah er sich im Spiegel an, und dann kam es ihm vor, als wären seine Lippen nicht mehr so verkniffen. Früher, mit deinem Austernmund, warst du nicht salonfähig; aber nun, da sich außerhalb etwas gelockert hat und die Preise emporsteigen in einer Mischmasch- und Schwindelzeit, da schmeckt sogar ein Diener so etwas wie Freiheit... Ernst nimmst du's nicht, es lohnt sich nicht und wird verhuschen; der Augenblick ernährt dich, und eine schwindelnde Zeit will dir den Kopf verdrehen; es wird ihr nicht gelingen... Und Wasik sah sich beim Rasieren am Fenster im Spiegel, der an den Fenstergriff gehängt war, oder wenn er die Uhr oben im Gang aufzog, denn diese Uhr hatte unterm Ziffernblatt hinter Säulen aus Ebenholz drei Spiegel, in denen er sein kurzgeschorenes, glattes und dünnes Haar und einen Teil der Stirne sehen konnte.

Sein Gesicht versank, er war wieder nur Diener; es wunderte ihn nicht, daß sie sich, während ihr Sohn bei Kemmler war, des öfteren im Haus beschäftigte, auch einmal Beete umschorte und dann laut nach der Köchin rief, um mit ihr, noch heiß von ihrer Gartenarbeit und den oberen Knopf ihrer Bluse gelockert, die Handtücher im Küchenschrank zu zählen, als käme ihr sonst nichts mehr in den Sinn. Dann sagte sie zu Wasik: »Jetzt wasch ich mich. Ich bin ganz schweißig. Und morgen holen wir den Edi wieder her. Sie, Wasik, ich brauch meinen Buben jetzt!« Sie lachte mit Apfelstimme; aber solch ein dummes Wort fiel einem nur in einem solchen Zustand ein. Und er dachte: Zustand... und sie rief über die Treppe: »Wasik, die Uhr steht!« und wartete oben bei der Uhr, immer noch in ihrer Bluse mit dem gelockerten Knopf und das Haar durcheinander. Er holte den Schlüssel hinter der Uhr hervor, sie aber tippte an den Perpendikel, und wieder ging die Uhr. – »Zeit genug«, flüsterte sie.
Er wußte es, und die Uhr tickte. – »Kutschbock?« sagte sie,

und er dachte: ›was gehen dich die offenen Blusenknöpfe deiner Herrin an und daß sie geschwitzt hat.‹
Das war der heiße Nachmittag. Sie roch nach frischer Luft. An der linken Wade hatte sie einen Kratzer, wahrscheinlich von Brombeerranken. – »Bleib, wie du bist«, sagte sie, dehnte die Arme zwischen den Knien, aber auseinanderhalten konnte Wasik nur noch wenig. Es nützte nichts, wenn er die Uhren aufzog; er schaute nie aufs Ziffernblatt, und sie fragte auch nie: »Liebst du mich noch?« Und es war aussichtslos, und sie vergaß alles hernach, oder es kam ihm so vor, als ob sie es vergäße. Keine klare Sache, eher eine schmerzhafte Gelegenheit, und, streng genommen, hätte er es sich verbieten sollen. Aber es entsprach ihm. Zuvor noch hören: »Hast du's gerne, wenn ich geschwitzt habe?« und dann neben dem Gatten ihre Anordnung befolgen: »Wasik, auf dem Klavier liegt mein Taschentuch, bringen Sie es doch herüber«, dies gefiel dem Rollenspieler Wasik, der sich in einem solchen Augenblick gerne im Spiegel sah, wie er, korrekter gekämmt als früher, im weißen Jakett das Tablett mit der Silberkanne trug, die die Form eines Schwanes hatte. ›Spanisches Zeremoniell...‹, dachte er dann und sah Engelsleben an, der spanischer als früher aussah, langgezogener und bleicher, ein überzüchtetes Gesicht mit dünnen Nasenflügeln, den schwarzen Schnurrbart so kurz gestutzt, daß beim Reden der vorgeschobene Unterkiefer deutlich zu sehen war. Er mußte auf der Hut sein, er war wach, er spannte sich. Ihr bekam es gut, sie lachte oft mit ›Apfelstimme‹. Jetzt mischte sich in jede Lebensszene ein scharfes Gewürz hinein.
Sie kam über die Treppe; sie lächelte schnell und legte den Kopf zurück. Sie saß am Tisch und schaute aufrecht in den Garten, während er das Bratenstück auf ihren Teller legte;

sein Ärmel und ihr nackter Arm waren eine Fingerbreite voneinander entfernt. Das weiße Tischtuch und die Blätter vor den Fenstern, seine dünnen Schuhe auf dem Teppich: dies gehörte dazu, denn nun wurde die Grenze aufgelöst; eine Tapetentür wurde zu Luft. – »Und dies im zwanzigsten Jahrhundert, in den Tagen einer jungen Republik!« sagte sie zu ihm und legte Geldscheine auf seine Hand, Scheine, die Ziffern trugen, Ziffern – »Die Ziffern reichen in die Sterne«, sagte sie.

»In den Flußauen heute abend. Bei den alten Lokomotiven«, sagte sie und dachte vielleicht: ›jetzt bin ich ganz Dame...‹ Nein, das dachte sie nicht, er wußte auch nicht, was sie dachte, aber Liebe konnte es nicht sein. Sie verwischte ja die Spuren. Wer liebte, bewahrte die Spuren, er konservierte sie; sie aber verbrannte eine Krawatte, die er bei ihr hatte liegen lassen, und schenkte ihm auch keine neue. Das war Berechnung oder Vorsicht. Und Wasik berechnete die Luftstimmungen, er registrierte, er hatte jetzt die Haut des ganzen Leibes außerhalb der Kleider.

Er fuhr im Zug zur Stadt. »Bei den alten Lokomotiven«, hatte sie gesagt. Die alten Lokomotiven standen auf einem Abstellgleis in der Flußauenwildnis, wo jetzt mancher Angler tot gefunden wurde; nicht nur die Liebespaare gab es dort. Sie hatte keine Ahnung, aber was nützte es. Er wußte schon, wie sie dort hinkam, und deshalb fuhr er früher weg; er würde sie vor der Villa erwarten. Die Villa des Doktors Waißnix lag nahe den Flußauen, im Viertel ganz am Rande, eine ›verlorene Gegend‹, wie der Arzt zu sagen pflegte; der war jetzt auch schon einer, der nicht mehr dazugehörte; der war »noch aus der Vorkriegszeit« und »nahezu rudimentär und auch noch Jude... Daß Sie, Engelsleben, einen Juden zu hofieren lieben, ist ein Anachronismus«, pflegte

Waißnix zu sagen, aber Engelsleben war an den Doktor ›fixiert‹; »wahrscheinlich, weil er meine Schwester gut gekannt hat«, sagte Fanny [jetzt nannte er sie bei sich Fanny] und erzählte, Engelsleben sei ein Geldgeber der ›Kappenleute‹, die zur Macht gelangen wollten. Eines Tages... Und Wasik wunderte sich, weil er Wörter wie ›Anachronismus‹ und ›fixiert‹ verstehen gelernt hatte. Das Coupé roch nach altem Tabak; er leistete sich keine Polsterklasse. Aber trotzdem gehörst du nicht dazu. Und es ist gut, nicht dazu gehören zu müssen.

Es lag der rote Abendschein draußen über einer schwarzen Stadt. Noch glänzte eine Kuppel. Du wirst es nie erfahren, wer dort wohnt, hinter dieser Kirche... Der Kaiser fuhr lautlos heraus in seiner Kutsche; tief im Abend war's, und nun wurden die Lampen angezündet. Wasik ging über den Heldenplatz. Ihn sprachen drei Herren an und sagten, er solle in die Carnuntumgasse kommen, aber das war eine Irreführung. Er fand die vorstädtische Gasse, wo Anna Schanbacher wohnte, drückte auf den porzellanenen Klingelknopf und stand in einem Treppenhaus mit Kuppel in der Höhe; eine rote Scheibe war an dieser Kuppel eingeschlagen. Eine hohe Tür war angelehnt, wie draußen die Tür des Schlafzimmers in Schoeneben; dahinter war es leer. Ein ausgeräumtes Zimmer, hoch und eng mit grauem Licht, und an der Wand ein aufgestellter Sarg. Darin lag Fanny, klein, ein Kind. Der Sarg fiel um, braune Spinnweben waren an der Wand. Doch dann hielt nur der Zug, er war eingenickt und stieg jetzt aus. Mitten in der Stadt ein kleiner Bahnhof wie auf einer Landstation, und die Treppe führte neben einem Kaufhaus in die Höhe; hinter hohen Scheiben hingen viele Deckenlampen, Kronleuchter, Schalen an gespannten Fäden. Der Ausgang auf die Straße, neben der das Fleischhaus der Freibank erleuchtet war, eine Glasdachhalle, in der in langen Reihen aufgeschnittene Tierleiber hingen, blutig, mit bloßgelegten Rückenknorpeln. Dann ging er in der Straße. Ein Platz machte sich breit, und dort lagen drei Männer auf warmem Asphalt. Er erinnerte sich, in der Zeitung ein Bild von Arbeitslosen gesehen zu haben, die auf der Straße schliefen; hier mußte es aufgenommen worden sein, aber wahrscheinlich in der Morgenfrühe. ›Ein Zeichen der Zeit‹ war unter der Photographie gestanden.

Er hatte Zeit; jetzt fing der Abend bei Doktor Waißnix an. Mit der Straßenbahn fuhr er hinüber in die Vorstadt. Dort war das Mietshaus, hier der Durchlaß, und dahinter im weiten Hof, wo viele Fenster nackt herunterschauten, Anna Schanbachers einstöckiges Haus. Er konnte in das Zimmer hineinschauen, es war, als sähe er etwas schon längst Vergessenes: eine grün verhängte Lampe, und darunter saß das Mädchen; es las in einem Buch. Immer wieder warf es einen hellen Zopf über die Schulter. Gut, daß Anna nicht im Zimmer war, sonst wäre er vielleicht hineingegangen. Das nützte nichts, das Zimmer mit den Leuten lag weitab, er hatte sich schon weit hinwegverloren. Weggestohlen hast du dich, und jetzt gehst du auf Trambahndrähten.

Einmal war's aus, und dann wurde er wieder nüchtern; dann hatte er Steine unterm Schuh und keine Trambahndrähte. Und wieder dachte er: ›Wie wär's, wenn du die Stellung wechseltest, noch einmal Kellner würdest, hier heraußen in der Vorstadt wie vor siebzehn Jahren; aber damals warst du in Paris. Keine Schwierigkeit, auch heute nach Paris zu kommen, zu entwischen, auszuweichen... Und du legtest vielleicht einmal Ditschy eine Speisekarte vor. Oder deinem Herrn... Aber dein Herr verläßt Schoeneben nicht.‹

Es mußte etwas geben, das er nicht kannte. Auch sie verriet

es nicht; es konnte sein, daß Fanny sich deshalb mit ihrem Diener einließ. Sie rechnete damit, eines Tags abzusinken in enge Stuben, und ihr Mann wurde Automobilvertreter. – »Wissen Sie, Wasik, zwischendurch höre ich es manchmal knirschen. Ich weiß nicht, was es ist«, sagte sie oft. Und er merkte, daß sie bereute, was sie gesagt hatte, und er antwortete: »Jawohl, gnädige Frau, die Uhr ist bereits aufgezogen.« – »Dann legen Sie sich schlafen, Wasik.«

Der Wirtschaftskrach, die Krise und die Pleite: das war's. Eine verhältnismäßig langweilige Sache für den, der sowieso in der Luft auf Trambahndrähten ging. Denn was besaß er? Zwei Koffer für die Kleider. Kein Möbelstück hatte ihm je gehört. Hast du's vielleicht einmal vermißt? Na also... Niemals hatte er gewünscht, ein Zimmer zu besitzen, in dem ihm auch der Stuhl gehörte, auf dem er saß. Und dabei bist du doch geboren worden in Zeiten, von denen es hieß, daß sie gefestigt seien, freilich als ein uneheliches Kind. So gehörte sich's für einen Diener, allerdings nicht unbedingt für einen gräflichen. Aber der Graf, der war sowieso längst zurückgesunken, bloß noch ein Wort, das letzthin Engelsleben auch nicht mehr verstand. Kemmler: zu dem paßte der Graf noch heute, trotz Samthose, gewürfeltem Sacktuch und Imkerpfeife. Und seltsam war es schon, wenn sich etwas auflöste, von dem's niemand erwartet hatte.

Er ging zur Villa, nicht weit vom Fluß. Der Grillengesang klang. Das war heut eine warme Nacht. Es kam ihm vor, als wäre er noch niemals hier gewesen, oder in eine andere Stadt geraten; aber Waißnix wohnte hier wirklich am Rande. Wer hatte die Villa erbaut? Das war unerfindlich, aber hinter ihr dehnte sich ein vorstädtisches Siedlungsgelände, und dort wohnten Arbeiter. Wahrscheinlich war's dem Arzt gleichgültig, wo er wohnte, weil er sich nirgends heimisch fühlte. Und wenige Schritte von seinem Haus entfernt begann die Uferwildnis, das weite Flußauengebiet mit den stillen Gleisen, auf denen rostige Lokomotiven warteten. Vielleicht, daß Waißnix dachte: hier kannst du ausweichen, wenn es einmal schlimmer kommt, denn die weite Flußlandschaft ließ eine solche Illusion aufwachsen, zugehörig schwarzen Akazienwipfeln, an denen Sternennetze hingen. Du weißt, was ein Jude denkt, und wärst bei den Juden am rechten Platz.

Das war auch eine Illusion. ›Gut, daß du dir nichts vormachst‹, dachte Wasik. Er fuhr lange mit der Trambahn und ging dann über eine Brücke. Hier war die Luft von atmenden Blättern gereinigt. Die Villa war eine Sandsteinvilla und hatte eine Mauer. Die Leute saßen im Garten, es war ein Sommerfest. Er konnte hineinsehen in den Garten. Sie hatten Tische herausgestellt mit Windlichtern darauf. Hinter Wasik stand das schwarze Auto, das Engelsleben selber lenkte. Im Garten saß Waißnix zwischen dem Herrn und der Frau. Ein Windlicht beschien den Kopf des Arztes, und er sah wie damals aus, als Wasik ihn bei Erika getroffen hatte. Dann wurde dieses Bild verdeckt. Zwei Frauen gingen innen nahe am Gebüsch vorbei, die Kleine lachte und sagte: »Mit ihrem Diener?« – »Man sagt es so; sicher ist es Klatsch und Schwindel.« – »Ach, Schnucki, wenn ich sie so anschau... Also, frischer sieht sie aus als früher!« Dann rief Fanny: »Schnucki! Billchen! Kommt hierher und lästert nicht! Der Doktor durchschaut euch!«

Schnucki und Billchen: die gab es also auch noch. Allmählich mußten sie sich dem Spinnwebenalter nähern, besonders Schnucki; das waren doch die Freundinnen der Erika gewesen. Und dies hier war also ein Sommerfest im Garten eines Nervenarztes. Gut, daß sich alles leichter anließ, als er gedacht hatte; das Beschwerliche seiner Gefühle und Gedanken machte ihm zuweilen eben doch zu schaffen. Und einfach war es nicht. Wenn man auf den Drähten der Trambahnen balancieren mußte...

Sie stand dann neben ihm. – »Komm jetzt! Ja, es geht, hab keine Angst. Ach, die vermissen mich doch nicht! Und wenn sie mich vermissen, sage ich: ›Manchmal will eine wie ich für eine Stund allein sein.‹«

Das war überspannt; so ging es nicht mehr lange weiter. ›Du wirst es heut zu Ende bringen‹, dachte Wasik. – »Du bist froh, weil die andern wissen, was zwischen uns los ist«, sagte die Frau, und er erklärte ihr, daß für ihn Doktor Waißnix der sei, den er beneide. »Weil er alles durchschaut«, fügte er hinzu. – »Dann glaubst du, daß der Doktor unbeteiligt ist?« – »Nein, aber er hält sich im Abstand. Nur in der Distanz erfährst du etwas über die Zeit, in der du lebst.« – »Und wie ist diese Zeit?« – »Das weiß ich nicht. Oder... sie gärt, und das tut schließlich jede. Aber es drängt noch lange nichts Neues herauf.« Und er wunderte sich, weil er solche Worte fand und etwas zu sehen glaubte, von dem er früher gar nichts gewußt hatte. – »Ja, ich weiß schon: die Inflation bläht alles auf; meine Empfindungen bläht sie auf. Das sagt auch Kemmler.« – »Es ist immer dasselbe nach jedem Krieg«, sagte Wasik.

Sie gingen jetzt im Dschungel des Ufergestrüpps auf einem schmalen Weg. Es schlangen sich oben die Zweige, als wüchsen sie zusammen, und von der Stadt her drang ein fahler Schein über den Fluß. Der Mond stand weiß und hoch und ließ eine Wand aus Licht aufwachsen, deren nahe Schichten noch durchsichtig waren, aber in der Ferne fester wurden. Fanny zeigte zu dem Damm hinüber, auf dem die Leiber toter Lokomotiven ins Licht ragten, eine starre Versammlung, eine Kette langgereihter Kessel und Schlote wie ausgeweidete Tiere, über deren Knochengerüste sich die Felle spannten. Eine Maschine stand vor einem Prellbock, den ein Busch überwuchert hatte, und unterm Kamin machte der runde Deckel eines Kessels das Maul auf, als wäre er ein schwarzer und niedriger Mond. Ein Schwarm Fledermäuse flatterte aus dem Kessel. Sie stiegen am Damm hinauf, und Wasik half ihr; sie standen oben und sahen auf Büsche, die sich eben streckten, und hinter ihnen begann die Weite, aufgelöst vom Licht. Die Hülsen der Lokomotiven erschienen klein.

Das alles war jetzt nichts mehr wert. Draußen begann das Neue. – »Es muß anders gemacht werden, Wasik«, sagte sie, und er erwiderte: »Ich bin ein Diener; etwas anderes gibt es für mich nicht.« Was sollte er auch sagen. Schließlich mußten sie wieder zurück. Zusammen konnten sie nichts anfangen, und deshalb hatte der Weg durch die Uferwildnis einen Sinn; vielleicht war er auch eine Lehre, nur wollte er nichts davon wissen; er dachte nur: ›Du bist ernüchtert von der Mondnacht, und sie ist es auch…‹ Er sah sein Zimmer im Schloß Schoeneben und wäre gerne dort allein im Bett gelegen; er hätte gut geschlafen und morgen früh die Uhren aufgezogen, als ob die alte Ordnung nicht gestört sei. Sie ist wiederherzustellen, sagte er zu sich selbst und war froh, als Fanny rasch neben ihm ging. Am nächsten Sonntag wirst du Anna Schanbacher besuchen und mit ihr über die Millionen sprechen, die ein Paar Schuhe für ihr Mädchen kostet. Dort gehörst du hin… Und diese Frau, die seine Herrin war, gehörte in ihr Schloß, und das war für sie auch nicht mehr als für Anna Schanbacher ihre enge Stube… Die Frau sagte, immer sei es so recht, wie es sei, oder es sei das Beste, sich damit abzufinden, und was wolle man eigentlich anders haben? - »Ach, wissen Sie, gnädige Frau, schließlich bin ich ein altmodischer Mensch von über vierzig Jahren...« Da freute sie sich, und er spürte ihre Erleichterung. - »Sehr vernünftig«, sagte sie; er lächelte und war froh, weil sie sein Lächeln hier im Dunkeln auf dem Weg durch den Flußdschungel nicht erkennen konnte. »Wenn ich an den Großvater denke, ich meine jetzt den Vater meiner Mutter.« - »Den Bataillonsbüchsenmacher, der später Gastwirt gewesen ist? Ich erinnere mich.« - »Also, Sie sehen, Wasik: der hat es auch nicht leicht gehabt. Er mußte den Dienst quittieren. Seine Beamtenstelle hat er verloren, weil er eine Blutvergiftung am rechten Zeigefinger gehabt hat. Der Finger mußte abgeschnitten werden, und danach war er nicht mehr tauglich für seinen Beruf. Er ist pensioniert worden und hat eine Gastwirtschaft aufgemacht; die Pension war halt recht klein. Und meine Großmutter ist unglücklich gewesen, denn die hat doch geglaubt, jetzt hätte sie einen Beamten... Und nun war's wieder nichts mit dem sorglosen Alter. Aber der Großvater ist oft aus dem Bett gestiegen und hat gesagt: ›Heut hab ich schon eine Krone verdient, ohne etwas geschafft zu haben.‹ Damit meinte er die Pension. Eine Krone für jeden Tag haben sie ihm als Pension bewilligt; aber das hat natürlich nicht gereicht.« - »Und deshalb hat er die Gastwirtschaft angefangen. Ich verstehe«, sagte Wasik.

Das war ein verläßliches Gespräch; gut, daß sie vernünftig geworden war. Und er deutete hinüber, wo die Windlichter im Garten der Villa Waißnix leuchteten, nun schon in der Pappelallee, die am Haus vorbeiführte. - »Und jetzt also auf Wiedersehen, gnädige Frau. Von morgen ab ist alles wieder im gewohnten Gleis... Ja, das Leben ist eines der schwersten«, sagte Wasik, und sie lachte leise. Er freute sich, weil sie seine Hand fest umfaßte. Dann sagte sie: »Schönen Dank auch, Wasik.«

Er ging noch in ein Kaffeehaus; es war ein langer Saal, und Zeitungen lagen auf den Marmortischen. Nebenan spielten zwei Familien Karten, und die Frauen lachten. Wasik freute sich an einem Ofen mit Schlingpflanzenverzierungen in Nikkel, nahm eine Nummer der ›Neuen Freien Presse‹ vor und las, wer im Hotel ›Imperial‹ und im ›Bristol‹ abgestiegen war. Ein berühmter Deutscher weilte im ›Imperial‹ und war abgebildet auf einer Photographie; er saß in einem Lehnstuhl und hielt eine Zigarette in den Fingern, der ein langes Aschestäbchen gewachsen war.
›Du bist mit dir selbst beschäftigt‹, dachte Wasik und las die Rubrik ›Aus der Gesellschaft‹. Dort fanden sich dann die vertrauten Namen Schwarzenberg, Metternich und Clary. Die lebten alle noch, und so rasch würden sie auch nicht entschwinden. ›Ihr könnt es nicht austilgen, und das freut mich‹, dachte Wasik, als ein Mädchen mit hoch toupiertem blondem Haar, Goldsandaletten an den Füßen, ins rauchige Kaffeehaus kam, begleitet von einem Trambahnschaffner. Aber die beiden paßten nicht hier herein; besonders dieses Mädchen. Vielleicht war ihre hohe Frisur schuld daran, dieser Haarturm, den er – jetzt fiel's ihm wieder ein – von stockfleckigen Stichen kannte, die draußen in Schoeneben im Gang hingen; aber dann paßte ihr Sommerkleid nicht dazu; das bauschte sich über dem Busen und den Hüften, während doch jetzt allenthalben diese sackartig herabhängenden Kleider beliebt waren. Und die Goldsandaletten, die gab's auch nirgends; aber altmodisch sah sie nicht aus. Wasik wunderte sich, weil niemand von den andern Gästen

die beiden zu sehen schien. Sie setzten sich zu ihm. Der Straßenbahnschaffner glich Engelsleben, nur war er glattrasiert und größer als sein Herr. Das Mädchen sagte: »Papa, jetzt finden wir dich endlich!« Und Wasik nickte, als ob alles in Ordnung sei, und sagte: »Ich euch auch.« - »Der Edi hat im Friedhof den Kemmler getroffen«, sagte das Mädchen, und Wasik sagte: »So etwas kann natürlich leicht passieren.«
Er ließ sich nicht anmerken, daß die beiden ihn mit einem anderen verwechselten, den er nicht kannte; aber daß der Lange mit der Hakennase und der umgehängten Schaffnertasche Edi hieß und das Mädchen von einem Herrn namens Kemmler sprach, das war verrückt. Dann schauten sich die beiden an, lächelten und gingen aus dem Café hinaus, als würden sie fortgeweht.
Er hatte geträumt. Dann machte er sich zum letzten Zug auf, der nach Schoeneben fuhr. Er bezahlte sein Glas Portwein. Der Kellner war lang und hager und hatte eine Hakennase; wie ein Holzkopf war sein Gesicht geschnitzt; der stammte wohl aus dem Gebirge. Die alpine Rasse reichte hier herein, und Wasik dachte: ›Wie gebildet du geworden bist in deinem Schloß ...‹ Aber Engelsleben redete zuweilen über Menschenrassen; der nahm so etwas wichtig. Und Kemmler sagte zu Herrn Engelsleben, das sei alles barer Unsinn; obwohl an jeder Lehre, auch der leersten [und das wußte Wasik], zumindest das Gegenteil richtig war, nur durfte man es nicht für wichtig halten.

Was ein Diener alles erfuhr, wenn er bei gebildeten Herrschaften war! Alte Weisheiten ... denn die wichtigsten Weisheiten waren immer alt. Die Zeit lief rascher ab als früher, und daß sich nach der Nacht in den Flußauen etwas verändern werde, das merkte er bald. Der Herr ließ ihn zu sich kommen und sagte: »Wir verkaufen das Haus hier und ziehen in die Stadt. Ich muß näher bei der Fabrik sein, Wasik. Das Schloß läßt sich nicht halten und paßt auch nicht mehr in die Gegenwart.«

Er half den Packern und Möbeltransporteuren, von denen einer Fritz hieß und übel roch. – »Stinkers Fritz«, sagte die Frau zu Wasik, als sie vor dem Möbelwagen standen und zuschauten, wie der Schreibtisch des Herrn ins dunkel gepolsterte Innere hinaufgewuchtet wurde. Dann kam Wasiks Habe dran; sie hatte in drei unterm Dach gefundenen Koffern Platz, abgewetzten Taschen mit Schnallen und Lederbändern; die Schnallen hatte er blank geputzt und das Leder eingewachst.

›Du mußt dich nach etwas anderem umsehen‹, dachte Wasik und besuchte am nächsten Sonntag Anna Schanbacher, die aber nicht zu Hause war. Nur Elise Rabl saß in der Stube und las Zeitung. – »Die Anna macht Aushilfskellnerin im Café Ingrimm«, sagte sie. Das Mädchen war beim Schwiegervater in Leonfelden, denn die hatte jetzt Ferien. – »Ich wollte ihr nur sagen, daß wir umgezogen sind. In eine Villa. Sternwartestraße siebzehn ist die Adresse«, sagte Wasik. Elise Laub holte ein Blatt Papier, und Wasik schrieb ihr alles auf. – »Die Stabilisierung macht sich halt bemerkbar; da müssen sich sogar die reichen Leut einschränken. Uns fällt es so schwer nicht«, sagte Wasik. Dann sagte Elise Rabl, im Justizministerium suchten sie einen Mann für die Registratur, aber er müsse verläßlich sein: »Wär das nichts für Sie?« – »Aber, Fräulein Rabl, ich bin doch fürs Freischwebende«, sagte Wasik. Nicht dran zu denken, daß er jemals von den Engelslebens wegging... ›Du wirst ein knochenhartes Inventarstück der Villa in der Sternwartestraße und bleibst ledig‹, dachte er.

Jetzt kam Kemmler wieder öfter in die Villa. Der Bub wurde groß und schlaksig; er sah oft auf die Seite, wenn der Vater mit ihm sprach, ging aber gern mit seiner Mutter in die Stadt, bei kaltem Wetter in einem Pullover, vorgebeugt, als stemmte er sich gegen einen scharfen Wind; seine weiße Schülermütze hatte einen rissigen Lackschild und war abgewetzt; aber fürs Theater, wenn sie ›Ariadne‹ spielten oder jenes merkwürdige Stück, das ›Der Turm‹ hieß und zu sehen war in einem kleineren Theater, dann war er elegant angezogen und hatte saubere Fingernägel. Noch mehr Bücher rückten ins Haus ein und überwucherten die Wände; der junge Herr hatte ein Zimmer nach dem Garten, wo er studierte, meistens mit über die Lehne lang herabhängenden Beinen. Das gehörte dazu. Das Zigarettenrauchen bürgerte sich ein, aber Freundin hatte der junge Herr immer noch keine. Kein Wunder bei dieser Mama..., dachte Wasik und wartete darauf, daß sie ihm kündigte. Zwar war's schon lange her seit jenem Nachtspaziergang zu den ausrangierten Lokomotiven, aber daß die Lokomotivenfabrik Engelsleben in Konkurs gekommen war, das hatte schließlich schon in der Zeitung gestanden.

Er ging und war allein. Die alten Palaisbauten rückten näher. Es herrschte Sommerwärme. ›Du siehst nur noch das Alte‹, dachte er. Jetzt war alles hochgewachsen. In einem Hof klapperten Eimer, und ein Bub spielte auf einer Mundharmonika immer dieselben Töne; er preßte einen nackten Fuß an eine gelbe Mauer, spielte und sah aufs Trottoir. Bäume rührten sich vor einem niederen Gebäude, das gelb verputzt war. Der Wind ging leicht. Wasik sah das Dach an, die Ziegel, die sich in ihrer Dunkelheit so lang erhalten hatten wie das Haus. An der Ecke wurde ein Fenster aufgemacht, obwohl die Gardine zugezogen blieb. Wasik sah die Gardine an, die sich kaum rührte und weiß war, ein langer Vorhang mit Durchbruchstickerei, fast dieselbe wie in den Kaiserzimmern drüben in der Burg.

Er ging in einen Park hinein, sah den niederen Bau von rückwärts an und wartete unter Bäumen; vor ihm lebten stillstehende Lichter auf dem Kies. Er drehte sich um, sah wieder aufs schwarzbraune Dach und wunderte sich, weil alles unverändert blieb. Noch einmal steht es still, sagte er zu sich selbst, nun vor sich und entfernt über Terrassenstufen die hohen Fenster eines Schlosses. Es war so hell, daß sich das Schloß zurückzuziehen schien ins Licht. Der Wind atmete. Er ging zum Schloß, sah auf die Stadt. Von hier aus war die Stadt nur alt. Draußen lagen Hügel, und es war, als rückten diese Hügel näher. Das Blau schien in sie einzudringen und sie durchsichtig zu machen, aber das war nur der Dunst der Ferne.

Du bist froh, weil du Diener bist und nirgends hingehörst; du bist der Vergänglichkeit entrückt. Aber das war eine Täuschung. Gut, daß der Diener Wasik über seine Täuschung Bescheid wußte; er machte sich nichts vor, aber er blieb gern außerhalb. Das Außerhalbe und das Außenstehende, das war sein Standpunkt. ›Du bist der fremde Wasik‹, dachte er. ›Wie weit hast du dich schon von deinem Herrn entfernt; nur noch von der Frau und vom Sohn willst du etwas wissen‹; aber so war es schon lange.

Er hatte einen dünnen Sommeranzug an und einen Stock dabei; es war am Sonntag. Sonntags in die Villa zurückkehren, noch am Nachmittag, das war eine Liebhaberei von ihm. Er war froh, als er draußen ausstieg, und dachte an die leere Trambahn. Leere Trambahn am Sonntagnachmittag... Und er sah dem Wagen nach. Hier standen nur Vil-

len. Er ging auf der Sonnenseite vor den Gärten. Auf einem Balkon drehte ein Mädchen das leinene Sonnendach herunter. Dann kam er in die Villa, und der junge Herr spielte Klavier. Er hörte es neben dem Lift und schaute auf die Treppe. So blieb er eine Weile stehen, drehte den Stock in der Hand und sah auf seinen Ring. Der Doppeladler darin war verwischt, als ob er unter Wasser läge; das war gut.
Das Klavier klang immer noch, eine Treppe höher, als spielte es von selbst. Der saubere Geruch, die Helligkeit im Gang hier unten, denn das Treppenhaus hatte nach dem Garten hohe Fenster, das war in diesem Augenblick das Wichtigste für Wasik. In einer halben Stunde machte er Kaffee, das gehörte auch zum Sonntag in der Villa. Er ging zur dunkeln Eichentür hinter dem Lift, horchte, legte die Hand auf die kühle Eisenklinke, die wie ein Blatt gewölbt war, und schaute hinein. Der Herr war ausgegangen. Vor dem Kamin standen leere Ledersessel, und darüber sah der Großvater des jungen Herrn aus einem Bild mit dickem Goldrahmen herunter. Hier in der Halle war es kühl. Die Treppe führte zur Galerie hinauf; darüber hing ein breites Gemälde, das einen Buchenwald in diese Halle brachte; die Blätterdecke verlor sich in der Eichendecke dieser Halle, und die Wand wurde geöffnet durch das Bild. Dort ging's über die Treppe in den Wald hinauf. Buchenstämme hatten Lichter auf grünlichgrauer Rinde.
Er horchte. Und rasch ging er aus der Halle in den Gang hinaus. Nein, es war nichts. Der Herr kam nicht nach Hause; Wasik hatte sich das Schlüsselklappern an der Haustür eingebildet. Und wieder wartete er hinterm Lift. Oben schwieg jetzt das Klavier.
Der junge Herr kam über die Treppe, ein langer Mensch, den Kopf kaum merklich zur Seite gelegt, aber Wasik be-

merkte es. Abwesend sah der junge Herr aus. – »Wasik, gut, daß Sie da sind. Sagen sie: der Onkel Ferdinand hat sich noch nicht gemeldet?« – »Soll Herr von Kemmler hier sein? Also, ich habe ihn nicht bemerkt. Ich bin vor fünf Minuten heimgekommen.« – »Ja, der Kemmler ... Sie, Wasik, hoffentlich kommt Kemmler ohne den Papa ... Und wenn Sie uns den Kaffee heut vielleicht ein bißchen früher bringen könnten – Ja, jetzt dann. Die Mama hat's gern, wenn die Bäckereien – Also, bitte, die Polsterzipfe für Mama recht mürb. Aber Sie wissen schon.«
»Junger Herr ...«, sagte Wasik und deutete eine Verbeugung an. Eduard sagte: »Ja ... ja ... Wasik. Sie, mir wär's auch lieber, wir schrieben jetzt neunzehnhundertsieben statt neunzehnhundertzweiunddreißig.« Und er lachte. Er bot Wasik eine Zigarette an. Sie rauchten, und der junge Herr legte die Arme über das Geländer: »Aber wir können ja so tun, als wär seit neunzehnhundertsieben nicht viel g'schehn.«
»Ehrlich gesagt: ich möchte es nicht missen, was ich seit neunzehnhundertsieben gesehen habe«, sagte Wasik. – »Das glaub ich Ihnen gerne. Ich beneide ja auch jeden, der dreißig Jahre älter ist als ich.«
Gutes Einverständnis mit der Herrschaft, das war das Wichtigste für einen Diener. Eduard hob den Zeigefinger und deutete auf die Tür: »Jetzt kommt er also doch noch.« Wasik ging zur Tür, machte sie auf, und Kemmler kam herein; der hatte staubige Schuhe. Er legte seinen grünen Hut auf das Garderobebrett. Dabei fragte er den jungen Herrn: »Was hat der Kaiser geschrieben?« – »*Eso blepe*, zu deutsch: ›Sieh nach innen. Von keiner Sache entgehe dir ihre Beschaffenheit und ihr Wert ... Auch ist innert vierzig Jahren das menschliche Leben zu erforschen gleich einem, über zehntausend Jahre hin. Denn was wirst du mehr sehen?‹«

»Gut.« Und zu Wasik sagte Kemmler: »Der hat seine Lektion gut gelernt. Aber wir beide auch.« Er hatte Fältchen in den Augenwinkeln. Dann sagte er: »Wissen Sie noch – damals in Waschkowo«, und sie sprachen über den festen, trockenen, beinahe schwarzen Boden, auf dem hinter einem Bauernhaus Heu verstreut gewesen war; Kemmler war dort oft auf der Holztreppe in der Sonne gesessen und hatte Pfeife geraucht, während Wasik eine Pferdedecke auf die Leine gehängt hatte. Wasik kannte den Platz; man hatte dort hinausgesehen in silberige Weite und bläuliche Haferfelder, deren Erde, wenn es trocken war, zu schwarzem Pulver wurde.

Daran dachte er, als er den Kaffee mahlte. Die Frau trank den Kaffee am liebsten aus einer bauchigen und weißen Karlsbader Steingutkanne. Durchs Fenster sah er in den Garten, wo Eduard und Kemmler gingen; beide waren gleich groß, der junge lang und mager, die richtige Figur für einen Herrenreiter, obwohl er keinen Sport trieb, und Kemmler, muskulös, derb, breiten Gesichts; ein Bauer und ein Junggeselle. Daß du selbst auch ein Junggeselle bist, weißt du natürlich; und weil jeder Mensch nur sich selbst liebt, sind dir Junggesellen nahezu sympathisch.

Er beeilte sich, den Kaffee hinaufzutragen, weil jetzt die Frau oben allein war, denn diese Minuten allein mit der Frau, die hatte Wasik gern.

Als er eintrat, war das Zimmer von der halb offenen Balkontür hell; die Frau lag auf dem Sofa und las in einem grauen Buch; das war der Bericht eines Kongresses über Krebsforschung. Sie sah ihn an und zuckte mit den Lippen. Sie hatte dieses seltene gescheite Lächeln. Wenn du ehrlich bist: bei andern Menschen hast du es nur wenige Male bemerkt; und es dauert sowieso nur einen Augenblick... Und flüch-

tig und während er ihr Kaffee einschenkte, erinnerte er sich an einen Augenblick in einer Gasse der inneren Stadt, wo zwei Mädchen mit gefärbten Frisuren über die Gasse gegangen waren und eine junge Frau im Trachtenkostüm so gelächelt hatte; und jetzt sah er dieses gescheite Lächeln bei ihr, während sie das Buch über Krebs hinter sich aufs Tischchen legte, wo er nachher die Kanne abstellen würde.
»Gnädige Frau: etwas Milch?«
»Sie wissen doch.«
»Ja, ich weiß.«
Kemmler und Eduard kamen herein; der junge Herr vorgebeugt, die Hände in den Taschen, und Kemmler aufrecht, mit dem fernsichtigen Blick des Schäfers; er schien die Frau erst zu bemerken, nachdem sie in die Schuhe geschlüpft war. Dann setzte er sich neben sie und legte die schweren Hände zwischen den Knien ineinander. – »Keine Sommerfreuden?« fragte sie, und er sagte: »Viele.« – »Man sieht sie dir auch an. Wenn ich mal so gebräunt wär... Abgesehen davon, daß es auch nichts ändern würde.« – »Ach, sag das nicht.« Und Kemmler stopfte seine Pfeife aus einem Lederbeutel. Der junge Herr nahm Noten vom Klavier und sah auf Kemmler; der wußte auch, was es bedeutete. Die Noten mußten verschwinden, weil sein Vater Schumannsche Musik nicht leiden mochte; überhaupt Musik. »Musik macht den Menschen zu einem Tröpfchenschwarm«, pflegte er zu sagen; das war ihm widerwärtig, wahrscheinlich weil er selber – Aber so genau durften die Augen eines Dieners doch nicht sehen. – »Und was wird aus unserem genauen, kühlen Wasik?« sagte Kemmler, und die Frau antwortete: »Vorerst... und noch lange bleibt es so.«
Ihr Schuhabsatz klopfte auf dem Parkettboden. Es war noch alles fest. Auch Wasik ging noch auf dem festen Boden die-

ser Villa. – »Und der Herr des Hauses, dieser unruhige Wenzel... Nun ja, in den Ferien bist du wieder bei mir«, sagte Kemmler zu Eduard. – »Wie wär's eigentlich, wenn ich bei dir einmal Gutsgehilfe machte, für ein Jahr oder zwei? Dann wäre doch die Sache vielleicht überstanden?« sagte Eduard. – »Die Sache? Oh, die dauert noch sehr lang.« Und der junge Herr erzählte, kürzlich habe eine drehende Lichtreklame – »ach, ich weiß jetzt nicht mehr genau, wo sie steht« – eine halbe Stunde lang die Wörter ausgestrahlt: ›Dollfuß, Stahremberg, Fey: ihr könnt uns alle drei.‹ – »Nun ja«, sagte die Frau, »Ditschy ist doch Mechaniker und Sturmbannführer.« – »Kommt's nur noch darauf an, ob sie auch ein Attentat machen.« – »Natürlich machen sie's. Denk doch an die Hakenkreuzflammen im Gebirge.«
Das war die Politik. Der junge Herr mußte Rechtswissenschaft studieren, und die gefiel ihm nicht. Wasik sah seinen Ring an; auf dem Ring zog sich der Doppeladler ins Gold zurück; aber es gab immer noch den Doppeladler. Ob er etwas nützte? Nein, nichts.
»Wenn eine Seuche käme, Syphilis oder Pest. Dann würd sich alles ändern«, sagte Kemmler.
»Glaub ich nicht, weil wir doch den Krebs haben. Und der ändert auch nichts«, sagte die Frau.
Ein Sonntagnachmittagsgespräch in hellem Licht. Wasik wollte hinausgehen. Er hörte den jungen Herrn sagen: »Ihr erwartet Gutes von einer Seuche? Sie sitzt doch längst in den Gehirnen.« Und leise fügte er das Wort ›Sturmbannführer‹ hinzu. Der Herr stand im Zimmer, keiner hatte ihn kommen hören. – »Bleiben Sie nur hier, für Sie habe ich einen Auftrag«, sagte er zu Wasik und begrüßte Kemmler. Zu Eduard sagte er: »Aha, mein untauglicher Sohn, der nichts anderes tut als zurückschauen, sich erinnern.«

»Wie geht's eigentlich Doktor Waißnix?« sagte Kemmler.
Wasik ging hinaus.

Der Herr beschäftigte sich also immer noch mit Politik, und Wasik dachte: ›Du mußt dich auf den Abschied einrichten; lange bleibst du nicht mehr hier... Jetzt brauchte man hier keinen Diener mehr. Und auch die Kutschen und die Pferde sind längst abgeschafft, du aber bist für Kutschen und für Pferde dagewesen... Vielleicht war's ungeschickt gewesen, auf Elise Rabl nicht gehört zu haben, als sie ihm von dieser Beamtenstelle erzählt hatte. Jedenfalls hast du das Gefühl, du müßtest dich beeilen, wenn du noch irgendwo unterkriechen willst, um fürs Alter einen sicheren Stand zu finden, denn hier gehst du auf faulem Boden...‹ Und er paßte beim Gehen auf, wo in der Villa Parkettbretter knisterten, und fand unter der Dampfheizung nicht weit von der Kommode im Schlafzimmer des Herrn eine nachgiebige Stelle; freilich knisterte sie nicht. Er sagte es dem Herrn am Abend, als fremde Männer bei ihm waren, von denen einer braune Schaftstiefel anhatte. Es war derselbe, der sich immer wieder nach ihm umsah. Fühlte sich der Mann beunruhigt durch ihn? Der andere hatte ein feistes Gesicht und aufgeworfene Lippen. Freilich, es konnte möglich sein, daß für diese Herren ein Diener ein ungewohntes Stück war, und vielleicht wurden sie nicht aus ihm klug, denn er war kein Arbeiter; wenn er Kellner gewesen wäre, dann hätte er die nicht gestört. Aber so... Als einer, der dem Herrn die Sache mit dem nachgiebigen Parkettboden neben der Kommode sozusagen unterbreitete, während er ihm Wein einschenkte: das war ungewöhnlich... Freilich, du hättest eine andere Gelegenheit abwarten können, aber etwas hat dich dazu

verführt, es jetzt zu sagen... Und der Herr sagte: »Ja, ist schon gut. Darüber reden wir dann noch; erinnern Sie mich morgen früh daran.« Und kurz darauf: »Wasik, gehen Sie zu Bett. Wir behelfen uns selbst.«
In der Halle war's dann laut, und am Morgen fand er Flaschenscherben im Kamin. Hinterm Flügel war eine Pfütze. Wasik dachte: nehmen wir einmal an, daß es Weißwein ist, denn einen Hund hatte keiner dabeigehabt. Er holte einen Lumpen aus dem Souterrain und drückte ihn mit der Schuhsohle auf die Pfütze; auf einer Schaufel trug er den vollgesaugten Lappen hinters Haus und stopfte ihn in die Mülltonne. Dann wischte er Staub und schob die Ledersessel vor den Kamin.
»Wasik, kommen Sie doch mal zu mir herauf«, rief der Herr in die Halle; er stand auf der Galerie und knüpfte den Wollgürtel seines Bademantels fest.
Wasik ging hinauf. Im Schlafzimmer fragte ihn der Herr, wo nun diese schadhafte Stelle im Parkettboden sei, und Wasik zeigte sie ihm. – »Das lassen wir. Es stört mich nicht«, sagte der Herr; er sprach rauhkehlig, hatte eine verräucherte Stimme und ging zum Fenster, das ein graumilchiger Himmel füllte. – »Wie haben Ihnen die Herren gefallen gestern abend?« fragte er.
»Es waren kräftige Gestalten drunter.«
»Solche brauchen wir... Sie, Wasik, es ist nur gut, wenn heutzutage einer stur ist.«
»Manchmal beneide ich solche Männer, da haben Sie recht. Aber wie sie möchte ich nicht sein«, sagte Wasik.
»Das verlangt auch niemand. Es geht um etwas anderes... Sie, ich habe mit meinem Sohn etwas vor, und dafür brauche ich – Nicht wahr, Sie kennen seine Garderobe?«
»Um Vergebung, der Herr, aber der junge Herr bürstet sich

seine Kleider selber aus. Falls nicht die gnädige Frau... Also, kürzlich - ich weiß nicht mehr genau, wann das gewesen ist - hat sie seine Hosen ausgebessert; an den Aufschlägen waren diese Hosen ausgefranst.«
»Darum geht es nicht. Ich frage Sie nur, ob Sie sich zutrauen, einen Anzug für meinen Sohn zu kaufen. Es soll eine Überraschung werden.«
Wasik lächelte: »Wenn hernach der Schneider bereit wäre, gewisse Korrekturen vorzunehmen, könnte ich mir vorstellen...«
»Sehr schön. Also, Sie kaufen heute nachmittag ein Braunhemd und eine Reithose für meinen Sohn. SA-Reitersturm natürlich. Auch die Stiefel suchen Sie aus. Seine Schuhgröße kennen Sie auf jeden Fall. Wollen Sie mir die Freude machen, Wasik? Einem alten Soldaten fällt so etwas nicht schwer, und ich könnte mir denken, daß Sie sogar Ihren Spaß daran - Na wie? Habe ich recht?«
Wasik schwieg. »Es wird besorgt«, sagte er dann.
Wozu ein Diener manchmal ausersehen wurde... Die Zeiten hatten sich geändert, und nun gehörte dies zu seinen Pflichten. Der Herr nannte ihm die Adresse, wo er dieses Kleidungsstück - Wasik nannte es für sich ein Kostüm - bekommen konnte, einen Laden in einer öde ausgebauten Gegend, nicht weit von den Flußauen, und er erinnerte sich, daß Doktor Waißnix an diesem Randbezirk eine Villa hatte. Kein Wunder, daß der schon lang nicht mehr ins Haus gekommen war... Aber ob die Frau vielleicht...
Er sah die Frau; sie ging an ihm vorbei, wahrscheinlich, ohne ihn zu erkennen, doch war es auch möglich, daß sie ihn nicht kennen wollte. Das graue Buch über Krebsforschung sah er vor sich, und dann schien's ihm sicher zu sein, daß sie zu Waißnix ging. Der Arzt hatte sich in den letzten

Jahren von der Seelenkunde abgewendet und wieder auf das beschränkt, was genau festzustellen war. Denn über seelische Vorgänge ließ sich nichts Sicheres sagen; und so etwas wie Krebs blieb letzthin unbekannt; freilich, man mußte versuchen, weiter einzudringen in das Unerforschte, obwohl sich dieses Unerforschte endlos streckte... Und ein Diener dachte nur Gedanken seiner Herrschaft, und wahrscheinlich hatte er sich jetzt in die Gedanken der Frau verflüchtigt, die kurz zuvor an ihm vorbeigegangen war, mühsam verschlossenen Mundes, eine in sich Gekehrte im grauen Kostüm.

Er sah sie nicht mehr. Es wurde heller; die graue Wolkenmilch löste sich auf. Dies war die Gegend der geraden Straßen. Hier solltest du Freunde haben, dann brächtest du es in der neu heraufkommenden Zeit vielleicht sogar als Mann in den Vierzigern zu einer aussichtsreichen Position. Im Braunhemd... Vor zwanzig Jahren aber hast du den ›Roten Eber‹ gesungen, auch ein revolutionäres Lied; nein, ein beschränktes Lied. Und er wunderte sich, wie er zu so etwas gekommen war. Übrigens gut, daß der Sohn des Hauses als Kind einmal in deine Gitarre hineingetreten ist; das hat scharf gekracht.

Der Laden lag im dritten Stock eines Warenspeichers. Unten roch es nach Tabak, und der Tabakgeruch drang auch in den Dachbodenraum herauf. Hinten waren Kabinette durch Sperrholzwände abgetrennt. Wasik gab einem Mann im grauen Arbeitskittel einen Brief seines Herrn, den der andere nach hinten trug. Es waren lange Tische aufgestellt, und dahinter hingen Uniformen, als wären sie welk. Ein Mann, der mit einem Reitstock an der Wand tastete und starr geradeaus sah, ging neben einer kleinen Frau; er hatte tote Augen und trug braune Reithosen. Dann glitt seine Hand über einen Tisch; er sagte laut und abgehackt, er wolle ein Braunhemd und eine Kappe kaufen; er salutierte mit ausgestreckter Hand. Vor Wasik wurden Uniformstücke auf den Tisch gelegt; er hatte seinem Herrn die Maße seines Sohnes angegeben, die er von dessen Anzügen genommen hatte. Und nun bekam er, was er wünschte. Der Blinde schlüpfte in das braune Hemd, setzte die steife Kappe auf, schnallte ein Koppel um; dann ließ er sich alles einpacken, salutierte wieder, sagte laut den sonderbaren Gruß. – »Hier, bitte schön ...« Man hatte Wasik alles eingepackt. Er nahm dieses Paket. Er ging.

Er hörte es am andern Tag im Treppenhaus der Villa. Der Herr rief: »Zieh das an!« Dann kamen die Frau und der Sohn über die Treppe, und die Frau sagte zu Wasik: »Sie verbrennen das Kostüm unten im Heizungsofen. Es liegt in meinem Zimmer auf dem Sofa.« Und Wasik ging hinauf, fand aber nirgends mehr die Uniform; auch der Herr war nicht im Zimmer.
Es war der klare Sommer anno zweiunddreißig. Der Vater hätte den Sohn zwingen können, die Uniform anzuziehen, denn Eduard war noch nicht volljährig. Es wurde dann nicht mehr davon gesprochen.
Die Frau hatte also Krebs. Eduard spielte Klavier, und seine Mutter hörte zu. Sie gingen zusammen in Museen. Einmal kamen sie heraus aus dem dunklen Museum vor dem Platz. Starkes Licht war schräg und staubig, und Wasik ging über die Straße. Er sah die beiden. Der Sohn ging hinter ihr über die Treppe, groß und älter aussehend, als er war. Wasik, weiter von ihnen entfernt, als daß er seine Augen hätte sehen können, wußte, wie er jetzt dreinschaute. Zurückgenommen und geblendet von der Helligkeit, sah er, ähnlich wie Kemmler, in die Ferne. Die Frau hatte immer noch star-

kes, blondes Haar, und der Sohn war dunkelhaarig. Das Haar, die Augen und der Mund sagten viel über einen Menschen aus. Und dann die Weite in den Straßen und daß alles noch dastand, was von früher überkommen war; es war nicht schwer, und es war reich; die beiden hatten diesen Reichtum an einem Nachmittag Anfang September, als gerade noch der Sommer herrschte. Die Gebäude waren hoch und breit und hatten Quader an den Kanten. In den Geschäften gab's überall Massenhaftes; auch vor dreißig Jahren ist es so gewesen; mache dir nichts vor.

Wenig später – es war schon Nacht – ging er in ein Café; es lag hinter der Kirche mit den Säulentürmen und der Kuppel. In der Toilette wusch er sich die Hände und sah hinter sich im Spiegel einen Mann in brauner Uniform aus dem Abort kommen; er gab die Türklinke einem andern in die Hand, der Schaftstiefel, braune Hosen und einen grauen Rock trug. Wasik wartete, und nach einer Weile kam auch dieser in einer senffarbenen Bluse aus dem Klosett. Im Gang standen andere und warteten. Die Gänge des Cafés waren voll junger Leute, und als Wasik in den Hof sah, wo Kastanien Regentropfen auf die Tische schütteten, zog ein Uniformierter in dem Saalbau einen Vorhang zu. Wasik ging ins Café zurück, trank seine Schale braun aus, legte die Zeitung weg, bezahlte und machte eine Nebentür des Saals auf, durch die sonst immer Kellner gingen. Im Saal stand eine Soldatenkolonne, alle braun. Die Knöpfe an den Blusen glänzten. Einer mit drei Silbersternen am Kragen kommandierte, und die Kolonne drehte sich zur Seite; sie stand als Mauer da. Hinten ging eine Tür auf, und eine Gruppe trat herein, der vorderste mit silbernen Brustschnüren. Der mit den drei Sternen streckte den Arm hoch und meldete: »Sturm angetreten mit siebenundsechzig Mann!« – »Schlecht«, sagte der mit den Silberschnüren. Von der Wand sah ein Mann im Gehrock mit weißem Backenbart aus einem verräucherten Bild herab.

Wasik ging. Als er in der Villa zu seiner Dachstube hinaufgehen wollte, kam die Frau in den Gang und sagte: »Haben Sie einen Moment Zeit? Also, bitte, kommen Sie herein.«

In ihrem Zimmer brannte die Lampe auf dem Schreibsekretär. Die Frau setzte sich so, daß ihr Gesicht im Schatten lag. – »Wir brauchen einander nichts vorzumachen, also sag ich Ihnen....« Sie stockte schon. Dann sah sie auf die Seite und strich sich übers Haar: »Also, kurz und gut: Im Innenministerium suchen sie einen Mann, auf den sie sich verlassen können. Für die Registratur... Sie, Wasik, es ist gut, wenn Sie jetzt noch überwechseln; später wird es schwierig für Sie werden. Sie wissen selber, daß etwas Neues kommt, etwas Politisches. Also, Registraturbeamter... Das möchte ich Ihnen empfehlen. Es ist das Richtige für Sie. Schreiben Sie ein Gesuch und einen Lebenslauf. Der Ihrige ist einfach, und letzthin ist's eine Formsache. Ich sorge dann dafür, daß es erledigt wird.«

Das war's. Aussteigen aus der Kutsche, umsteigen in einen Zug. – »Bis Sie eine Wohnung haben, bleiben Sie bei uns. Vielleicht kann ich's sogar erreichen, daß Ihnen Ihre Zeit bei uns teilweise angerechnet wird; so etwas ist möglich. Die Beziehungen entscheiden, Sie wissen ja, wie's zugeht. Sie bekommen von uns eine Abfindung, und vielleicht kaufen Sie sich dafür einen Garten.«

Die Frau redete schnell, und fast so schnell, wie sie jetzt sprach, verschwand die Zeit. Er versuchte, sich zurechtzufinden in der schwindenden Zeit. Er mußte sich bewerben um eine Beamtenstelle der Registraturabteilung. Er bekam sie, es wurde ihm leicht gemacht, und er tat die Arbeit, weil er wie früher dachte: jeder Mensch erhält nur für niedere Dienste Geld. Es war gut, er fand sich zurecht; über seine Arbeit sprach er nie. Früher hatte er es mit Menschen zu tun gehabt, jetzt hatte er es mit Papier zu tun; mit Akten und mit Schatten auf Papier. Vom Geld der Engelslebens kaufte er sich einen Garten. Die Sache ging in Ordnung. Die Pflaumenbäume, die er kaufte, waren recht ansehnlich. Ein leichter Übergang.

Er wohnte in der Spiegelgasse. Wenn er aus dem Fenster schaute, verflüchtigte sich Rauch über Kaminen. Die Dächer gefielen ihm. Es waren alte Dächer, und viele hatten Fenster, die schwarz spiegelten und hinter denen nur leere Dachböden waren. Er konnte nicht verstehen, daß niemand hinter diesen Fenstern wohnen wollte, weil er hier heroben eine Stube hatte, heizbar mit einem Kanonenofen, der rasch wärmte; die Möbel hatte er bei Trödlern zusammengekauft. Mit neuen Möbeln wollte er nicht leben, und deshalb stand bei ihm ein Ohrenbackenstuhl am Fenster, und an den Wänden hingen alte Stiche. Vom Schloß Schoeneben hatte er einen Stich gefunden: steif und hell stand dieses Schloß vor weiten Äckern; neben dem Tor wartete eine Kutsche; die Remisen waren nach der Seite zu länger gestreckt, hier mußten Gebäude abgerissen worden sein, und Wasik wunderte sich, weil er nie erfahren hatte, wer von den Engelslebens darin gewohnt hatte. Du hast dich nie darum gekümmert und weißt auch nichts von der Familie deines Herrn. Ob er mit seinen Eltern und anderen Verwandten verfeindet gewesen war, ob sie schon gestorben gewesen waren, als er den Dienst im Schloß Schoeneben angetreten hatte: er wußte nichts davon. ›Du hast nur das Nahe und Nächste gesehen, mehr nicht‹, sagte er zu sich selbst und dachte, er habe letzthin nichts erfahren. Aber das war eine Täuschung dieser Zwischenzeit, da er sich in einen Registraturbetrieb einfügen mußte. Hoffentlich wurde später das Vergangene wieder klar.

Eine Ansicht des Stammschlosses Habsburg hatte er auch bei sich aufgehängt; sie war nicht größer als seine Hand. Ein brüchiges Gemäuer war darauf zu sehen; eine Frau führte ein Kind durchs Hoftor, und unter einem Baum wartete eine Ziege neben Schafen. Daneben das Bild eines schwarzhaarigen Mädchens in marokkanischem Gewand, in der Hand eine Laute; die Hand des Mädchens war dem Maler nicht geglückt. Auf dem Tisch am Fenster vor dem Ohrenbackenstuhl stand ein Messingleuchter mit einer Kerze. Hier las Wasik abends Zeitung; er kaufte sich eine Tischlampe, die mit ihrem grünen Seidenschirm auch im Zimmer der Frau [seiner Herrin] hätte stehen können, deren Sohn er nun ebensowenig sah wie seinen Herrn; es schien, als wären diese Leute schon nicht mehr vorhanden.

Es gab noch Anna Schanbacher und die Näherin Elise Rabl, die jetzt wieder, wie im letzten Krieg, als Trambahnschaffnerin Dienst tat. Anna Schanbachers Tochter wohnte nicht mehr im Durchhaus hinter der Tigergasse; über sie wurde geschwiegen, und Wasik fragte nicht nach ihr. Nur einmal hieß es, sie sei jetzt auf dem Land. In der Registratur unterstand Wasik dem Sekretär Gerngroß, einem langen und hageren Mann, der wenig redete. Das war angenehm. Gerngroß führte die Bücher, in die die Aktennummern eingeschrieben wurden, eine knifflige und alle Kraft des Gerngroß beanspruchende Arbeit, die Wasik übernehmen mußte, als Gerngroß Urlaub nahm. - »Hoffen wir, daß alles gut geht«, sagte der Sekretär und gab Wasik seine Adresse in der Steiermark: »Wenn Sie sich nicht im klaren sind, schreiben

Sie mir nur.« Aber es ging gut, Wasik fiel die Arbeit leicht; er hatte weniger zu tun als früher, was ihn verwunderte. Wahrscheinlich machst du alles falsch, der Gerngroß hat doch immer über Problemen gebrütet, denn manchmal ist's nicht klar gewesen, in welches Buch die Akten eingetragen werden mußten. Für Wasik aber wuchs in den zweieinhalb Wochen keine Schwierigkeit empor, und er dachte: ›Gerngroß wird verzweifelt sein, wenn er zurückkommt und meine Dilettantenarbeit in Ordnung bringen muß.‹
Der Sekretär kam aus seinem Urlaub zurück und sagte: »Aber Wasik, Sie haben mir ja nie geschrieben?! Gab es in der Zwischenzeit denn kein Problem zu lösen?« – »Ich muß ehrlich sagen: Nein.« Und Gerngroß ließ sich an seinem Schreibtisch nieder, holte die Bücher, prüfte jede Eintragung und sagte schließlich: »Ja, wie haben Sie denn das gemacht? Also, ich finde keinen Fehler...« Er hielt den Zeigefinger an die Lippen.
»Ich kann es mir auch nicht erklären«, sagte Wasik.

›Deine Zeit ist zu Ende; was jetzt noch kommt, wird finster sein‹, dachte Wasik. ›Es kann sich nichts mehr ändern, was dich selbst betrifft. Außen freilich wird noch vieles anders werden, aber was dort vorgeht, ist abgerückt von dir. Du bist jetzt fünfundfünfzig Jahre alt. Fang mit dem Alter früher an als alle andern.‹ Aber das würde auch nichts ändern. Also blieb der Diener Wasik so, wie er sich fühlte, und er fühlte sich noch frisch. ›Eine gesammelte Person, an die nichts herankonnte, nachgiebig und zäh, so wirst du dich behaupten‹, dachte er auf dem Heimweg vom Ministerium, lächelte und sah, daß er sich in einem Fenster spiegelte; dahinter standen alte Leuchter, alle auf grünlichen Glasplatten, als ob sie schwebten.

Schon wieder war es Frühling. Die Zeit huschte auf jeden Fall schneller als früher fort. Er sah hinein in eine braune Gasse, und oben standen Fensterflügel nach außen offen; der Himmel tauchte in sie ein; Blau und Wolkenränder segelten durch Häuserwände. Das war wichtiger als alles Wandelbare, denn jetzt näherten sich schon wieder Kanonen; deutsche Kanonen ragten über die Dächer herein, und die Leute hielten sie für Blütenzweige. Aber das schwebt in der Höhe, und du, ein Diener, schaust die Pflastersteine, den Hauseingang, die alte Treppe im Haus Spiegelgasse siebzehn an. Neben einem schmalen Gang war ein Geländer, und dahinter huschte ein Kind, ein Mädchen; es schaute durch die Stäbe des Geländers, während er von unten in die Höhe stieg.

Das Kind tänzelte und drehte sich, kreuzte die Beine, stellte einen Fuß vor den andern und wackelte mit dem Hinterteil. Eine Tür war angelehnt, und eine Stimme drang aus einem Radioapparat. Der Kanzler sprach. Wasik hörte das Wort: »Ich will keinen Bruderkrieg, ich will kein Blutvergießen«, sah das Kind tanzen und hörte Teller klappern. Dann unterhielten sich hinter einem Holzgitter, das eine Wohnung abgrenzte, ein Mann und eine Frau, und die Frau sagte: »Wir gehen heuer wieder in den Böhmerwald.« Wasser klatschte in einen Eimer, ein Hahn wurde abgedreht, und vor dem gußeisernen Wasserbecken im Gang hinter der Mauer, dort, wo die Treppe eine Kehre machte und nackte Fenster das Abendlicht scharf und stark hereinließen, stand eine junge Person im Morgenrock und schaute auf die Wasserhaut im Eimer, die goldfarben und dunkel zitterte. Wasik half ihr, den schweren Eimer über den Gang tragen, sah einen Mann im dunkelblauen Anzug, an der Hand einen dicken Silberring mit Totenkopf, sich übers Treppengeländer nei-

gen und hörte ihn hinunterrufen: »Selbstverständlich gehen wir noch auf ein Klaanes!« Der wollte also noch ein kleines Gulasch essen. Und Wasik trug den Eimer; er kam in eine Küche, wo es nach Kölnischem Wasser roch, und stellte den Eimer neben eine Sitzbadewanne, die ihn an seinen Ohrenbackenstuhl erinnerte. Auch hier sprach der Kanzler aus einem Radioapparat, und Wasik dachte, das also sei jetzt ein historischer Moment.
Er ging hinauf in seine Stube. Die Zeitung war heut nicht gekommen. Also stand jetzt alles schon dicht vor der Tür.

Später fuhr er mit der Trambahn und wollte zum alten Friedhof; er wollte ihn wiedersehen und wußte nicht, warum. Ihm war eingefallen, wie er damals die Frau in der Kutsche von Schloß Schoeneben hineingefahren hatte und mit ihr zwischen überwucherten Gräbern herumgegangen war. Seitdem hatte er den verlassenen Gottesacker nicht mehr gesehen. Und er wiederholte für sich das Wort ›Gottesacker‹ und dachte, alles sei ein Gottesacker: die Stadt und die Schlachtfelder, die Flüsse und die Hügel. Auch von der Gloriette des Schlosses Schönbrunn wollte er noch einmal die Stadt sehen, die sich dort als Dächerteppich streckte; aber er ging erst am nächsten Sonntag hin. Es war notwendig, jetzt das zu sehen, was lange unverändert blieb und schwieg; die Bewegungen der Menschenleiber verebbten alle bald.
Im Friedhof saß ein Mädchen auf einer Bank und strickte; es lächelte Wasik an, es war ein Kind, etwa elfjährig. Sonst war der Friedhof leer, schwarz und braun; die Zweige hatten Knospen; beim Gehen stäubte es im vorjährigen Laub, und Mücken flogen. Er fand den Weg, den er vor sechsundzwanzig Jahren mit der Frau gegangen war, und dieser Weg

zeigte sich unverändert; nur daß er damals grün gewesen war, obwohl in anderthalb Monaten hier auch wieder alles so wie damals war.

Eine gebrochene Säule tauchte auf, und davor hielt ein Genius die Fackel nieder. Die Säule war so hoch wie Wasik, und der Genius ein Kind. Ein Denkstein für einen berühmten Mann; niemand wußte, wo er hier beerdigt worden war, denn damals hatten sie ihn in ein Massengrab gelegt; aber der Stein schien hell, während das Zwielicht sich zusammenfaltete und floß. ›Du bist froh, daß noch Festes da ist‹, dachte er, ging wieder und suchte das Mädchen. Jetzt sah es um die Ecke des Backsteinhauses neben dem Tor und hielt sein Strickzeug mit blauem Gewebe in die Höhe. Vielleicht wurde in den Schal oder in den Sweater, den das Mädchen strickte, auch von ihm etwas hineingewoben.

Er ging zur Haltestelle. Im Straßenbahnwagen stand Elise Rabl neben der Tür; sie war jetzt eine dunkel uniformierte Schaffnerin mit dichtem, kräftigem und hellem Haar. Zum erstenmal sah er ihr dichtes Haar und überlegte, wie alt sie sei; in den Vierzigern, aber du denkst zu viel... »Also, Herr Wasik, Sie sind hier heraußen? Mögen S' denn den Menschenauflauf nicht?« – »Ich mag bloß einen Pflaumenauflauf«, sagte Wasik. Sie sprachen leise. Elise Rabl war rotbackig, und er hatte es früher nicht bemerkt. Immer wieder floß ihr Röte zu den Ohren; aus dem Uniformkragen sah ihr weißer Blusenkragen; auch ihre Manschetten waren frisch. – »Ich hab heut Nachtdienst«, sagte sie. Eine Handbreit unter seiner Schulter begann ihre Schulter, und die Uniform sah bei ihr wie ein Trachtenkostüm aus. Die hatte auch nichts Eckiges an sich, und ihre Augen waren hell wie Schiefer oder Hügel, die weit draußen liegen. Und er sagte, sie sollten sich vielleicht einmal die Stadt von weit draußen an-

schauen, also von der Gloriette des Schönbrunner Schlosses oder von seinem Baumstück aus. – »Wenn die Woche 'rum ist, hätte ich schon Zeit«, sagte Elise, und Wasik sah, daß sie in den Augenwinkeln neben der Nase eine feine Falte hatte; das kam selten vor und gehörte zum böhmischen Gesichtstyp. Und wieder dachte er: ›Sapperlot, ist die frisch, fast wie die Fanny nach dem Krieg...‹ – »Zu Ihren Herrschaften kommen S' jetzt auch seltener?« fragte Elise, und Wasik sagte: »Ich werd nie mehr hinkommen.« – »Hat's der Herr nicht auch mit der Politik gehabt?« – »Deshalb bin ich weggegangen«, sagte Wasik und fügte nach einer Weile hinzu: »Gut, daß wir kleine Leute sind.«
Elise zeigte auf ein Torgitter des Belvederegartens, das im Vorbeifahren schwarzsilbern aussah. Der Mond schien stark. Das Gitter ragte auf, als wäre es ein Schmuck. – »Wenn wir so etwas nicht anschauen könnten, wär es schlecht«, sagte Elise. – »Aber die Pflaumen riechen, frisch vom Baum, wenn sie noch warm sind. Fräulein Rabl... das... das machen wir Ende August. Also, am Sonntag bei Anna Schanbacher«, sagte Wasik.

Im Büro ließ sich der Wochendienst merkwürdig an. Die Sektionschefs kamen erst am Nachmittag in die Kanzleien. Akten stauten sich auf Gerngroß' Schreibtisch. Der Bürovorsteher wurde oft hinausgerufen. Wasik sah ihn durch die Gänge gehen und mit Beamten reden. Es hieß: »Sie sind in Linz, sie sind in Enns.« Gerngroß sah in seine Bücher und sagte zu Wasik: »Gehn S' doch nach Haus.« Er wischte sich Spinnweben vom Gesicht, die nicht zu sehen waren.
Am Samstag war das Ministerium leer, aber Gerngroß saß in der Registratur. Wasik saß am Fenster. Weiße Sonne schien herein, und bauchige Gitter zerteilten das Licht. ›Gut,

daß du nach der Gasse zu wenigstens im Schatten des Geschreis sitzt‹, dachte Wasik. – »Sie können sagen, was Sie wollen, Wasik, aber die machen etwas Neues«, sagte Gerngroß und deutete mit dem Bleistift zum Fenster. – »Ich habe nichts gesagt, Herr Gerngroß«, sagte Wasik, und Gerngroß winkte mit dem Bleistift. Vor dem Fenster waren alle Menschen schwarz. Geschrei schwoll von der Hofburg her. Die Menschen liefen. Die Gasse war fast leer. Wasik dachte: wenn er mich doch gehen ließe... In einer Stunde wäre ich zu Fuß in meinem Garten... denn Straßenbahn fuhr keine mehr. – »Also, Wasik, wenn sie doch diesen Riesenerfolg haben... Daß Sie da kalt bleiben, nicht mal irritiert?« sagte Gerngroß und zog die Schultern hoch.
Draußen hielt ein Auto, ein offener und schwarzer Wagen. Einer stieg aus, ging ein paar Schritte; es war einer in senffarbener Uniform. ›Solche Waffenröcke haben doch im Krieg die Engländer getragen‹, dachte Wasik; dann sah er den kurzen schwarzen Bart des Mannes; aber der Mann erschien weichlich und bleich. Er ging auf dem Trottoir dicht vor dem Fenster, neben und hinter sich Schwarzuniformierte, stieg in ein anderes Auto um und ließ sich weiterfahren. Ein alter, dicker Herr lief schreiend durch die Gasse, und Frauen rannten, aber die kamen zu spät.
Gerngroß stand hinterm Schreibtisch und beugte sich vor; er sah aus geweiteten Augen, doch blieben diese Augen trotzdem klein. – »Na und...«, sagte er zu Wasik und streckte den Arm aus: »Da sehen Sie es selber!« – »Was?« sagte Wasik und dachte: ›Du kannst bequem nach Hause gehen; hintenrum begegnest du jetzt niemand mehr.‹
Das war dann sein tröstlicher Weg: die schmalen Straßen ausgestorben und die Wohnungen fast leer; die Straßen spiegelten weiß; in einem Garten stand ein gelbblühender

Busch, und daß eine Dame auf einem Balkon saß, die Füße auf einen rotgepolsterten Schemel gelegt und zurückgelehnt las, das machte ihm eine fast wilde Freude, und er dachte: ›Das werd ich Elise erzählen.‹

Diese Frau hatte das Schreien und das Laufen der anderen Menschen nicht beachtet, und auch Wasik war immun dagegen. Wichtig war nur seine Stube in der Spiegelgasse siebzehn. Er kaufte sich ein altes Bildchen, und darauf sah man in ein weites Tal hinaus; auf einem Hügel stand eine Kirche hinter einer Mauer, über die Bäume schauten; ein Weg führte zu ihr hinauf, und gegenüber stand ein Haus mit breitem Dach; das Tal wurde vom Abendlicht verwischt. Elise Rabl legte ihre gepolsterte Hand darauf und lachte. Was hatte doch der Kanzleidiener Anton Wasik für ein Glück, daß er eine gefunden hatte, eine mit klarer Haut.
Am Abend standen sie dann auf der Gloriette; das Schloß lag unten. Die Wälder machten die Luft sauber; die Stadt schien sich emporzuheben im gedämpften Licht und hatte graue und olivfarbene Dächer. – »Das Schloß kann doch keiner anrühren; auch der nicht, der heut herrscht«, sagte Elise Rabl, und Wasik sagte: »So schaut es heute aus.«
»Du glaubst es immer nicht.« – »Doch. Seit ich dich kenne. Und in der Spiegelgasse wird eine Wohnung frei«, sagte er. – »Da ziehen wir hinein.«
Wasik ließ die Zimmer weißen; auch der Gang vor der Wohnung wurde frisch geweißt. Der Gang hatte ausgebauchte Wände. Elise brachte ihre Möbel mit, sie kauften einen alten Schrank, und dann zogen sie ein. In Wasiks Kammer wohnte jetzt eine Verkäuferin, die hieß Margit Zahlinka. Bei der Hochzeitsfeier saßen sie im Matschakerhof, und nur Anna Schanbacher war dabei. Ihre Tochter

hatte einen geheiratet, der nach Deutschland geflüchtet und jetzt wieder zurückgekommen war. – »Der erzählt Geschichten«, sagte Anna, und Wasik fragte: »Welche?« – »Was wird's schon sein... Daß sie ein tolles Leben geführt haben, mit Saufen und so.« – »Ein tolles Leben...«, sagte Wasik.

Der Dienst ging weiter. In der Registratur sagte Gerngroß: »Und was sagen Sie jetzt?« – »Der neue Chef der Sektion für Landstreicherunwesen und Geruchsbelästigung hat heute spitze Schuhe an«, antwortete Wasik. – »Aber das meine ich doch nicht. Ich meine die Erfolge.« – »Gehen S' halt hinein in die Partei«, sagte Wasik. – »Sie nicht?« – »Nein«, sagte Wasik, nahm ein Aktenpaket und griff nach der Türklinke. »Warten S' noch drei Jahre«, sagte Wasik. »Ich meine: was dann ist, wird sich erweisen.« – »Aber, wenn doch alle andern auch...« – »Dann müssen Sie natürlich vielleicht auch.« Und Wasik ging.

Die Unentschiedenheit der Leute... Und die großen Erfolge. Daß der Sekretär Gerngroß hieß, das wollte Wasik nicht gefallen; der Name war zu deutlich, aber dafür standen die Türklinken in Wasiks Wohnung alle schief. Die Türklinken, und daß er mit Elise allein war, wenn er heimkam, das glich manches aus. Längst hatte der Krieg angefangen, dreieinhalb Jahre lang war seine Tochter Maria schon auf der Welt, und Wasik erinnerte sich, wie ihm die Kellnerin beim Hochzeitsessen im Matschakerhof zugeflüstert hatte: »Sei's in Quart, sei's in Quint: Beschissen sind wir vorn und hint«, und das war damals auf den Statthalter Seyß-Inquart gegangen. Und Wasik wunderte sich, weil er nicht eingezogen wurde. – »Sie tun es mir nicht an«, sagte er zu Elise, aber Elise sagte, Anna Schanbacher kenne einen vom Wehrmeldeamt: »Der steckt doch immer deine Karteikarte weg.« Gerngroß hatte sich noch nicht entschieden, ob er in die Partei eintreten sollte, und Elise sagte: »Daran bist du schuld.« Doktor Waißnix war in Palästina.

Wasik ging ins Ministerium; er ließ sich Zeit. Es war sieben Uhr früh. Ein klarer Morgen. Und daß die Jahreszeiten unverändert weiterrückten, das war gut; auch die Automobile waren weniger geworden. ›Gute Luft...‹, dachte er. Ein hochgewachsener Soldat kam auf ihn zu. - »Ich bin am Ladogasee«, sagte er zu Wasik. Und nach einer Weile: »Meine Mutter ist gestorben.« Es war Eduard Engelsleben, der Sohn seines Herrn; um die Mundwinkel hatte er scharfe Falten. »Zur Beerdigung kommen Sie lieber nicht«, sagte Eduard, und dann sprachen sie vom Krieg. - »Am Ladogasee sind wir damals nicht gewesen«, sagte Wasik, und Eduard erzählte von einem Sumpf am Wolchow. Morgens machte er mit Sumpfwasser Kaffee; übers braune Wasser führten Stege aus gefällten Kiefernstämmen. »Drei Kiefernstämme liegen beieinander, und darauf gehen Sie.« An Vögeln gab's im Sumpf nur Schnepfen, und von denen setzte sich oft eine morgens, wenn das Kaffeefeuer brannte, auf den Steg. - »Sie, Wasik, ich weiß jetzt, wie man bei Regen Feuer macht. Mit Birkenrinde. Die brennt auch, wenn sie grün ist.«

Wieder roch Wasik den Geschmack des Birkenholzfeuerrauches, aber nur in der Erinnerung, die bei ihm weiter weglag als bei diesem jungen Soldaten hier, der älter aussah, als er war; und ein Graf war er freilich auch. Der Name Engelsleben war nicht österreichisch, und wenn er an die Zeit im Schloß Schoeneben zurückdachte, sah er außer den Eltern des jungen Herrn nur Kemmler vor sich; die Bedienten waren nicht mehr da, auch die Köchinnen nicht. - »Wissen Sie eigentlich, wo Herr von Kemmler ist?« fragte er Eduard und erfuhr, sein Gut sei ihm weggenommen worden, und jetzt sei er in Rußland irgendwo ganz vorn als gemeiner Soldat. – »Er hat noch Glück gehabt, denn eigentlich wollten sie ihn gouillotinieren.« – »Da ist Ihr Vater eingesprungen und hat ihm geholfen?« – »Nein, mein Vater nicht«, sagte Eduard; er schüttelte den Kopf und sah verkniffenen Gesichts [die Falten erschienen noch schärfer] über Wasik weg. »Meinen Vater dürfen Sie vor mir nicht mehr erwähnen, Wasik. Ich wohne nicht bei ihm.« – »Was sind Sie von Beruf?« – »Soldat. Vor dem Krieg bin ich von zu Hause weggegangen. Ich habe ausgeholfen bei einem Friedhofsgärtner. Sie, Wasik, das war nicht schlecht. Das mache ich nach dem Krieg auch. Ich sehe doch gern einem Totengräber zu. Und jetzt bin ich zuweilen auch oft Totengräber.«

»Entschuldigen Sie, wenn ich noch einmal zu sprechen komme auf Herrn von Kemmler«, fing Wasik wieder an, doch sah sich Eduard um und zeigte mit dem Kopf auf einen Mann im Ledermantel, der hinter ihnen ins Schaufenster einer Bäckerei hineinsah. Dann holte er eine Zigarette aus der Tasche, drückte sie zurecht und deutete aufs Trottoir, als ob er sagen wollte: Gehen wir doch weiter... Er zündete die Zigarette an und flüsterte Wasik zu: »Gehen Sie weg. Es schadet Ihnen, wenn man Sie mit mir sieht. Ich werde überwacht. Mein Vater ist ein großes Tier im gemeinsten Ressort, das es jetzt gibt: Deportationen... Und er weiß, was ich denke. Ich habe mit Kemmler... Also, gehen Sie.«

»Warum? Ich sehe das nicht ein... Ich treffe hier einen alten Freund, den Sohn einer Familie, mit der ich mich verbunden fühle.«

»Unsinn, Wasik. Ihre Treue in Ehren, aber sie gehört nicht mehr hierher. Gewöhnen Sie sich Ihre Treue ab. Meine

Mutter hat Selbstmord gemacht. Nicht ihrer Krankheit wegen. Also, es hat mich gefreut...« Und Eduard streckte ihm seine lange und kräftige Hand hin. »Schließlich haben Sie auch eine Tochter«, sagte er und ging mit diesem nachlässigen, schweren und schleppenden Schritt weiter, der ihm eigen war, ein abwesender Mensch, lang, ein Fremder, dessen Eisenschritte knallten und der eine abgewetzte Uniform trug, das Gewehr umgehängt; sein Gewehrschloß schlug an die Gasmaske, die überm Brotbeutel hing. Vor dem ersten Krieg waren alle Uniformen freundlicher gewesen, jetzt aber herrschte nur eine finstere Uniform.

Wasik erzählte Elise von dieser Begegnung nichts, doch kam's ihm vor, als ob er Eduard in den nächsten Tagen manchmal sähe. Er sah in ein Durchhaus hinein, und dort ging dann ein langer Mensch über Buckelpflaster zu einer Treppe, die breit hinaufführte und wo rechter Hand an einer gelben Wand Briefkästen hingen. Er hörte seinen Tritt auf knarrenden Holzstufen, trat in einen Hof und sah oben Arkadenbögen mit verwittertem Holz und Glas verschalt. Es regnete. Er fuhr zum Friedhof, sprach mit einem alten Mann im langen, schwarzen Mantel, der im Plan nach dem Engelslebenschen Grab suchte und ihm den Buchstaben des Weges und die Ziffer der Gräberreihe sagte. Er fand das Grab, es war breit, es hatte grünliche Bronzebarrieren, eine Grabtafelmauer mit einem hohen Kreuz und zwei Urnen aus schwarzem Marmor. Alte Namen, in den Stein gehauen, waren grau ausgewaschen bis auf einen in frischer Goldschrift: ›Fanny Emanuela Gräfin Engelsleben geb. von Czechrod.‹ Das Familienwappen hatte Pfauenfedern in der Krone stecken, ein Zwerg reckte eine Streitaxt, denn das Wappen war plastisch gebildet und aus Bronze, die dunkelgrau geworden war; ein altes Grab, hinter dem eine Birke mit schwarzrissigem Stamm stand. Die Büsche tropften golden, denn jetzt war dieses Abendleuchten da, als herrschte eine unbestimmte Jahreszeit. Das Gesicht seiner Frau floß als Hautbild herein, legte sich vor die schwarze Mauer dieses Grabes und war durchsichtig, hell wie immer.

Er war froh, als er sie zu Hause traf; sie lag auf dem Sofa und spielte mit Maria. Das Kind hatte nur ein Hemd an. Elise hatte eingeheizt, und Wasik legte ein Brikett nach. Maria stieg zwischen Elises Beine und ließ sich auf ihren Bauch fallen; da jubelte das Kind und strahlte. Was waren das für zwei helle und kräftige Geschöpfe, beide jung, obwohl sie über vierzig Jahre auseinander waren; und Wasik gehörte auch dazu. Elise war im Unterrock und lächelte schnaufend zu Wasik hinüber; mit festen Fingern strich sie sich ihre Haarfransen aus der Stirn, lachte und ließ einen nackten Arm herunterhängen. Ihr Fuß lag auf der Sofalehne, und der Hausschuh fiel von ihm herunter; er klatschte. Maria hob den winzigen Zeigefinger, horchte und ließ ein Geräusch fahren, das wie Stuhlknarren klang. – »Aber... aber!« drohte ihr die Mutter. Wasik kam, tief in den Knien, vom Ofen her angeschlichen, zielte mit dem Zeigefinger auf die Kleine und stach ihr in den Bauch; da kreischte sie dann wie eine Kokette. Wasik rutschte aus und fiel mit dem Kopf auf Elises Bauch; das Kind ließ sich auch fallen, und dann lagen sie zu dritt mit den Köpfen beieinander und küßten sich, daß es schmatzte. Elise erschrak: »Herr Jegerl, die Kartoffeln!« Sie hatte Kartoffeln auf dem Gas und lief in die Küche hinaus. Wasik trug ihr die Hausschuhe nach: »Wo doch der Steinboden so kalt ist und du's in den Beinen hast! Dein Bein salbst du dir sicher auch schon lange nicht mehr ein? Also, schau, das ist dumm.« – »Ach, mein Bein... Da, schau her, was ich hab!« Und sie zeigte ihm eine Schüssel voll Eier. - »Vom Onkel Andres«, sagte sie. »Der ist vormittags dagewesen. Weißt du, der hat nach dem Gustl gefragt, auf so einer Behörde. Aber das glaub ich nicht. Du, da muß etwas mit dem Gustl los sein. Er hat's mir auch gesagt. Übergelaufen ist der zu den Russen.« - »Gar net schlecht. Dann passiert ihm wenigstens nichts mehr.« - »Das hab ich zu dem Andres auch gesagt, aber der hat mich gefragt: ›Und wenn die hier den Krieg gewinnen?‹« - »Ach was!« sagte Wasik und lachte.

Er ging dann wieder in die Stube. Maria hockte unterm Schreibsekretär und schimpfte. Jetzt war sie das keifige alte Weib, und Wasik sagte: »Diese abscheuliche Person! Da hockt sie in ihrer Höhle und kann nix wie schimpfen! Ach, ist das ein Hexenweib!« Sie kam hervorgekrochen und war auf den Backen und den Händen schwarz verschmiert; sie machte sich gern an den Kohlen schmutzig, und dann war sie ein Teufel. Wasik hatte arge Angst, weil sie die Fingerkrallen nach ihm streckte und furchtbar schnaufte. Elise kam herein: »Jessas, zwei Wilde!« Sie legte ein frisches Tischtuch auf den Tisch, und Wasik stand vom Boden auf. Er sah ihr beim Tischdecken zu. Ihre rosig festen Hände strichen die Kniffe der gefalteten Leinendecke glatt; sie legte die Teller auf, und von draußen spiegelten die Fenster auf der anderen Gassenseite ins Zimmer herein; von den gewachsten Dielen kam eine Helligkeit, als wäre der Boden durchscheinend und die Möbel tauchten als Spiegelbilder in ihn ein. Elise nahm Maria in die Küche mit, und durch die angelehnte Tür drang Wasserpatschen.

Alltägliche Geräusche, und das Glück. Sie setzten sich zum Abendessen.

Wie du die Windstille schätzt. Du sitzt im Kern des Sturmes, und dort ist's still... Es lag Schnee. Auf den Straßen hatte er sich in schmutziggelben Sand verwandelt, trocken und kalt. ›Zum letztenmal wird es Winter im Krieg, du wartest ab‹, dachte Wasik, aber dann war es doch nicht der letzte Winter, und er hatte sich getäuscht. – »Den Krieg gewinnen, und die Partei verschwinden lassen: das müssen wir jetzt schaffen«, sagte Gerngroß im Büro, und Wasik sah an ihm vorbei. Das gab's doch nicht. Beides: Partei und Krieg mußten ins Dunkel rutschen, dann wurde der Himmel wieder sauber. – »Oder meinen Sie, es müsse anders kommen?« fragte Gerngroß. – »Ja«, sagte Wasik.

Das Fragen und das Antwortgeben gehörten dazu, aber es nützte nichts. Was du tust, darauf kommt's an, und du bist alles andere als ein Empörer; du mußt dabeisein, und du machst es mit; die Großen und die Hohen müssen selber dafür sorgen, daß es in Ordnung kommt. Die Große Ordnung wird es richtig machen. Und was der Diener Wasik sich unter der Großen Ordnung vorstellt, das hat er auch nur im Religionsunterricht gelernt. »Nicht wahr, Elise?« Und vielleicht fiel den Großen und den Hohen auch nichts anderes ein; dann war's in Ordnung. Die Großen und die Hohen waren für den Diener Wasik die, die eine Bombe hatten platzen lassen. Und wieder einmal waren es nur Adlige gewesen. Das ließ sich nicht wegleugnen. Ein Adeliger hatte es getan, ein Graf. Aber dein Engelsleben?

»Er soll wieder hier sein. Der Schlag hat ihn gelähmt. Bei den Barmherzigen Schwestern lebt er und kann nicht mehr sprechen«, sagte Elise. – »Ja, er war in diesem abscheulichen – Reichssicherheitshauptamt hat's geheißen, ich hab's von seinem Sohn erfahren. Da geh ich im letzten Herbst auf die Straße, und auf einmal spricht mich der Eduard an.« – »Ich

weiß es«, sagte Elise. – »Aber ich hab doch nichts davon erzählt?« – »Und ich hab euch gesehen.«
Engelsleben vom Schlagfluß gelähmt: dann hatte der schwarze Zauber nachgelassen. Wie sich alles zusammenschob. Es gebärdete sich wild und böse, und bevor's verschwand, biß es noch einmal zu. Weshalb hatte er Angst? Sein Kind kam doch nächstes Jahr in die Schule. So ein Kind schirmte ab und baute eine unsichtbare Wand. Vorsichtig sein und niemand herausfordern. Du bist der unscheinbare Wasik, verstehst die Sorgen der Kollegen, hilfst aus, wenn einer einmal samstags aufs Land will, und schenkst dem Gerngroß eine Handvoll Eier; denn Eier strahlten Wärme aus wie ein Päckchen Zigaretten; und es fiel Wasik leicht, sich Zigaretten abzusparen.
Elise rauchte nach dem Morgenkaffee gerne eine Zigarette, stand aber ungern auf. Dir geht es ebenso, nur mußt du leider ins Büro... Er schlüpfte aus dem Bett. Er war froh, daß Elise nichts davon merkte und liegenblieb. Das Kind kletterte aus seinem Bettchen, ging auf Zehenspitzen und spitzte den Mund. In der Küche sagte es: »Oh, ich mach dir den Kaffee!« – »Zieh die Hausschuhe an, du erkältest dich! Du bist wie deine Mutter«, sagte Wasik. – »Ist doch nicht schlecht?« sagte Maria, und als Wasik lachte, sagte sie: »Also, mein Papa versteht mich...« Sie strich ein Zündholz an und drehte das Gas auf; leise puffte das Gas und sprang als Flammenkranz heraus. Brennendes Gas in der Morgenfrühe war wie aus Himmel gemacht, Ende Juli. Die Seidenluft Ende Juli roch durchs Fenster und mischte sich mit warmem Gashauch. Maria stand auf dem Küchenstuhl und sah in den Aluminiumtopf hinein: »Nun singt es schon, und jetzt hat's Bläschen... Du, jetzt kommt's gequollen an den Rändern.« Sie goß das Wasser in die Kanne, er mußte sie halten, denn

der volle Topf war schwer in ihrer Hand; sie guckte in die Kanne, und Wasik dachte: die Zichorie riecht schlecht. Maria kannte es nicht anders; fürs Kind war das Kaffeemachen geheimnisvoll. – »Ich freu mich auf den Sonntag... der ist morgen«, sang sie vor sich hin und trug die Kanne, mit einem Handtuch umwickelt, langsam hinaus. Wasik machte ihr die Tür auf. Dann zog er das Nachthemd aus, rasierte sich mit einer Bodendecke heißen Wassers und wusch sich am Spülstein.

Wie alles einen Schein bekam durch dieses Kind... In der Stube hatte Maria den Tisch gedeckt. Jetzt tranken sie Kaffee. – »Sonntags schmeckt's besser«, sagte sie; »aber der Mama bringe ich den Kaffee ans Bett.« Woher kam's denn, daß er ein leicht zu habendes Kind hatte? Vielleicht von seinem Alter... Ein Kind alter Leute. Und er dachte, Maria sei also fünfzehn, wenn er an die siebzig sei. – Nicht ganz das Richtige, aber vielleicht spannte es die Lebenskraft. Und ob sie schwierig werden würde, später dann, mit fünfzehn, weil sie doch jetzt ein leicht zu habendes Kind war? Leicht zu haben... das war eigensüchtig gedacht; aber vielleicht kannst du dir die Eigensucht jetzt leisten, weil du früher nur für andere geschafft hast? – Auch falsch. Wie er gelebt hatte, so hatte er immer leben müssen. Der Mensch war nur in seinen Träumen frei. Und seine Träume... Jede Minute war angefüllt mit Träumen.

Das Kind schaute ihn an: »Dir wachsen die Fenster in den Kopf. Das spiegelt so. Von drüben mein' ich, von der Gasse her.« Und sie deutete hinter Wasik. »Die Tante Anna hat einmal gesagt: ›Dein Vater hat die Fenster der ganzen Stadt im Kopf.‹ Oder so ähnlich.« Also waren die Fenster so etwas wie Seelen. ›Du bist ein reicher Mann‹, sagte er zu sich selbst. Und das Kind sagte: »Also, wie immer: wir lassen sie ausschlafen, die Mama.« Maria bewegte die Hand so schlenkrig wie ein Kamerad, auf den er sich verlassen konnte. Dann küßte er Maria und nahm seine Mappe. Sie ging mit ihm zur Treppe. Nun kam, wie jeden Morgen, Fräulein Zahlinka aus der Tür. – »Wenn ich so schön wär wie Fräulein Zahlinka ...«, summte das Kind, winkte auf der Treppe und beugte sich übers Geländer. Daß er wenigstens diese zwei gefunden hatte: seine Frau, sein Kind... Wenn einer zu beneiden war, dann dieser Kanzleidiener Anton Wasik.

»Der Mann mit dem Totenkopf auf dem silbernen Ring, der ist uk gestellt; Rüstungsbetrieb, sagt Fräulein Zahlinka«, erzählte Elise am Sonntagvormittag beim Kaffee. Heut war der Kaffee echt. Elise rauchte ihre Zigarette, und Wasik sagte: »Das tust du also auch, wenn's dir nicht gut ist?« – »Mein böhmischer Dickkopf ist dran schuld. Du, ich schau heute zur Anna hinüber. Ja, ich bleibe da. Ich eß heut bloß die Pflaumen, herunterschütteln müßt ihr sie allein.« – »Das können wir, gelt Vater?« sagte Maria. Das ›gelt‹ hatte sie sich von einem Kellner im Café ›Ingrimm‹ angewöhnt, denn dieser Kellner war aus Württemberg. – »No ja«, sagte Wasik, »das Schwäbische ist auch net schlecht.«
Der Zigarettenrauch verwob sich mit Elises dichtem, blondem Haar. Maria hatte denselben Haarbusch geerbt, und ihre Augen waren blaugrau und so, als wären sie immer halb innen. Und Wasik fiel ein Wort ein, das Herr von Kemmler manchmal gesagt hatte und das von einem römischen Kaiser stammte: »Sieh nach innen.«
Elise machte das Radio auf, aber dann kamen nur Meldungen; erschreckende Meldungen... und Elise stellte das Radio wieder ab. »Für Gestank halte dies alles und für Blutgerinnsel in einem Sack«, hatte ein anderes Wort des römischen

Kaisers geheißen; und Wasik fiel der Name ein: Marc Aurel. Daß sich die Zeiten glichen, war gut möglich, und vielleicht hatte Marc Aurel in einer Zeit gelebt wie der von heute; nur fehlte heut einer wie Marc Aurel. Aber ein Diener reimte sich bloß alles träumerisch zusammen; mehr gelang ihm nicht.

Er ging dann mit Elise ins Schlafzimmer, küßte sie und strich ihr übers Haar; er sagte ihr adieu. Maria kam herein und sagte: »Daß ihr lieb zueinander seid, das freut mich bloß.« Und gleich verschwand sie wieder. – »Die Weisheit hat sie von dir«, sagte Elise, und er sagte: »Meine liegt doch auch nur im Gefühl.« – »Aber ich hab's nicht so klar vor mir«, sagte sie. Und er: »Bei mir schaut es höchstens so aus.« – »Es langt, wenn es so ausschaut«, sagte sie.

Er dachte: ›Heut bliebe ich lieber daheim‹, aber sie sagte: »Ach, die Pflaumen müssen doch herunter« und erinnerte ihn an den Sommer im vierziger Jahr, als die Krone eines vollen Pflaumenbaums abgesägt worden war. Das konnten sie sich jetzt nicht leisten, denn heuer brauchten sie die Pflaumen. – »Ich weiß nicht recht, aber ich hab halt ein schlechtes Gefühl. Wahrscheinlich fürchte ich mich bloß davor, weil ich denk: wenn du hinauskommst, sind dir alle Pflaumenbäume abgesägt«, sagte er zu Elise.

Der Handwagen stand im Souterrain. Wasik hatte ihn mit Sperrholzbrettern ausgelegt, damit die Pflaumen nicht herausrollten. Er zog ihn auf die Straße und hob ihn auf den Perron der Straßenbahn hinauf, wo sich Maria in ihn hineinsetzte; so mußte er für den Handwagen kein Billett lösen, was einem Kanzleidiener angenehm war. Trotzdem schämte sich Wasik, denn früher hatte er so etwas nie bedacht. Aber früher bist du ja auch ein Herrschaftsdiener gewesen.

Das Baumstück lag hinter dem Vorort mit den Villen nah beim Wald. Zur Engelslebenschen Villa wäre es nicht weit gewesen, aber dort hinüber ging er nicht mehr. Es war sowieso anstrengend genug, dafür zu sorgen, daß er sich hier nicht mit dem Herrschaftsdiener verwechselte, der er einmal gewesen war. Aber dann ging dieser Herrschaftsdiener vor ihm über die Straße und hatte weiße Kniestrümpfe an. Daß es so etwas jetzt noch gab... Aber du hast dich ja nur selbst gesehen.
Es war heiß und roch messerscharf nach Gras, weil der Nachbar seine Wiese gemäht hatte. Das war der Duft des Juli, obwohl Wiesen im Juli mähen ein verspätetes Geschäft und der Grasgeruch unheimlich war. Er schüttelte die Pflaumen, sie waren zeitig, und Maria half ihm beim Auflesen; dann wurde sie müd und schlief im Schatten.
Da sah er sich das schlafende Kind an. Es bewegte sich nicht, es schien, als atmete es durch die dünne Haut der Backen und der Stirn. Dann brummte über ihm die Luft. Drüben, wo Dächer schieferige Farben hatten, flogen drei Schwarzblaue; es platzten Eisensäcke und es klirrte; Wölkchen knallten.
Immer noch schlief das Kind. Er weckte es: »Komm, wir müssen wieder zurück.« Maria hielt sich, noch taumelnd, am Baumstamm, und oben rauschte ein Flugzeug; Wasik las die Ziffern und sah die farbigen Ringe auf diesem Hecht aus Blech, der Flügel hatte. Aber das nützte nichts, denn jetzt hatten sie einen langen Weg zu gehen, weil keine Straßenbahnen fuhren. Die Sirenenlaute waren wild geworden; viel zu spät. – »Maria, setz dich auf die Pflaumen«, sagte er, aber sie sagte: »Das ist doch schad.« Er mußte sich in die Hand beißen, damit er sie nicht schlug.

Zu Hause legte er das Kind ins Bett, denn Elise war nicht da. Er ging zu Anna Schanbacher, die sagte: »Vor einer Stund ist sie schon weggegangen. Ich helf dir nach ihr suchen.« Fünf Häuser waren jetzt Steinhaufen. Aus einem Haus war niemand mehr herausgekommen, und in einer schmalen Anlage war der Rasen ein Erdloch; unten lagen Mauern bloß, aber an die hatte keiner mehr gedacht. Sie kamen schweißig in die Wohnung, wo das Kind schlief. Im Haus wußte niemand etwas von Frau Wasik außer Margit Zahlinka, aber die hatte sie auch nur weggehen sehen. Aus einem leeren Aschenbecher hing eine rote Glasperlenkette, und Wasik erinnerte sich, daß ihn Elise gefragt hatte, ob ihr diese Kette besser stehe als die blaue. Er hatte gesagt: »Die blaue« und dachte jetzt: ›hätte ich doch ‚die rote' gesagt.‹ Er wußte, daß sie nicht mehr kam. Aber daß ein Mensch einfach verschwand, und der einzige, den er geliebt hatte, das glaubte er nicht. Und übrigens: ›Herr Kanzleidiener Wasik, Sie versündigen sich, denn Sie haben eine Tochter...‹ – ›Nein, Herr, ich versündige mich nicht, denn sie ist das Erscheinungsbild der Frau, dieser einzigen Frau... Sie verstehen, Herr? Ich habe früher immer nur alles von außen angesehen, und da war's aus Stein. Mit dieser Frau sah ich's von innen, und da war's ein Leib! Sie töten doch den Diener Anton Wasik, wenn Sie ihm nur lassen ein Erscheinungsbild in seiner Tochter. Wenn Sie mich nicht verstehen, dann fragen Sie den Doktor Waißnix, der ist jetzt in Palästina. Der kann es besser sagen, weil er nicht bloß den Diener Wasik kennt.‹ – ›Wasik, Sie nehmen sich etwas heraus, weil Sie glauben, Ihnen gehörte Elise Wasik geborene Rabl, während Ihnen alles nur geliehen ist. Auch Sie selbst sind sich nur geliehen, oder, falls Sie das besser verstehen: Ihre Seele ist Ihnen geliehen. Und ob es Sie überhaupt gibt, wenn der

rechtmäßige Besitzer Ihre Seele einlöst, zurückverlangt und wieder zu sich nimmt, oder wie Sie's nennen wollen, das ist überhaupt die letzte Frage, und auf die kann auch ein Doktor Waißnix keine Antwort geben. Da stehen Sie mit Doktor Waißnix gleich auf gleich. Verstanden, Wasik?‹
»Ich habe Sie verstanden, Herr«, sagte er zu einem Beamten des Roten Kreuzes, der die Hände über einem mit Kästen besetzten Tisch spreizte; in den Kästen steckten Karteiblätter, und der Mann glich Doktor Waißnix; derselbe blonde Spitzbart mit dem Aschenhauch, dachte Wasik, aber der Mann fand die Karteikarte der Elise Wasik geborene Rabl nicht; sie blieb verschwunden; sie war nicht tot und nicht vermißt; sie war nicht registriert. – »Sie waren für mich die letzte Instanz, nachdem ich meine Tochter Maria – sie wird im nächsten Frühjahr sechs – zur Witwe meines Freundes Schanbacher in Pflege habe geben müssen, tagsüber, Sie verstehen, Herr, denn ich bin in einer Registratur beschäftigt. Aber abends hole ich dort meine Tochter ab, und dann ist meine Tochter ein Erscheinungsbild der Frau, die ich verloren habe... Aber, ist schon gut. Es muß gut sein, Herr. Rauchen Sie? Ich habe noch den ganzen Abschnitt für Tabakwaren auf der Rationierungskarte übrig, denn meine Frau...«
Er schwieg. Der Mann lieh ihm eine Schere, und Wasik schnitt für ihn den Abschnitt von der Karte. Er ging. Und auf der Treppe ging er so steif wie er nur in Schloß Schoeneben gegangen war, und auch so rasch und auch so leise, denn es waren trockene und tote Blätter unter seinen Schuhen, obwohl die Treppe in dem Rote-Kreuz-Gebäude saubergefegt und steinern war.
Er ging an der Anlage vorbei, wo immer noch der Krater starrte, den eine Bombe hineingebohrt hatte. Er sah hinab.

An den schrägen Erdwänden, alle mit feinkörniger Erde bedeckt, als wär sie gerecht worden, ragte schon das Gras heraus, ein Hauch aus dünnen Spitzen. Die Mauern unten waren nicht mehr da oder zugedeckt von nachrieselnden Krumen. Darüber war er froh. Er wollte nicht, daß dort womöglich die Grundmauern einer alten Siedlung entdeckt wurden, aber weshalb er das nicht wünschte, das wußte er nicht. Es graute ihm und es zog ihn hinab. Keinen Fuß auf die schrägen Grabwände setzen... sagte er zu sich selbst, ging nach Hause, sah im Souterrain den mit Pflaumen gefüllten Handwagen stehen und begann davon zu essen. Dann würgte es ihn, und er ging hinauf.

Die rote Glaskette lag immer noch im blauen Aschenbecher. Er überlegte, wie es wäre, wenn er aus der Wohnung auszöge; aber jetzt im Krieg? ›Sie haben doch eine Wohnung, Wasik, seien Sie froh, daß Sie nicht gezwungen werden, jemand bei sich aufzunehmen, denn Wohnraum ist bekanntlich knapp geworden. Und nachdem Ihre Frau... Wissen Sie, wie viele Quadratmeter Ihnen allein zustehen? Und Ihre Tochter ist ein Kind, und wenn Sie tagsüber außerhalb des Hauses sind... Was wollen Sie denn eigentlich?‹ – ›Mein Herr, ich wünsche, meine Frau zu finden.‹ – ›Dann glauben Sie, Sie fänden Ihre Frau in einer neuen Wohnung? Ja, wenn wir jedem eine neue Wohnung geben müßten, dessen Frau verschwunden ist...‹
Sie verstanden nichts. Die Menschen waren gleichgültig und steinern. Bleibe der Diener Wasik, bleibe außerhalb. Verliere dich nicht außerhalb des Hauses. Vor deiner Haut beginnt die Fremde. Du hast nur ein Haus in dir selbst; und alles andere verändert sich.
Sie ging vor ihm in ein Durchhaus hinein; sie hatte ihr

Trachtenkostüm an und einen Jägerhut mit einer ungewöhnlich langen Feder aufgesetzt. In den Hüften war sie breiter geworden, aber damit konnte sie sich nicht vor ihm verstecken. Er erkannte sie und ging rasch hinter ihr; er überholte sie im Durchhaus, wo es scharf und feucht hereinzog, ein Spätjahrwind. Aber dann schaute ihn ein freches, unter den Augen blauschwimmendes Gesicht an. Er kehrte um. Es war nicht weit von Anna Schanbachers Wohnung, und heut hatte Maria zum erstenmal die Lodenpelerine angezogen, die sie nicht leiden mochte. – »Papa, aber es ist mir doch zu heiß drin... Und bringst du heute die Mama mit?« hatte sie gefragt. Gut, daß der Dienst ihn festhielt, daß er um die Rationierungsmarken laufen mußte. Ohne diese Laufereien wäre er jetzt nicht zurechtgekommen.

Im Regenschlamm des Morgens sah er seinen goldenen Ring mit dem Doppeladler an, und es kam ihm vor, als höbe sich der wieder schärfer aus dem Gold herauf. Letzthin war nur das Tote wichtig, weil's verewigt war. Im Vergangenen bist du daheim. Und nur deine Erinnerung läßt dich das Gegenwärtige ertragen... Aber da versündigte er sich schon wieder, und der Schatten, mit dem er sich oft unterhielt, sagte zu ihm: ›Sie vergessen Ihre Tochter. Ihrer Tochter wegen sind Sie auf der Welt geblieben, Wasik. Graben Sie sich das nur ein.‹ – ›Ich weiß es, Herr. Aber wie lange und wofür lebt meine Tochter?‹ – ›Das geht Sie nichts an. Oder wissen Sie vielleicht, wie lange und wofür Sie leben?‹ – ›Dann müssen Sie mir helles Blut und den Geschmack an so etwas wie Frühling, der jetzt auch schon wieder riecht, einflößen. Aber der andere Geruch ist stärker.‹

»Welcher andere Geruch? Was haben Sie denn immer mit dem andern Geruch, Wasik? Hier bei uns riecht es doch nicht. Oder riecht vielleicht Papier?«

»Die Todesurteile und die Morde, Gerngroß. Sie riechen hoch hinauf. Und hier im Innenministerium...«
Er sprach mit Gerngroß, aber in Wirklichkeit war es der Schatten, an den er seine Fragen richtete, und dieser Schatten war der Herr von Kemmler. Wenn ich den wiederträfe, dachte Wasik, dann wäre alles klar. Kemmler hatte sich herausgehalten; auch verheiratet war er nie gewesen. Und zum Adel gehörte er, und der Adel hatte sich gegen das Niedrige erhoben. Das Attentat hatte es erwiesen.
Gerngroß zeigte aufs offene Fenster. Es donnerte weitab. – »Ohne Sie wär ich darauf hereingefallen«, sagte er, und Wasik überlegte, was der andere meinte. Die Kanonen konnten es nicht sein... Ach so, der meinte *das*... Jawohl, Gerngroß durfte ihm dankbar sein, aber das kalkulierte Wasik schon seit langem nicht mehr ein. Er hatte doch in all den letzten Monaten nichts mehr bemerkt. Da war etwas gewesen, und in manchen Häusern grünten Erdhaufen hinter Fenstern ohne Scheiben; auf einem Erdhaufen lag ein Kranz, so groß wie eine Untertasse, und nur Wasik wußte keinen Flecken Erde, wo er einen Kranz...
Unnötiges Verlangen. Er brauchte keinen solchen Flecken. Die Anlage, wo der Erdkrater gestarrt hatte, war wieder eingeebnet worden, und jetzt lag darauf Rasen. Maria sollte in die Schule kommen, aber in solchen Verhältnissen war es vielleicht doch verfrüht, an die Schule zu denken. Es war sowieso besser, wenn sie noch ein Jahr zu Hause blieb, denn er war mit sechs Jahren in die Schule geschickt worden; das war ihm schwergefallen, und Doktor Waißnix würde sagen, daran seien seine häuslichen Verhältnisse schuld gewesen. Aber später... Freilich, später hast du dich zäh gemacht. Da ist durch deine Lederweste nichts mehr gedrungen, bis – bis deine Frau verschwunden ist; gestehe es dir ein.

Dritter Teil

AUFTAUCHEN UND VERGESSEN. WIE LANGE WAR ES her? Anno vierundvierzig ist deine Frau verschwunden... Wie das Vergangene in der Erinnerung erschien, war es niemals gewesen. Das Beste war, am Fluß zu sitzen, die Angel in der Hand zu halten, das Wasser anzuschauen und am Finger den Ring zu drehen; der Doppeladler auf dem Ring erschien verwischt, als schaute er durch eine Wasserschicht herauf. Wer sich in der schwindenden Zeit zurechtfand, hatte es weit gebracht. Du bist Diener gewesen und hernach Registraturbeamter. Jetzt bist du Pensionist. Spät hast du geheiratet und im Krieg deine Frau verloren. Elise Wasik geborene Rabl hat sie geheißen; und eine Tochter hast du auch. An deiner Tochter Maria hast du Freude. Den jungen Engelsleben hast du bei dir aufgenommen; der ist auch hervorgetaucht aus Wesenlosem; jetzt ist er Schaffner bei den Städtischen Trambahnen und will etwas Rechtes arbeiten. Als Schaffner konnte er das tun, und das genügte. Maria könnte aufhören, als Barkellnerin zu gehen, wenn sie nicht einen Wagen haben wollte, einen neuen roten Wagen. Bald wird sie ihren roten Wagen haben, aber du fährst weiterhin auf deinem Fahrrad mit dem Rucksack und der Angel in die Flußauen hinunter.

Er saß an einer Böschung zwischen Büschen und hatte hinter sich die Backsteinmauern einer Fabrik. Alles war verschwunden. Die Lokomotivenfabrik Engelsleben hatte nur noch rote Backsteinmauern und dahinter Baumgestrüpp; ihr Dach bestand aus Himmel. Der Himmel war heute starkfarbig, und der Wind kam warm und stetig aus ihm her. In der Ferne lag ein Wasserreservoir, das sah wie ein Grabhügel aus. Und wenn er jetzt weitergefahren wäre, hätte er den Mohn gesehen und den Natternkopf, lauter Gewächse, die nicht zusammenpaßten, aber alle zugleich lebten.

Er zog die Angel ein, spulte sie auf; er packte seinen Rucksack auf den Gepäckträger. Fest und grün strömte der Fluß. Er band die Angel an das Fahrrad, stieg auf, fuhr auf dem umwachsenen Weg und kam in die Pappelallee. Das Haus des Doktors Waißnix lag im verwilderten Garten als eine Ruine und hatte ein Stangengerüst; es wurde also wieder aufgebaut. Das war erfreulich; ob Waißnix sein Haus noch einmal sehen würde, das war unwahrscheinlich, und das Land, in dem er wohnte, hieß jetzt Israel; was sollte er auch hier. ›An seiner Stelle wäre ich auch fortgeblieben‹, dachte Wasik.

Wie eng alles beieinanderlag, wie rasch er über die Brücke fuhr. Es hatte sich verändert; aber so genau brauchte ein alter Mann ja nicht mehr hinzuschauen; das sollten nur die Jungen machen. Wenn er jetzt nach Haus kam, dann stellte er sich Kaffeewasser auf und nahm die Rätselzeitung vor, ein guter Zeitvertreib für einen Pensionisten; oder er putzte seine Stiefel, sah nach, ob von Maria ein Paar Schuhe herumstanden, die er bürsten und einwichsen konnte, und machte die Stube sauber. Da hatte er nun also Möbel, die sein eigen waren, aber die meisten hatte Maria gekauft; die früheren waren verbrannt. Auch eine Dusche hatte sie einrichten lassen. Die jungen Leute wollten es bequemer haben als die Alten; das war in Ordnung, und das war ein Fortschritt. Aber was willst du denn: auf Schloß Schoeneben und in der Villa Engelsleben hast du es bequem gehabt. Schloß und Villa: wie tief versunken war es jetzt. Du wünschst es nicht zurück.

Was wünschte er zurück? Vielleicht nur ein paar Ferientage anno siebenundvierzig. Da war er mit Maria auf dem Land gewesen. Blaugrüne Wiesen hatten Nebelflecke wie Spiegel gehabt, hinter denen das Quecksilber abgeblättert

war; der Wald rückte mit den Lanzen seiner Tannen näher. Gehöfte hatten Schindeldächer, als wären sie mit altem Zinn belegt, und an einem Haus war ein Hirsch mit einem Kreuz im Geweih aufgemalt. Die Straße war weiß und knirschte unter seinen Schuhen. Auf der Kegelbahn krachten Kugeln gegen die Bretter, und Männer schrien. Das machte den Russen Spaß. Die waren froh, hier etwas zu finden, das ihnen vertraut war. Ein einstöckiges Haus stand an der Straße, weiß getüncht mit hohem Dach, und davor erhoben sich zwei Linden. Blütengeruch wehte in der Kühle her, die Linden rochen stark, und am Straßenrand staute sich ockerfarbenes Blütenmehl. Über einen ausgehöhlten Stamm gurgelte Wasser in einen Trog; ein Soldat mit brauner Tellermütze füllte einen Eimer und trug ihn in das Haus hinein. ›Gasthaus‹ stand über der Tür; die Schrift war verblichen und altmodisch. Maria saß auf der Bank unter den Linden, lief herüber und rief: »Sie machen jetzt ihr Quartier sauber! Du, das ist doch toll!« Sie lief in das Gasthaus zurück, wo im Gang eine Tür offenstand. Der Russe schwenkte den Eimer und ließ Wasser auf den Bretterboden klatschen. Der Boden schwamm. Zwei Kerle patschten barfuß hindurch, grinsten und schrubbten, als wollten sie einen Bach auskehren, und einer saß auf einem Bett und ließ eine Gitarre schwirren. Er sang und spielte, Gewehre lagen auf den Betten, und die Fenster waren von Flaschen verstellt. Eine Petroleumlampe hing an einem Haken und durchleuchtete das Zimmer. – »Die Lampe ist ein Mond, der bleibt, auch wenn alle unter ihr grölen und patschen«, hatte Maria gesagt.
Das war ein gutes Wort gewesen. Maria hatte es als Kind gefunden. Jetzt schlief sie vielleicht noch. Sie mußte sich doch ausruhen vom Nachtdienst in der Bar. Oder sie holte Eduard an der Haltestelle bei der Sankt-Georgs-Kirche ab.

Später, es war ein Sonntag, ging er in den Friedhof, um das Grab der Familie Engelsleben wieder einmal anzuschauen. Er sah das Grab, ging daran vorbei und setzte sich auf eine Bank. Hinterm Grab waren andere Gräber eingeebnet oder aufgelassen – so hieß es doch in der Amtssprache –, ein weiter und bracher Bezirk wie Niemandsland, und auch die Friedhofsmauer fehlte. Also war das Grab der Engelslebens an den Rand gerückt, und Wasik dachte: hier gehörst du hin.

Es war ein milder Tag; es war warm, als wär es Sommer. Hinter Büschen und unter einer Weide schaute Wasik in die Höhe und auf den Boden. Die beweglichen Lichter und der Hauch des Windes, die waren nach seinem Geschmack. Es war schon etwas dran an diesem abgerückten Alter mit dem Gefühl: es geht dich nichts mehr an... Es herrschte das Abwarten, und immer noch erwartete er etwas.

Eduard Engelsleben kam den Weg herunter. Die Hände in den Taschen seiner dunkelblauen Uniform, hatte er die Schaffnertasche zurückgeschoben; der Riemen schnitt ihm in die Schulter. Der große Mann ging vorgeneigt und hatte die Schildmütze aus der Stirn gerückt; er sah ins Ferne. Die Augen lagen tief, die Hakennase ragte vor, und die scharfen Falten in den Wangen erschienen gemildert. Er sah jetzt jünger aus als im letzten Kriegsjahr, da ihm Wasik auf dem Weg ins Büro begegnet war und er ihm vom Tod seiner Mutter erzählt hatte. Merkwürdig, daß die beiden Schwestern, Erika und Fanny, im Selbstmord verschwunden waren.

Eduard nahm die Mütze ab und wischte sie mit dem Taschentuch aus; er hatte immer frische Taschentücher, und Wasik dachte: ›wie sein Vater...‹ Beim Manöver anno zwölf hatte sich sein Vater das Käppi mit einem Batistta-

schentuch ausgewischt und zu Wasik gesagt: »Feldwebel, übernehmen Sie die Kompanie, ich geh nach Hause.«
Ein Mann stand neben Eduard, und beide schauten auf das Grab. Der andre sagte: »Du willst mich nicht mehr kennen?« – »Doch. Ich hab doch früher ›Onkel Ferdinand‹ zu dir gesagt.« Der Mann war Kemmler. Wasik wäre gern zu ihm und Eduard hingegangen, aber dann hielt er sich still auf seiner Bank. Kemmler war ein gebräunter Kerl mit breitem Gesicht und hatte auf den Backen ein Faltengeriesel wie einen rissigen Feldweg; sein Wollhemd war bis zu den Ellenbogen aufgekrempelt, und seine Samthose hing ihm auf die Schuhe. – »Dir sieht man den Grafen heut ebensowenig an wie früher«, sagte Eduard. – »Dir auch nicht«, sagte Kemmler und hielt Eduard ein in Zeitungspapier gewickeltes Paket hin: »Weißt du mir eine Wäscherei?« – »Ja, aber heut ist sie geschlossen.« – »Ach, du meinst die neben euch, dort wo ›Grabmale Ghenzi‹ steht?« Und er erzählte von der Dame, die bessere Tage gesehen hatte und der Wäscherei vorstand; er wußte alles. »Ja, ich kenne mich ein bißchen aus. Wohnst du immer noch bei den Wasiks in der Breyhoferstraße siebzehn a? Daß du Trambahnschaffner bist, weiß ich. Einmal hast du mir einen Fahrschein gegeben und nicht gemerkt, daß ich's gewesen bin.« – »Das kann vorkommen«, sagte Eduard.
Wasik war's unangenehm, daß Kemmler alles wußte, aber vielleicht schwindelte er Eduard nur an. Daß Eduard Schaffner war, sah er an seiner Uniform. Die Adresse stimmte. Dann sprachen sie über das Grab, und Kemmler sagte: »Die Bronzebarriere auf der Seite, ist die herausgeschraubt worden?« – »Schon lange. Ich glaube, anno siebenundvierzig ist das passiert. Damals war Bronze Mangelware.« – »Aber das Grab gefällt mir. Läßt du's mit Absicht

so verkommen?« – »Ja. Es muß verwildert sein. So paßt es in die Zeit.« Und sie sahen zusammen das Wappen der Familie Engelsleben an, den Adlerkopf, hinter dem ein Zwerg eine Standarte hochhielt, die drei Pfauenfedern und die anderen Embleme. Kemmler wußte, wann die Familie eine Streitaxt fürs Wappen verliehen bekommen hatte. Im Dreißigjährigen Krieg, aber Eduard wollte davon nichts mehr wissen: »Sei still, damit ist doch endgültig Schluß. Ich bin froh, wenn sie im Trambahndepot nicht draufkommen, daß ich ein Adelswappen habe. Die lachen sowieso über meinen Namen... Und dann sind sie mir neidisch wegen der Maria... ›Ja, der Edi Engelsleben, der ist schlau, der tut konkubinateln‹, heißt es oft. Oder sie sagen: ›Und mit einer, die auch noch Bardame ist – das ließen wir uns auch gefallen... Oder heiratet ihr bald?‹ Dann sage ich: ›Wenn die Maria das Geld für ihren roten VauWe beieinanderhat.‹ Du kannst dir denken, das reizt zum Klassenhaß, obwohl jeder von ihnen einen elektrischen Rasierer und einen Fernseher hat. Aber die Maria will halt einen roten Wagen. Jetzt schläft sie wahrscheinlich noch. Bei ihr wird's immer vier oder fünf, bis sie ins Bett kommt; und jede Nacht muß sie ein Taxi nehmen, und deshalb will sie den VauWe.«
»Du willst keinen?«
»Mir gefällt's, daß die Maria einen will.«
Kemmler zwinkerte Eduard zu, sagte, das glaube er ihm nicht, und fragte, wie's dem alten Wasik gehe, fügte aber gleich hinzu, Eduard brauche darauf nicht zu antworten, denn er wisse, daß er noch rüstig sei. – »Ein Mann mit Haltung«, sagte er. »Ein Herr... Und den goldenen Ring mit dem Doppeladler, den ihm deine Mutter geschenkt hat, den schaut er immer an, wenn er drüben in der Anlage bei der Sankt-Georgs-Kirche eine Zigarette raucht. Der eingravier-

te Doppeladler hat sich im Lauf der Zeit so verwischt, daß er aussieht, als läge er unter Wasser oder hätte sich zurückgezogen ins goldene Innere.«
»Feine Worte... Aber du hast recht«, sagte Eduard.
»Und was die Vergangenheit betrifft: von der willst du natürlich nichts mehr wissen«, sagte Kemmler und hob die Augenbrauen.
»Nein. Wir haben endgültig abgewirtschaftet. Ich sage zu mir: ›Schaff was Rechtes.‹ Deshalb bin ich Schaffner.«
Kemmler nickte. Eduard sah das Grab an: das schwarze Marmorkreuz, und darunter die eingemeißelten Namen, alle grau bis auf den Namen seiner Mutter, der golden glänzte.
»An deine Mutter denkst du nie?«
»Doch. Oft«, sagte Eduard, und Kemmler sagte ihren Mädchennamen: »Fanny Emanuela von Czechrod«, als läse er ihn von dem Grabstein ab. Dann sagte er: »Dort kommt deine Maria.«
Maria kam in Slippers auf dem Kiesweg her; die Slippers hieß sie: ›Meine Schleicher.‹ Sie war froh, nach dem Geschäft ihre Schleicher anziehen zu können, weil ihr die hochhackigen Schuhe die Füße verdarben. Morgen hatte sie frei. Ihr blondes Haar hatte sie hochgebürstet; sie war eine, die nichts Eckiges an sich hatte. Die Leute sagten von ihr, sie habe ein weiches Gesicht. Ihre Augen waren hell wie Schiefer oder Hügel, die weit draußen liegen.
Die Luft stand still. Der verwilderte Rosenbusch am Grab hatte Hagebutten. Maria kam her, und Eduard sagte, das sei der Onkel Ferdinand; mehr fiel ihm nicht ein, und Kemmler mußte seinen Namen selber sagen. – »Beim Vorstellen mache ich immer alles falsch«, sagte Eduard. – »Grüß Gott, Herr Kemmler«, sagte Maria. »Der Papa kennt sie auch. Er

erzählt mir immer, wenn er Sie gesehen hat. ›Der Kemmler will mich nicht mehr kennen‹, sagt er dann.«

»Siehst du, das kommt von deiner Herumspioniererei«, sagte Eduard, und Kemmler sagte: »Bin schon im Bilde… Aber Sie, Fräulein Wasik: Ich weiß, wo ein Schatz verborgen ist. Im Garten der elterlichen Villa dieses sonderbaren Burschen da.« – »Ach, die Villa, die gehört ihm doch schon lang nicht mehr. Und, wissen Sie, daß sein Vater ihn ganz ohne Geld alleingelassen hat, das ist eine Gemeinheit«, sagte Maria. – »Das hat er nicht getan. Im Garten schlummert die Münzensammlung; dort ist sie vergraben.«

»Hör doch damit auf«, sagte Eduard. Und zu Maria: »Schatz ist übertrieben. Es sind bloß ein paar Münzen. Er meint die römischen Münzen vom Papa. Oder glaubst du, daß mein Vater seine letzten Monate im Altersheim des Caritasverbandes verbracht hätte, wenn er seine Münzensammlung…«

»Sei still. Hör nicht auf ihn, Maria«, sagte Kemmler. »Er weiß nichts. Von seinem Vater weiß er nichts. Vergraben hat der Vater seine Münzen im Garten der Villa, die im Krieg ausbrannte. Freilich, sie hat ihm nicht mehr gehört, als sie zerrissen wurde von den Bomben. Und er erinnerte sich nicht mehr, daß er den Schatz vergraben hatte, weil er, gelähmt vom Schlagfluß, bei den Barmherzigen Schwestern…«

»Glaub ihm kein Wort. Er regt dich mit seinem Geschwätz bloß auf. Und wenn die Münzen noch unterm Rasen lägen: ich will nichts mehr davon wissen. Ich bin Schaffner bei den Städtischen Trambahnen, das genügt mir.«

»Ein bedürfnisloser Mensch, dein Edi! Meine Hochachtung vor seinem Hochmut!« sagte Kemmler.

»Sei doch nicht dumm, versuch's mit ihm. Laß dir die Stelle zeigen, wo wir graben müssen«, sagte Maria.

»Du denkst an deinen roten Wagen«, sagte Eduard. »Laß dir

keine Würmer ins Hirn setzen von einem verkommenen Kerl wie dem da. Ein Herumstreuner, der über dich hinwegsieht, wenn er dich gebraucht hat!« Und zu Kemmler sagte er: »Der hast du eine Hummel ins Ohr gesetzt. Jetzt weiß ich, was ich täglich von ihr zu hören kriege.«
»Das ist nur gut für dich. Sonst versteinst du noch vollends. Hat der eine, die ihm endlich einmal zeigt, was alles daliegt und bloß genommen werden muß, dann will er es nicht sehen! Maria, du wirst Ringe mit grünen Steinen an den Fingern und diese weißen Johannisbeeren um den Hals haben, die keine Fäulnis frißt! Du weißt schon, was ich meine. Ladet ihr mich ein auf euer protziges Schloß in Florida? Ich will es hoffen«, sagte Kemmler.
»Glaub ihm trotzdem nichts. Der hätte sich den Schatz doch längst selber genommen«, sagte Eduard.
Kemmler lachte; dann sagte er: »Ihr wißt doch nicht, was hinter den Häusern liegt, im Gras der Gärten. Ich werde es euch zeigen. Ihr kennt euch ja nicht in euch selber aus, ihr wißt nicht, was ihr wollt. Das heißt, die Maria weiß es gut. Sie will einen roten Wagen. Das ist eine solide Sache. Und den Schatz finden wir im Garten seines Elternhauses in der Corneliusstraße.«
Maria sah Kemmler an, biß sich in die Faust, schaute auf die Seite, stellte einen Fuß auf die Grabeinfassung und sagte: »Hätt ich bloß keine so empfindliche Haut. Jetzt hab ich wieder rote Pünktchen auf den Waden. Das kommt von der Wärme... Und daß dich Herr Kemmler anlügt, glaub ich nicht. Es wird schon stimmen... Aber, sag: Brauchen wir eigentlich die Münzen? Die brauchen wir doch nicht.« Und Maria lachte.
Von den Münzen war danach nicht mehr die Rede. Sie gingen weiter. Jetzt waren sie von Wasik kaum fünf Meter ent-

fernt. Ein Sprengwagen stand im Weg, Kemmler ging voraus, und Maria zog Eduard an sich: »Was ist der?« Sie flüsterte. – »Halt ein Graf«, sagte Eduard. – »Das weiß ich längst. Was er schafft, möcht ich wissen. Oder tut er nichts?« Und sie stritten sich vor Kemmler, weil er nicht merken sollte, daß sie hinter seinem Rücken über ihn geredet hatten. Eduard sagte zu Maria: »Das Lippenrot wär unnötig gewesen.« – »Von der Schmierasch sagst du nichts?« Sie meinte die Gesichtsmilch, mit der sie sich einrieb, und Eduard sagte: »Nein. Weil du die brauchst. Von wegen empfindlicher Haut und so...« – »Nichts: ›und so...‹ Es stimmt! Und wenn ich die Lippen nicht rot mache, fühle ich mich nackt. Und die Leute denken: die hat sich nicht richtig gewaschen.« – »Aha, die Leute...«

»Jawohl«, sagte Kemmler, »eine Frau muß darauf horchen, was die Leute sagen.«

»Ja, der Herr von Kemmler, das ist halt ein Herr«, sagte Maria.

Eduard war keiner; als Schaffner war es überflüssig; Maria wollte, daß er sich als Herr fühle und den Herrn herauskehre. Eduard aber war froh, sich nicht mehr um Herrschaft und stolze Vergangenheit kümmern zu müssen; auch Kemmler kümmerte sich nicht darum, denn was war er schon anderes geworden als ein Herumstreuner? Der wollte ja auch nicht Aufsichtsratsmitglied oder Vertreter werden, denn sonst hätte er längst eine Stellung angenommen, in der es darauf ankam, den Herrn herauszukehren.

»Du, vom Anzug hängt's nicht ab, ob einer ein Herr ist«, sagte Maria.

»Was sie immer mit dem ›Herrn‹ hat...«, sagte Eduard zu Kemmler. Der beachtete ihn nicht, stapfte weiter, unterm Arm das in Zeitungspapier gewickelte Bündel; er sah geradeaus und hob seinen massigen Kopf mit dem Haarbusch, der aussah, als wäre er durchzogen von Eisenfäden. ›Eisenfarbiger Kemmler...‹, dachte Wasik, ›du weißt, wo der Schatz vergraben liegt.‹

»Was hat der Kaiser geschrieben?« Kemmler war stehengeblieben und sah Eduard herrisch an.

»*Eso blepe*«, sagte Eduard.

Maria fragte, was das heiße, und Eduard sagte: »Sieh nach innen«, aber Kemmler wollte noch mehr hören; er examinierte ihn jetzt wieder, als wäre er ein Bub. Früher war's ein Spiel gewesen, und jetzt machten sie weiter mit dem Spiel. Eduard sagte: »Deshalb ist auch innert vierzig Jahren das menschliche Leben zu erforschen gleich einem ›über zehntausend Jahre hin‹. Denn was wirst du mehr sehen?«

»Das bedeutet, daß man nichts zu schaffen braucht; durch Schaffen lernst du nichts Neues kennen«, sagte Kemmler.

Maria hatte große Augen: »Das ist doch nicht wahr... Sie, Herr Kemmler, mit Gedanken dürfen Sie mir meinen Edi nicht vergiften! Er ist sowieso viel zu schwerfällig. Und solche Gedanken machen ihn noch schwerer. Das ist nichts für ihn. Ich hab geglaubt, Sie machten meinen Edi fröhlich. Mein Vater sagt von ihm: ›Der Edi hat halt einmal eins aufs Dach bekommen, deshalb fällt ihm alles schwer.‹«

Kemmler sah geradeaus, als wüßte er es besser. Freilich, der kannte Eduard schon lange. Der kannte seine Eltern, für den war die Zeit ausgelöscht, denn er hatte schon unterm Kaiser gelebt, wie der alte Wasik: Kaiser Franz Joseph dem Ersten, dem mit dem Backenbart, für den der Doppeladler mehr gewesen war als bloß ein kurioses Zeichen; ihm war Kemmler schon vor Eduards Geburt begegnet. Und Wasik war als Diener dabeigestanden und hatte alles beobachtet, was sich längst aufgelöst hatte und weniger als Rauch geworden war. – »Das stimmt nicht, das ist falsch, den Kaiser gibt es immer noch, weil alles ewig stehenbleibt«, sagte Kemmler, als könnte er Gedanken lesen. Da ging er zwischen Maria und dem langen Edi, ein breiter Kerl, den Wasik beneidete, weil dem alles so gleichgültig war, was alle anderen hinunterdrückte und zu Geschäften zwang, die schmutzig machten. Denn Trambahnschaffner und Bardame sein müssen, das war gewöhnlich. Aber was halfen schon solche Ideen. Die waren etwas für einen ausrangierten Pensionisten, der wußte, daß das Zarte und das Große längst zerstoben waren.

Maria sah Kemmler von der Seite an; sie hatte einen Mundwinkel hochgezogen und schmale Augen. Wasik hätte gern gewußt, was sie jetzt dachte. Sie gingen im schwarzen Gold des Lichts, das sich wie eine alte Fahne rührte, ein Behang aus Blättern. Kemmler ging langsam auf dicksohligen Schuhen, einen Arm herunterhängend und im andern das Paket mit seiner Wäsche. – »Ich will dir etwas zeigen. Du hast zuviel vergessen; du hast es hineingestopft in dich, deshalb bist du jetzt klein und ängstlich. Aber wir werden es ausgraben, warte nur«, sagte er zu Eduard, und Eduard sagte: »Ich bin froh, daß ich die Maria habe.« – »Ja, schon gut. Ohne die wärst du auch nichts. Und der alte Wasik ist genauso wichtig. Der ist am wichtigsten. Der hat dich also bei sich aufgenommen. Du kannst von Glück sagen.«

Maria sagte: »Ohne den Edi wäre ich auch nichts.«

Wieder kamen sie zum Grab zurück. Eduard sah aus, als wär es ihm unheimlich, daß ihn Kemmler festhielt. Das schwarze Grabkreuz stand hoch und breit; der verwilderte Efeu hatte dunkle Blätter, und die Hagebutten am Rosenstrauch waren schwer wie Krüge. Das Wappenrelief zeigte die Fratze seines Zwergs mit der Standarte im Nacken des

Adlerkopfes; die Pfauenfedern ragten mit großen Augen neben der Streitaxt aus der grauen Krone. Eduard sagte zu Kemmler: »Was willst du denn; das ist doch alles alt und tot. Wir haben abgewirtschaftet. Du bist nicht mehr als einer, der in Wartesälen schläft, und ich bin Trambahnschaffner. Aus uns ist nichts geworden. Wir passen nicht in diese Gegenwart.«

»Aber in die Vergangenheit«, sagte Kemmler.

»Was schwätzt ihr da für dummes Zeug«, sagte Maria, und Kemmler hob die breite Hand; seine Nägel hatten Schmutzrillen. Er schmunzelte, nahm eine angerauchte Zigarre aus der Tasche, steckte sie in den Mund und lachte. Dann verschwand er hinterm Grab.

Maria und Eduard gingen Kemmler nach, aber der blieb verschwunden. Wasik folgte ihnen. Er ging durch die Allee. Ein schwarzer Marmorwürfel lag, aufs Eck gestellt, in einem Rasenstück. Die Tür der Einsegnungshalle stand offen, und oben schlug die Uhr mit hellem Ton. Auf der Straße herrschte Sonntagsleere. Und Hitze streckte sich. Hier hätte ein Hubschrauber bequem landen und einen Passagier aufnehmen können, wie ein Bussard, der sich eine Maus vom Boden holt. Ein einzelner und niedriger, ein silberner Wagen fegte über die lange und gerade, ins Weite fliehende Straße. Eduard sah dem Fahrer nach, einem Mann mit breitem Gesicht und Runzeln auf den Backen; er hatte buschiges und graues Haar und eine Sonnenbrille; er glich Kemmler. Der Wagen tauchte draußen in die spiegelnde und schillernde Asphaltdecke ein, als würde er verschluckt.

»Das war ein merkwürdiger Mann. Was hat er eigentlich von dir gewollt?« sagte Maria. »Aber einen Wagen hat er – sapperlot!«

Die beiden gingen zum Bahnhof hinunter. Wasik wartete an der Mauer bei der Einsegnungshalle. Er stand im Schatten, es war kühl, und er dachte: ›Du hast dir alles eingebildet.‹ Dann fiel ihm Engelsleben ein, es war im Manöver anno zwölf, und der Herr sagte zu ihm: »Feldwebel, übernehnehmen Sie die Kompanie, ich geh nach Hause.« Er sah die Stoppelfelder von damals, das Land dehnte sich eben, hell und weit. Drüben streckte sich ein weißes Zelt. Auf dem Teerpappedach eines Hasenstalls lag eine Katze, als wär sie weggeschleudert worden, und daneben rauchte der Kamin einer Feldküche; der Koch rührte im Kessel, die nackten Arme rot und naß von Schweiß. Wasik stand neben ihm und sagte: »Hochreither, hast du für mich ein Paar Stiefel?« Der Koch sah an ihm hinunter: »Warum? Die deinen sind doch nagelneu? Richtige Herrenstiefel. Fast wie der Engelsleben.« – »Ja schon... Ehrlich gesagt, Hochreither: deshalb habe ich sie auch gefaßt. Aber meine Füß sind halt zu groß dafür.« – »Aha... Da haben also Euer Hochwohlgeboren gedacht: ›Ich will so fesch ausschauen wie mein Leutnant...‹ und viel zu kleine Stiefel angezogen. Feldwebelsfüß sind leider keine Herrenfüße... Aber Hoffart muß sich drucken lassen.«

Der Koch nahm den Holzlöffel, so lang wie ein Schaufelstiel, aus dem Kessel und wischte sich die Hände an der Schürze ab. Dann ging er mit Wasik hinterm Hasenstall in ein niederes Haus hinein, und Wasik zog im Heugeruch einer Scheune andre Stiefel an; jetzt hatte er schwere und alte Stiefel an den Füßen, die waren bequem. – »Wenn du mich nicht hättest, was wär dann?« sagte der Koch. – »Dann wär ich morgen fußkrank.« – »Und Lavendelparfüm spritzt du dir auch in deine Taschentücher, Wasik?« – »Nein, Warum?« – »Weil das der Engelsleben tut. Ich hab gedacht, du machst ihm alles nach?« – »So arg ist es noch nicht. Aber sag: das mit dem Parfüm stimmt? Wie's die Weiber machen?« – »Also, wenn ich dir sag!« Sie lachten.

Jawohl, so war es gewesen. Der Koch und er hatten gelacht; mehr war nicht geschehen. Das Ganze und das Wichtige hatten sich nicht verändert. Anders geworden waren die Kostüme, die die Menschen trugen, aber zurücktauchen ins Vergangene, das wirkte sich im Alter wie ein Rauschmittel aus. Ob er das Vergangene durchschauen konnte, und ob er wußte, was jetzt geschah, darüber dachte er nicht nach; er ging gern in der Vergangenheit herum, denn dort hatte sich nichts verändert. Es war, als wäre er zurückgeglitten ins Jahr neunzehnhundertzwölf. Eine Alterserscheinung. Was willst du mit deinem Alter anfangen? Ach, das weißt du auch nicht... Und Wasik machte sich auf den Heimweg, dachte an das Fräulein Fanny vom Manöverball, dieselbe, die dann bald darauf seine Herrin geworden war, damals auf Schloß Schoeneben. Aber sie hatte Engelsleben nicht heiraten wollen, trotz seiner Lokomotivenfabrik, wahrscheinlich, weil sie mit Professor Vicinus, einem Archäologen – Aber Schluß damit; er war der Diener und hielt den Mund verschlossen. Und Engelsleben hatte mit Fannys Schwester Erika –

Das geht dich nichts an. Du hast es gesehen, und das genügt. Du kennst dich aus. Das ist etwas für später. Lauter aufgeregte Leute waren das gewesen, außer Kemmler und Doktor Waißnix; und beide hatten Erika nicht helfen können.

Nicht alles verraten. Schweigen können. Ein Diener war doch im Schweigen geschult. Ein Diener hatte keinen Mund. Und jetzt war Kemmler wieder aufgetaucht als ein Veränderter. Eigentlich nicht verwunderlich. Du hast dich auch verändert, weißt es aber nicht. Veränderungen siehst du nur an anderen.

Wasik ging durch die Friedhofstraße. Vor ihm gingen Eduard und Maria. Sie blieben stehen, drehten sich um und sahen ihn. Da ging er auf sie zu und sagte: »Habt ihr den Kemmler gesehen? Der in dem niederen Wagen, das war...«

»... Onkel Ferdinand«, sagte Eduard; er sah auf die Seite. Der wollte also Kemmler nicht wiedersehen, wahrscheinlich, weil er glaubte, Kemmler verachte sein enges Leben, aber das war dumm. - »Sag, Vater, glaubst du nicht auch, der Kemmler rümpft über Maria bloß die Nase und denkt: halt ein liebes Mädchen?« - »Nein«, sagte Wasik. - »Er hat von einem Schatz erzählt, der in unserer alten Villa liegen soll. Davon will ich nichts wissen. Ich laß mich doch nicht darauf ein, mit dem einen Schatz auszugraben. Oder was meinst du, Vater?«

Wasik schwieg. »Mit dem Schatz«, sagte Maria, »hat er sicher etwas anderes gemeint als bloß alte Münzen, die viel wert sind. Oder glaubst du, das sei ein Spaß gewesen?«

Maria war gescheit. Eduard wollte nichts mehr davon wissen, was früher gewesen war, und er, der alte Wasik, lebte nur noch in Vergangenem. So pendelte sich die Waage aus.

Sie gingen in einer langen Straße, wo der Boden aufgewühlt war. Ein Graben durchschnitt das Trottoir, und Erdhaufen lagen hinter roten Schranken. Baumstümpfe zeigten nasse Schnittflächen, und abgesägte Äste hatten schlaffe Blätter. Es war heiß. Neben ihnen stand die Friedhofsmauer mit gelb glasierten Backsteinen. An der Ecke kam eine andere Straße herein. Hier war es schattig. Sie gingen unter Kastanien, und ihre Blätter hingen löffelbreit herab.

»Es stst doch nichts passiert. Bloß dieser merkwürdige Mann...«, sagte Maria.

Der Judenfriedhof war verschlossen; dort hatten sie vor einer Woche Grabsteine umgeworfen, und deshalb durfte niemand mehr hinein. Früher führten hier Gleise unter einer Brücke durch, jetzt aber war der Bahndurchstich mit Häuserschutt aus dem Krieg gefüllt. Eingeebnet und grasüberwachsen, eine Anlage mit hellblau bemaltem Klettergerüst für Kinder, und dahinter Wildnis bis hinauf zu Fabrikhallen, die kahl aus lidlosen Fensteraugen schauten, so lag vor dem Judenfriedhof dieser tote Platz.

»Dort stehen gebrauchte Wagen. Gefällt dir keiner?« fragte Maria. – »Doch, viele«, sagte Eduard.

Hinter einem Drahtzaun drängten sich Automobile, als schöben sich ihre Dächer ineinander, eine Blechversammlung, die den Grund zerstörter Wohnungen bedeckte; denn hier hatten vor einem Jahr Räumbagger abgeladene Erde in Kellermauern geschoben und mit Raupenketten plattgewalzt; Wasik kam es vor, als wucherten breitlappige Blätter von Ruinenpflanzen um Autoreifen, gelbfransige Rautenbüsche streiften die Scheiben der Automobile, und Birken- und Erlengestrüpp wüchse durch eine Motorhaube. Aber dies war Einbildung, in Wirklichkeit streckte sich alles sauber aus, gereinigt von lästigem Unkraut in der heißen Stille eines nach Gummi und erwärmten Blechflanken riechenden Areals, das keinen Platz für Blätter und Zweige duldete.

»Wenn er mich doch in Ruhe ließe mit meiner edlen Vergangenheit«, sagte Eduard zu Maria.

»Ach, du denkst immer noch an den vom Friedhof? Und ich habe geglaubt, du suchst mir einen Wagen aus.«

Er suchte ihr dann einen niederen und dunkelroten Zweisitzer mit Speichenrädern aus. »Der dort wird's, das ist ein englischer von der Firma Morris«, sagte er und steckte den

Zeigefinger durch eine Drahtmasche. Maria stellte sich auf die Zehen und krampfte ihre Finger um den Draht: »Es tut mir leid, aber ich sehe ihn halt nicht.« – »Dann existiert er nur in meinem Kopf.«

Sie gingen weiter. Maria legte ihren Arm auf Eduards Arm, und er schob seine Schaffnertasche auf die andre Hüfte. – »Der Edi Engelsleben, also ich sage dir: Das ist ein geriebener Bursche. Immer legt er dich herein. Vor dem muß ich dich warnen«, flüsterte sie. – »Warum? Was treibt der so den ganzen Tag?« – »Fleißig ist er schon, da kann man sich nicht beklagen. Aber verschroben. Weißt du, wenn den einer auch nur antippt, dann kriegt er gleich eine dicke Beule.« – »Hat ihn wer angetippt?« Sie nickte und sah geradeaus: »Sein Onkel Ferdinand. Und dabei ist dieser Onkel doch ein breiter Mann. Der hat das ganze Leben in seinem schmutzigen Daumen. Ich zum Beispiel, wenn ich mich dem auf seinen Daumen setze, dann hebt er mich in den ersten Stock hinauf.«

»Du, Maria, das läßt du mir gefälligst bleiben!« sagte er. Sie fragte: »Weshalb?« und wurde rot.

Sie kamen in die Breyhoferstraße. Draußen lag der Bahnhof, ein brauner und schwarzer Fächer aus Schotter und Schienen unterm Leitungsnetz. Sie blieben stehen. In diesem Augenblick bewegte sich nichts darauf. ›Wenn nun Kemmler über die Gleise käme, reichte sein Kopf bis hinauf zu den Drähten‹, dachte Wasik, denn er wollte ihn jetzt wiedersehen. ›Nein, lieber nicht...‹, dachte er dann. – »Also gut, wenn der Herr Kemmler wieder einmal auftaucht, dann mache ich mich aus dem Staub«, sagte Maria.

»Und wenn er uns an einem Regentag begegnet?« sagte Eduard.

»Ach was!« Sie schüttelte die Hand und freute sich: »Es ist

halt schön, wenn man zwei so nette Leute kennt wie dich und mich! Weißt du, wir haben ein herrliches Leben. Ich als Bardame: ich möchte es nicht missen. Weißt du, wenn ich da zu einem sage: ›Ach, Sie sind doch so berühmt, geben Sie mir, bitte schön, ein Autogramm...‹ Und dann wirft er mir seine geniale Unterschrift auf die Papierserviette; und ich stehe züchtig hinter der Holzmauer meiner Theke, schaue zu ihm auf und denke: ›Wenn ich doch am Pullover für den Edi weiterstricken könnte.‹«
»Trambahnschaffner sein ist auch nicht schlecht. Aber, wenn's ewig dauert -«
»Dann haben wir immer noch den Kemmler mit seinem Schatz im Garten der verwunschenen Villa Engelsleben.«
Also lockte sie halt doch die Aussicht auf einen bequemen Reichtum. Gar nicht schlecht... Dann zog der alte Wasik mit seinen Kindern in den Böhmerwald: so ein schindelgedecktes Haus - die Schindeln sehen im Licht wie alte Nickelbatzen aus -, das war gut zum Pfeiferauchen und um die Filzpantoffeln am Kachelofen anzuwärmen. Und er erzählte den beiden seine Phantasien. Eduard war damit einverstanden, aber Maria sagte nach einer Weile: »Einmal in jeder Woche muß ich halt doch in die Stadt. Weil man's gewöhnt ist.«
Das Schild ›Grabmale Ghenzi‹ hatte silberne Buchstaben, und bei der Dame mit den besseren Tagen hingen Kleider an einer langen Stange hinterm Fenster. Das war die Chemische Reinigung, und Kemmler hätte dort seine Wäsche nie waschen lassen können, denn gewaschen wurde sie dort nicht; nur in Bottiche voll Benzin hineingelegt; daran hatte weder er noch Eduard gedacht; aber wer denkt im Friedhof schon an Wäschewaschen. Und Wasik fragte Maria, ob sie jemand kenne, der vom Friedhof und vom Wäsche-

waschen zugleich spreche. - »Ich glaube: eine Leichenfrau, kenne aber keine«, sagte Maria, und sie gingen in den Hof zwischen den Miethäusern hinein; die Betondecke war mit Löchern geriffelt, ein steinernes Reibeisen, und Wasik, den Stock überm Arm, drückte die Tür auf. Er drehte sich um und hatte sein Lächeln unterm grauen Bart.

»Ich hab geglaubt, du schläfst noch, wenn ich heimkomme«, sagte er und erzählte, wie's gewesen war, als er heute im Sessel die Rätselzeitung gelesen und Maria nebenan geschlafen habe; immer habe er darauf gewartet, daß sie mit gesträubtem Haar hereingelaufen komme und ›Uhuu!‹ rufe. Eduard ging hinter ihnen die Treppe hinauf. Als Wasik in die Stube trat, sang im Radio eine immergrüne Mädchenstimme: »Leutnant warst du - einst bei den Husaren - als wir froh... und glücklich waren.« - »Das Radio ist also auch nicht abgestellt. Ich bin halt doch vertrottelt«, sagte Wasik und hängte seinen Strohhut an den Kleiderhaken bei der Tür; darunter baumelte Eduards Schaffnertasche. Maria stand davor und sagte: »An den Nähten ist das Leder schon ganz rauh. Du, das ist schlecht. Haben deine Kollegen nicht schon oft zu dir gesagt: ›Freilich, die Maria kann dir nicht die Tasche putzen... Freilich, die Maria ist halt eine elegante Dame. Eine Barfrau... Von der kannst du das nicht verlangen?‹«

»Nein«, sagte Eduard, aber Maria hatte recht; sie hatten es zu ihm gesagt, das wußte Wasik. - »Auch dein Bläschen ist schon ganz blind«, sagte sie und zog das fingerlange Signalhorn aus der Lasche, fragte, ob er's schon einmal gebraucht habe, und blies hinein; es gab einen strengen Ton. »Abfahren«, sagte sie, »abfahren in die Vergangenheit!« - »Jetzt meint sie mich, weil ich immer von früher rede«, sagte Wasik.

Maria erzählte wieder von Kemmler und sagte, der sehe genauso aus, wie ihn Wasik beschrieben habe. »Halt wie ein... Wie einer, der nirgends hingehört: Mit aufgekrempelten Hemdsärmeln und einer schlappen Samthose, so ist er auf uns zugekommen.« Und Wasik sagte: »Der war immer so. Auch vor dreißig Jahren. Nicht wahr, Edi?«

Im Radio sang immer noch die Mädchenstimme das Lied vom Leutnant und von den Husaren. Auf dem Ofen machte das Wasser im elektrischen Kocher ›plub - plub‹. Es war jetzt reif für den Kaffee. Wasik goß ihn auf. Sie setzten sich um den Tisch. Wasik ging herum, ein Handtuch überm Arm, wie's Kellner machen, und schenkte ein. Das war der Ritus ihres Sonntagnachmittages, wenn er nicht beim Angeln war. Die beiden waren auch einmal dabeigewesen, und Maria hatte hernach gesagt, am liebsten hätte sich der Vater im Gras und in den Blättern aufgelöst und wäre hinabgetaucht zu seinen Fischen. Daß er überhaupt Fische mit nach Hause brachte, verwunderte sie, und sie war froh, wenn Wasik mit leerem Rucksack heimkam, weil's so zu ihm paßte.
»Jetzt tastet dich der Edi ab. In Gedanken tastet er dich ab«, sagte Maria, und Wasik sah an sich herunter: »Was gibt es da schon abzutasten?«
Sah ihn dieser Eduard Engelsleben so, wie er wirklich war? Wahrscheinlich glaubte der, Wasik hätte mit seinem schmalen Gesicht und dem goldenen Ring, in dem der Doppeladler nur verwischt zu sehen war, einer von denen sein können, die sich auch heute noch im Café Schwarzenberg einen Tisch mit grünem Filz für die Bridgepartie unter die Kugellampen in den Garten herausbringen ließen; dabei war er nur ein pensionierter Kanzleibeamter, der in seiner Jugend Diener auf Schloß Schoeneben und nach dem Russenein-

marsch eine Zeitlang Wirt gewesen war. Jetzt trank er Kaffee und nahm einen Bissen von der Sachertorte. Maria sagte zu Eduard: »Du, den Kemmler möchte ich wiedersehen, damit er mir erzählt, was früher mit dir losgewesen ist. Du selber sagst einem ja nichts.« – »Ach was, das Frühere... Das ist doch tief versunken. Es stört mich halt, wenn ich im Dienst bin. Ein Trambahnschaffner, der einmal Graf gewesen ist, der ist doch eine komische Figur.«

Wasik schüttelte den Kopf, schmunzelte und sagte: »Was die Leute heutzutag für Vorstellungen haben... Also grad, als wär einer wie ich nie dagewesen.«

»Hörst du, was der Vater sagt? Und hoffentlich schämst du dich auch«, sagte Maria. Wasik sah hinüber zum Fenster, vor dem die Luft jetzt klar geworden war. Er sah nur Himmel. Maria sagte, das sei der Föhn, und Wasik glaubte die Stadt in der Luft stehen zu sehen, ein Gebilde aus Farben, unveränderbar seit neunzehnhundertzwölf. Die Gärten lagen um die Villen, und die Bäume der Chausseen waren noch nicht ausgerissen. Und wieder sprach Maria über Kemmler und sagte: »Du, das ist ein feiner Mann.« – »Ach was, feine Leute...«, sagte Eduard, und Wasik fragte Maria, was sie denke, wenn sie ein altes Haus sehe, und ob es ihr gefalle. »So ein altes Gebäude erweckt doch Ehrfurcht, oder ist das ein falsches Gefühl?« sagte Wasik, und Maria antwortete: »Nein, ein unheimliches. Ich fürchte mich vor alten Häusern.«

›Das gefällt dir. Was die Maria sagt, gefällt dir‹, dachte Wasik und überlegte, weshalb sie sich dann nicht auch vor ihm fürchte, denn er war doch alt. Eduard fragte, wie es in seiner Jugend gewesen sei, und Wasik sagte: »Das kann ich nicht erzählen. Die Luft war einfach anders. Aber gemütlich ist's auch nicht gewesen. Ehrlich gesagt: heut gefällt's

mir besser.« – »Da sind wir aber froh«, sagte Maria, und Wasik fragte sie nach Kemmler; wie er ihnen vorgekommen sei, und so... – »Vernachlässigt hat er ausgeschaut. Eigentlich mag ich das gar nicht, aber bei ihm hat es mich nicht gestört. Merkwürdig... Ich glaub, wenn dieser Kemmler in unsere Bar käme, würde man ihn wieder hinausschikken.«
Wasik gab zu bedenken, ob es am Ende nicht ein Armutszeugnis für Besitzer und Bedienstete der Bar sei, wenn sie einen wie Herrn von Kemmler des Lokals verwiesen: »Zwar weiß ich im Moment nicht genau, wie er heute aussieht, aber immerhin, er ist ein Graf.« – »Also, eine Krawatte hab ich nicht bei ihm gesehen«, sagte Maria, und Eduard deutete auf Wasiks Ring: »Daß dir den die Russen nicht abgenommen haben, wundert mich.« – »Oh, die sind nicht immer so, wie's manchmal in der Zeitung steht. Ab und zu waren die sogar gemütlich... Weißt du, ich seh mir die Menschen gerne unbefangen an. Jeder soll so sein, wie er von innen heraus sein muß. Seine Natur ist doch das Wichtigste. Oder glaubst du, du wüßtest genau, wie ein Mensch sein muß? Ich nicht. Ich bin froh, wenn die andern anders sind als ich.« – »Aber die Sache mit dem Schatz, den wir ausgraben sollen, die hat mir nicht gefallen«, sagte Eduard. – »Ach, wartet vorerst einmal ab. Der Schatz liegt vielleicht in euch selber... Und jetzt braucht ihr euch nicht um mich zu kümmern. Geht doch in die Stadt. Ihr sollt euch einen fröhlichen Abend machen«, sagte Wasik, und Maria sprach wieder von Kemmler. – »Hätt ich zu ihm sagen sollen: Geben Sie mir Ihre Wäsche, ich wasch sie Ihnen?« fragte sie, und Eduard sagte: »Du überlegst dir also, was der Mann von uns will, aber darauf gibt es keine Antwort.« – »Oder er will junge Leute kennenlernen«, sagte sie. – »Junge Leute...«, wiederholte Eduard.

»Der Kemmler war früher für mich halt der Onkel Ferdinand. Du, der hat mir viel geholfen. Mein Vater war ein grober Kerl. Kemmler hat mich oft vor ihm verteidigt, und deshalb hänge ich an Kemmler. Eigentlich nicht verwunderlich.« - »War er einmal reich?« - »Eine Zeitlang hat er einen Gutshof umgetrieben, aber da bin ich noch klein gewesen. Altertümer hat er auch gesammelt, aber nur römische. Er war immer so schlampig wie jetzt.« - »Und du hast ihn also früher gemocht«, sagte sie. - »Ich mag ihn immer noch. Wenn ich nicht weiß, wovon einer lebt, gefällt er mir. Wahrscheinlich hat er eine Rente.« - »Hat er zu dir gesagt: ›Es lohnt sich nicht, einen Beruf zu haben?‹« - »Nicht direkt. Er hat mich nur in einem alten Buch lesen lassen, und darin stand: ›Ziehe dich in dich selbst zurück.‹« - »Du, das versteh ich nicht«, sagte Maria. - »Hoffentlich. Wenn du dich daran hältst, willst du nichts mehr schaffen. Ich will aber jetzt etwas Rechtes schaffen.« - »Du, sag: Wie war dein Vater?« - »Unsympathisch. Das habe ich doch schon gesagt. Mein Vater war ein hämischer, gequälter Mensch mit einem schwarzen Schnauzbart.«

Am nächsten Abend gingen sie in die ›Kleine Gaststätte zum Rößl‹ hinein. Die Wirtschaft hatte einen Kiesplatz, und darauf standen runde Eisentische; über Latten hing ein lockeres Gespinst aus weißblühenden Ranken wie ein Dach.

Kemmler saß dort in der Ecke; er rauchte Pfeife und sah über sein Bierglas hinweg. Maria, Eduard und Wasik traten an seinen Tisch, und Kemmler sagte: »Ich bin weit weg gewesen.« - »Bei dem Edi seiner Mama vielleicht?« fragte Maria. - »Ja, auch bei der«, sagte Kemmler und fragte, ob sie den Schatz inzwischen ausgegraben hätten, er liege an der

Mauer rechter Hand, wenn man durch die Brennesseln gehe. – »Den brauchen wir nicht, den haben wir auch so«, sagte Maria, und Eduard sagte zu ihr: »Ich bin froh, weil du es einsiehst.«

Der hatte recht, denn sie brauchten nicht mehr zu verdienen, sie hatten genug. Maria verdiente als Bardame, Eduard war Schaffner, und er, der alte Wasik, kam mit seiner Rente aus. Es war klug gewesen, Registraturbeamter zu werden, eine subalterne Stellung und das Richtige in einer Mischmaschzeit. Wer oben sitzen wollte, sollte sich eines Thronsessels freuen. Freilich, Straßenbahnschaffner sein, das war keine bequeme Arbeit, aber Eduard fiel sie leicht. Er war hineingestellt in seinen Dienst, und das genügte ihm.

»Du bist zu beneiden, weil du nirgends hingehörst, aber ich beneide dich trotzdem nicht«, sagte Eduard zu Kemmler. Und Maria: »Ich beneide Herrn Kemmler, weil er einen tollen Wagen hat. Das ist vielleicht dumm, aber wenn man heute lebt... Noch niemand ist's gelungen, in einer andern Zeit zu leben.«

»Freilich war's vor dem ersten Weltkrieg schöner«, sagte Eduard. – »Weil du damals nicht gelebt hast?« fragte Kemmler, und Eduard sagte »ja« und lachte. – »Und ich bin froh, daß du heut lebst«, sagte Maria.

Harmonie? Vielleicht. Jedenfalls verstanden sie einander, und niemand kam dahinter, wie es wirklich war. Die Gräber wurden eingeebnet von der Zeit. Eduard Graf Engelsleben, der Schaffner der Städtischen Trambahnen, hatte ein Grab auf dem Friedhof, und das ließ er verwildern. Wenn Wasik zu ihm sagte: »Es gehört gepflegt, laß mich das machen, ich hab Zeit«, so sah er auf die Seite und gab keine Antwort. Oder er sagte: »Meine Mutter will's so haben, wie's jetzt ist.«

»Morgen müssen wir wieder anfangen«, sagte Maria. Das Licht unter dem Dach aus Blütenranken, diesem Gewebe, verwandelte sich abendfarbig. Wasik sagte: »Am meisten hat mich immer Doktor Waißnix interessiert«, und Kemmler fragte, wie solch ein Name – Waißnix – einem Juden aus dem Osten damals angeheftet worden sei. »Mit ›damals‹ meine ich die Zeit, von der Eduard immer glaubt, sie wäre schön gewesen.« Und er erzählte, wie er sich's vorstellte, und Wasik sah vor sich, was Kemmler sagte: Da warteten Juden in Kanzleigängen, und einer hatte einen Sack mit Gerümpel vor die Tür gestellt; aus dem Sack sah ein kupferner Leuchter heraus, dick belegt mit Patina. Der Kanzlist öffnete die Tür, die Gänsefeder in der Hand, und rief: ›Der Nächste!‹ Da kam ein großer Jude mit weißem Bart, das Käppchen auf dem Hinterkopf und den Kaftan schwarz und schwer, zu ihm herein. Er stand vor dem Schreibtisch des Kanzlisten. Der Kanzlist fragte, wie er heißen wolle. Der Jude verstand schlecht Deutsch und sagte deshalb leis: ›Weiß nix.‹ Da schrieb der Kanzlist als seinen Namen ›Waißnix‹ in die Akten. Der Jude aber war froh, wieder fortgehen zu dürfen, denn wie er in der Fremde hieß, war ihm gleichgültig. Der Nächste wurde in die Amtsstube gerufen, und der Kanzlist nannte ihn ›Grünspan‹, weil im Sack vor der Tür ein grünspaniger Leuchter gesteckt hatte. Abends am Stammtisch aber sagte der Kanzlist: ›Was glaubt ihr, was für Namen ich heut wieder den Juden gegeben habe!‹ Und alle lachten.

Vor der Wirtschaft stand ein Bierfuhrwerk. Das war noch etwas, weil's nach Stall roch. Wasik freute sich am langfransigen, sauber gestriegelten Schwanz, am Fell, das rosig braun war, und an den hellen Haarbüscheln über den Hufen.

– »Der ist noch in den besten Jahren«, sagte Kemmler. Platanen standen um ein Wartehäuschen und um eine Bretterbude mit Zeitungen. Das waren gesunde Bäume. Wasik sah es an den kleinen Blättern, die dürr am Boden lagen; eine Platane bekam im Frühling mehr Blätter, als sie brauchte, und im Juni warf sie die überflüssigen ab; dann konnten sich die kräftigen entfalten. Er sprach darüber mit Kemmler. – »Entfaltet euch auch breit«, sagte Kemmler zu Eduard und Maria. »Heiratet endlich, sonst taugt alles nichts. Maria muß einen Buben haben.« Das Rauschen der Platanen ruhte in sich selber. – »Sieh nach innen – grabe innen: Wer hat das gesagt?« fragte Kemmler, und Eduard antwortete: »Der Kaiser. Ich weiß schon, daß er recht hat, aber nicht in allem. ›Laß stillestehen das Zugwerk der Triebe‹, hat er auch geschrieben, und wenn du das denkst, kannst du nicht heiraten.«
»Weshalb er etwas liebt, das weiß doch niemand«, sagte Maria. Jetzt warteten sie auf die Trambahn. Kemmler stand neben der Haltestelle und hob die Hand, als sie das sagte. Er lächelte und schaute in die Ferne. Maria hatte einen roten Kopf und drehte sich auf dem Absatz herum. – »Edi, du hast eine Gescheite«, flüsterte Kemmler, und Wasik schaute auf seinen goldenen Ring, während ringsum das Wagenrauschen strömte und eine Trambahn sich rot hereinschob. Gegenüber war der Park ein in Goldwolken aufragendes Panzerhemd, das sich bewegte, wehte, zusammenfloß und locker wurde, schwarz und grün, ein Schattentuch aus Blättern. Zuweilen kam das Bäumerauschen her, als strömte ein Fluß. Maria hob die Hand gegen die Straße und die Bäume und sagte: »Dort steht dem Edi seine Villa... Wißt ihr, er sucht sich immer eine Villa aus und sagt: ›Dort möcht ich mit dir wohnen...‹ Dabei ist's doch in einem Hochhaus

schöner.« Und sie erzählte von der Aussicht aus einer hohen Wohnung vor dem Bahnhof, wo sich die Gleise auseinanderfalteten und eine lautlose Bewegung von Zügen war, weil über den Dächern Stille herrschte. – »Und es bewegt sich immer, und das hab ich gerne«, sagte sie.
Sie stiegen in die Trambahn. Eduard sah seine Villa vom Perron aus; sie hatte eine Glasveranda und Säulen nach dem Garten; sie veränderte sich im Fahren. Da stand er nun, ein langer Mann mit einer Hakennase, und der Schaffner sagte zu ihm: »Du löst morgen den Linner ab?« – »Ja, zwölf Uhr siebenunddreißig«, sagte er, und der andere fragte flüsternd, wer der merkwürdige Mensch sei, der in der Samthose und mit den ausgelatschten Schuhen. – »Mein Onkel Ferdinand. Der ist Viehhändler.« – »Du, das glaub ich nicht.«
Wasik, Maria und Kemmler saßen innen beieinander. Kemmler deutete auf die Scheibe. Drüben spiegelte die Fensterreihe eines Häuserblocks die Landschaft wider, als drängte die Weite in die Wohnungen herein. Der Schaffner gab einer Frau, die ein vom Sonnenbrand gespanntes Gesicht hatte, einen Fahrschein und sah zu Kemmler hin; dann schüttelte er den Kopf. Wieder stellte er sich neben Eduard und sagte: »Du, Edi, der könnte einen Orden tragen.« – »Ja, den Theresienorden.«
Der Schaffner horchte und sah an ihm vorbei. Nach einer Weile kam er wieder und erzählte, im Depot sagten sie, die Maria sei nicht bloß Bardame oder Kellnerin; das könne gar nicht sein, das merke man ihr an. Der Schaffner sah bekümmert aus, als hätte er etwas verloren; der Wagen fuhr in eine Kurve; der Schaffner schwankte und wurde nach der Tür gedreht, erwischte aber doch noch eine Halteschlinge. – »Man glaubt es nicht... man kann es gar nicht glauben«, sagte er, griff sich ans Kinn und sah auf Kemmler,

Wasik und Maria. »Und noch etwas, aber diesmal betrifft's dich. Du bist doch gestern vor einem Grab gestanden? Ich habe dich gesehen. Und wie ich nachher hingeh an das Grab, steht drauf: Thomas Emanuel Graf Engelsleben... Und so weiter. Du, wenn das Grab nicht so verwildert wär, würde ich denken: es ist dein Vater, der dort liegt.« – »Warum? Zu mir paßt's doch gut, das Verwilderte?« – »Nein, du bist ordentlich.«
Da war er also ordentlich, und Onkel Ferdinand hatte den Theresienorden. Verbergen ließ sich's nicht. Und Eduard sagte zu seinem Kollegen, die Maria sei auch eine Gräfin, das sei doch klar, denn ein Graf Wasik habe bekanntlich die Offiziershosen mit den Stegen erfunden. »Weißt du, ich meine jetzt die Lederschlaufen, die an den langen Hosen unten dran sind und die man durch die Schuhe zieht. Das haben jetzt die jungen Mädchen auch, damit die Hosen immer straff gespannt sind.«
Der Schaffner machte den Mund auf; der war jetzt verblüfft. – »Das brauchst du alles nicht zu glauben; es ist nämlich geschwindelt«, flüsterte er ihm zu und merkte, daß es nichts mehr nützte. Aber das war gleichgültig. Schließlich würde es ja doch einmal aufkommen, wer er in Wirklichkeit war; und Kemmler freute sich darüber, das sah ihm Wasik an.
Der Wagen hielt vor dem Depot. Der Schaffner wurde abgelöst. Schwerfällig stieg er aus dem Wagen, sah sich um und redete mit dem Kontrolleur Kostenbader; dabei deutete er auf den Wagen, in dem Eduard, Wasik, Kemmler und Maria saßen. Kostenbader wandte sich um und schaute großäugig herüber. Eduard fragte Kemmler: »Hast du gehört, was der gesagt hat? Da hast du mich in etwas hineingebracht, das wird einen argen Wirbel geben. Der Schaff-

ner hat dir angesehen, daß du einer bist mit einem hohen Orden.« – »Und du wirst von jetzt ab nur noch zusammensein wollen mit deinesgleichen. Du, das ist mir arg«, sagte Maria.
Kemmler legte Eduard die Hand auf die Schulter. Kemmler sah jetzt vielleicht ein, daß Maria zu Eduard gehörte. Das war doch etwas Neues, weil früher jeder allein gewesen war: der Herr, die Frau, Wasik und auch Kemmler; jetzt wurde es anders, weil Maria und Eduard beisammen waren. Oder glaubte Kemmler trotz allem, Eduard solle alleinbleiben, weil er zu alt für die Maria sei, und es nütze nichts, wenn er sie an sich binde? Aber er band sie nicht an sich, er gehörte nur zu ihr. Das wußte Kemmler längst, darauf konnte sich Wasik verlassen.
Sie stiegen bei der Sankt-Georgs-Kirche aus. Dahinter war der Abendhimmel eine klare Wand. Die Kirche stand drüben mit schwerem Turm, und zu ihren bronzegrünen Flügeltüren führte eine Treppe. Wieder schwebte der Falke, und hinter der Kirche stiegen die Basteien auf als braune, moosschimmelbelegte Befestigungsmauern, Forts, die ihre gebauchten Quaderwände gegen das Land stemmten und Gärten trugen, Gärten wie grüne Köpfe. Die Straße legte sich von unten her an diesen sanften Anstieg, diese Erdwölbung, die vor der Weite lag, in die sie führte. Die Straße war leer. Die Luft war klar, die Friedhofbäume standen ruhig. Maria, Eduard, Kemmler und Wasik gingen an der Mauer entlang, über die Efeu hing. Das Tor des Friedhofs war verschlossen. Kemmler fragte, ob er jetzt seine Hose waschen lassen könne, sie wüßten doch: bei der Dame mit der besseren Vergangenheit... aber Maria sagte: »Wir haben keine bessere Vergangenheit; uns genügt die Gegenwart.« – »Du hast auch deine Hose heute nicht dabei«, sagte

Eduard, und Maria fragte: »Wo haben Sie denn heute Ihren Wagen?« – »Ich habe keinen Wagen.« – »Aber gestern abend, da sind Sie doch...« Er schüttelte den Kopf: »Nein, ich bin es nicht gewesen. Sie haben mich verwechselt.« – »Aber ich hab Sie doch gesehen, mit einer Sonnenbrille und so tief druntensitzen, wie man nur in einem Porsche...«
Er sah ihr in die Augen, und sie schwieg; er sah über sie hinweg durchs Friedhofsgitter. – »Also, morgen um halb sechs in der ›Silberquelle‹«, sagte er zu Eduard und ging weiter, die Straße hinunter und dort hinüber, wo der Bahnhof seinen Fächer aus schwarzbraunen Gleisen auseinanderfaltete. Maria schüttelte den Kopf, als wär's ihr nicht geheuer.
Vor dem Haus in der Breyhoferstraße blieb Wasik hinten im Hof stehen und sah auf den Boden. Eduard und Maria waren schon hinaufgegangen, und er stand hier und sah den Boden an, diesen geriffelten Zementbelag. Ein Dohlendeckel hatte die Jahreszahl 1912. Wasik fiel ein, was damals Engelsleben zu ihm gesagt hatte: »Die Zukunft ist nicht leer, da täuschen Sie sich ganz bestimmt; noch Ihre Enkelkinder werden über einen Dohlendeckel mit der Jahreszahl 1912 gehen.« Wahrscheinlich hatte er es nicht mehr genau im Gedächtnis, aber es stimmte ungefähr, denn jetzt genügte ihm das Ungefähre. ›Enkelkinder hast du auch noch keine, und, wer weiß, ob du sie überhaupt erlebst. ›Es kam ja nicht mehr auf ihn an. Und früher war es auch nicht auf ihn angekommen.‹ Vielleicht hast sogar du einmal etwas ausrichten können, das einen Wert gehabt hat, obwohl – Und was meinst du, Elise?‹ dachte er und sprach wieder einmal mit seiner toten Frau.
Jedenfalls kam es jetzt auf Eduard und Maria an. Die waren wichtig, und er war froh, weil er nicht mehr mitreden mußte. Der Eduard aber, ja, der wollte etwas Rechtes schaffen.

Am nächsten Tag ging er mit Eduard und begleitete ihn ins Depot. – »Wenn du dabei bist, nehmen sich die Kollegen zusammen«, sagte Eduard. Das freute Wasik; er dachte: ›Also bist du doch noch etwas wert‹, und überlegte, was er sagen würde, wenn ihn einer als ›Graf Wasik‹ ansprach. Das Beste ist, du läßt ihn reden, denn schaden kann's dir nicht. Die Luft fühlte sich leicht an, seidig, eine Haut aus Wärme wie damals im Manöver anno zwölf; ausgeschlafen war er auch, und wenn ein alter Mann die Luft spürte, so streifte ihn dies wie ein Glück, und dafür war er dankbar.
Sie gingen in die Kantine. »Sauber schaut er aus, der Edi«, sagte Linner, und Eduard sagte, daran sei seine Schaffnertasche schuld, die habe die Maria frisch geputzt: »Wir heiraten auch bald, mein Onkel Ferdinand macht den Trauzeugen. Du, ich bin froh, daß ich den Onkel Ferdinand gefunden habe.« – »Weil er den Theresienorden hat? Freilich, unter uns gibt's keinen, der so fein ist.« Und Eduard sagte, Linner habe genau das Richtige geraten, und er selbst brauche nichts zu verschleiern, weil er unter seinen Kollegen lauter gute Freunde habe. Linner prostete ihm mit der Bierflasche zu, und sie gingen zusammen über die Eisentreppe in die Werkhalle hinunter, wo in der Tiefe zwischen ölfettigen Gleisen Lampen brannten und Frauen in grauen Schürzenmänteln einen Wagen putzten. Der Kontrolleur Kostenbader ging wie ein General hinter ihnen vorbei und reckte den faltigen Hals, sah aber nur auf die putzenden Frauen, wahrscheinlich weil ihm Eduard als Graf nicht ganz geheuer war. Der nicht ganz geheure Edi, den du als Wickelkind gesehen hast: recht kurios...
Draußen standen die E-Wägen und mußten zum Stadion gefahren werden, denn dort begann um drei ein Länderspiel. Sie fuhren durch leere Straßen; in den Wägen war es

voll, und weil es altmodische Wägen waren, blieben alle Türen offen; vor lauter Freude aufs Länderspiel roch niemand den Schweißgeruch, und die Leute waren friedlich. Beim Stadion warteten die E-Wägen, bis das Spiel zu Ende war, und die Trambahner durften derweil in eine Wirtschaft gehen. Deshalb war das E-Wägen-Fahren zu einem Spiel im Stadion beliebt; die Fahrer mußten sich auch nicht nach einem Fahrplan richten.

Wasik setzte sich neben Eduard aufs Trittbrett und rauchte eine Zigarette. – »Wir kommen gleich!« rief er den andern nach, die wußten, daß er ein Graf war. – »Fast wie im Krieg. Damals haben sie mich anfangs auch mit dem Grafen aufgezogen, aber später haben sie's gelassen. Du mußt abwarten können, dann gibt's sich schon. Aber die glauben immer, Graf sein bedeute Geld haben, und deshalb muß ich nachher eine Runde schmeißen. Das seh ich kommen«, sagte er.

Es eilte nicht. Sie gingen zwischen Schrebergärten und sahen auf den roten Gaskessel in dieser abseitigen Gegend. Eduards Kollegen riefen aus einem Wirtsgarten und hatten die Uniformjacken ausgezogen. Wasik und Eduard gingen zu ihnen hinein, und an der Theke sagte Eduard: »Also für jeden einen Cognac und eine Flasche Bier. Auf meine Rechnung.« Dann schrien sie und prosteten ihm zu: »Der Herr Graf soll leben!« – »Ich heiße Engelsleben und nicht Graf«, sagte er, und Linner sagte: »Na, dir und der Maria, euch möcht ich auch nicht immer zuschaun, wie?!« Und er boxte Eduard in die Seite, und Eduard war ein Held. Wasik wurde als der edle Schwiegervater, der den Edi bei sich aufgenommen hatte, laut gefeiert.

Dann mußten alle wieder zu den E-Wägen zurück, die dicht hintereinander abfuhren und innen menschenschwarz waren, wie es sich gehörte. Wieder kamen sie zum Depot, wo

es halb fünf war. Wasik und Eduard gingen zur Wirtschaft ›Silberquelle‹, nicht weit vom Schlachthaus, und warteten auf Kemmler. Eduard hatte drei Stunden frei.
Kemmler kam um fünf und sagte, das sei ein feierlicher Augenblick; also tranken sie noch einen Birnenschnaps. Kemmler zündete seine Pfeife an, und weil er sie zu Ende rauchen wollte, ging er zum Taxistand und setzte sich in ein Auto. Das war bequem, und wenn Kemmler die Fahrt bezahlen wollte, war es recht, nur wunderte sich Wasik, weil Kemmler kein Schanzzeug dabeihatte, weder eine Pike noch einen Spaten; wie er ohne Schanzzeug graben wollte, das konnte er sich nicht vorstellen.
Sie hielten in der Corneliusstraße. An alten Häusern stand nur noch eine Villa, und auch die war halb. Ein breites Haus war es gewesen, und Wasik sah's noch vor sich mit den hohen Scheiben seiner Halle; jetzt schauten rotgebrannte Wände durch die Fensterlöcher. Der Trakt mit dem Treppenhaus stand noch und glich einem Turm mit einem neuen Dach. Der Garten war zerwühlt; gebrauchte Automobile standen wie beim Güterbahnhof beieinander, und Maria hätte hier leicht einen roten Wagen finden können. Die andern Häuser waren alle neu; sie hatten flache Dächer und Fenster wie Bänder aus Glas. Und dann diese Ruine, die sich versteckte hinter Rautenbüschen und vor der sich Gras lang und gelb streckte, umgelegt vom Regen und vom Wind.
Wasik hatte alles anders in Erinnerung. Kemmler stapfte voran; zwischen vertrockneten Rispen flatterte ein Bläuling; der hatte sich hierher verflogen, denn der gehörte doch aufs weite Feld. Brennesseln waren schwarz gebrannt; Jasmingebüsch hatte sich in dichte Zweigkuppeln verwandelt, doch war alles abgeblüht. Es hätte stark gerochen, aber es

roch immer noch aus der Erinnerung, und Wasik wurde diesen Duft von ferneher nicht los. Kemmler zeigte auf eine blanke Picke und einen Spaten, die an der Ecke lehnten. Die Ecke lag im Schatten.
»Fang an«, sagte Kemmler zu Eduard und blinzelte im Licht. Wasik kam's vor, als ob er lächle, und deshalb fragte er: »Warum?« - »Damit dein Schwiegersohn endlich Geld hat wie sein Vater und nicht mehr Schaffner sein muß.« - »Aber das will ich nicht. Ich hab dir schon einmal gesagt, daß ich's nicht will. Ich will was Rechtes schaffen. Und wenn Maria ihren roten Wagen hat, braucht sie nicht mehr als Bardame zu gehen«, sagte Eduard.
›Wie jung dir Eduard erscheint, als wär er nicht viel älter als Maria‹, dachte Wasik und hörte Kemmler sagen, der Schäfer Roßnagel - vielleicht erinnere sich Wasik noch an den - habe oft gesagt: »Ich weiß nicht, was die Leut immer mit dem Geld haben; den Artikel laß ich zeitenweise ganz ausgehen.« Und sie sprachen von den Feldern, deren Erde an einem trockenen Tag wie heut unter den Stoppeln fast weiß sei; die Schatten der Stoppeln sähen aus wie ein Geflecht, ein Netz, oder glichen Schriftzeichen. Wasik sah das Stoppelfeld von neunzehnhundertzwölf vor sich; für den Manöverball war ein weißes Zelt dort aufgestellt, und Paare tanzten auf einem freigelegten Mosaikfußboden aus römischer Zeit. Das Frühere breitete sich aus, und der Diener Wasik war im Früheren wieder dabei.
Es war gewesen, und jetzt war es anders. Er hatte eine Frau geliebt, und die war weggefegt worden von einem Schlag des Himmels, fortgestampft vom Boden. Die Erinnerung wurde klar. In der Ferne lagen Berge und hatten dunkle Ränder. Das Zelt stand da, er sah den Kaiser. Der Kaiser kam herauf und war das Schwarze und das Gelbe in den

Gräbern. Reiter näherten sich überm Feld, alle in horizontblauen Uniformen und im Gegenlicht vom Abendhimmel beinah aufgesaugt; Säbel schwangen neben Sätteln. Er sah geradeaus und sah den späten Nachmittag, den beginnenden Abend. Neben dem Zelt war eine Hufeisentafel aufgestellt; die Zipfel des Tischtuchs regten sich; die Gläser spiegelten das Abendlicht; fünf standen an jedem Platz, darunter ein grünes Kristallglas. Die Stühle hatten steife Lehnen. Ein Sessel mit roten Seidepolstern war vom Tisch zurückgeschoben, und Herbstblätter wurden darüber hingeweht. Der Sessel blieb für immer leer.

Von Hermann Lenz
erschienen im Suhrkamp Verlag

Der Kutscher und der Wappenmaler. Roman. 1975. *Bibliothek Suhrkamp* Band 428. 177 S.
Dame und Scharfrichter. Erzählung. 1976. *Bibliothek Suhrkamp* Band 499. 140 S.
Die Augen eines Dieners. Roman. 1976. *suhrkamp taschenbuch* Band 348. 223 S.
Spiegelhütte. Roman in drei Erzählungen. 1977. *Bibliothek Suhrkamp* Band 543. 246 S.
Das doppelte Gesicht. Drei Erzählungen. 1978. *Bibliothek Suhrkamp* Band 625. 312 S.
Verlassene Zimmer. Roman. 1978. *suhrkamp taschenbuch* Band 436. 223 S.
Andere Tage. Roman 1978. *suhrkamp taschenbuch* Band 461. 260 S.
Neue Zeit. Roman. 1979. *suhrkamp taschenbuch* Band 505. 392 S.

Von Hermann Lenz
erschienen im Insel Verlag

Neue Zeit. Roman. 1975. 391 S.
Der Tintenfisch in der Garage. Erzählung. 1977. 139 S.
Tagebuch vom Überleben und Leben. Roman. 1978. 318 S.
Die Begegnung. Roman. 1979. 204 S.

suhrkamp taschenbücher

st 256 Max Frisch, Tagebuch 1966–1971
448 Seiten
Die Aufzeichnungen, ob Erzählung oder Bericht, Fiction oder Analyse, Verhör, Fragebogen oder Handbuch, Reisebericht oder Erinnerung, protokollieren unsere Zeit und die Situationen des Einzelnen in ihr.
». . . . daß dieses reiche und funkelnde Tagebuch eines der klügsten Bücher dieser Jahre ist, die beste Auseinandersetzung eines Einzelnen mit der Lüge, der Dummheit und der Gewalt seiner Zeit.« *Rudolf Hartung*

st 496 Dieter Kühn, Stanislaw der Schweiger
Roman
168 Seiten
Stanislaw der Schweiger spielt im 19. Jahrhundert in den unheimlichen Karpaten, wo, wie man weiß, die Vampire zu Hause sind. Doch Graf Stanislaw ist kein gieriger Blutsauger. Er, der nie ein Wort sagt, ist ein Wort-Vampir: er saugt Wörter und Geräusche in sich auf, ist ein »akustischer Allesfresser«.
». . . ein toller Spaß, der sich nicht selten ins Unheimliche, Beklemmende steigert.« *Günter Blöcker*

st 497 Über Hans Carossa
Herausgegeben von Volker Michels
452 Seiten
Im Verhältnis zur Fülle der vorwiegend positiven Beurteilungen früherer Jahrzehnte belegt unser Band das spannendste Kapitel der deutschen Carossa-Rezeption *nach* dem Erscheinen des zeitgeschichtlichen Rückblicks *Ungleiche Welten* überproportional genau, weil es ein Stück auch heute noch verdrängter, »unbewältigter« deutscher Vergangenheit dokumentiert.

st 525 Martin Walser, Jenseits der Liebe
Roman
176 Seiten
Walser demonstriert, was es heißt, jene Grenze zwischen Liebe und jenseits der Liebe überschritten zu haben. Er zeigt auf, daß Liebe oder der Mangel daran sich auch sozial begreifen läßt, daß Liebe einsetzbar ist, entzogen werden kann. Daß sie unter vielerlei Namen auftritt und immer ein Teil dessen ist, was uns lebensfähig macht.
»Es ist eine nervige Sprache, in der eine Fülle von Beobachtungen aufgehoben sind.« *National-Zeitung, Basel*

st 526 Jurek Becker, Der Boxer
Roman
320 Seiten
Jurek Becker ist mit der Geschichte Aron Blanks den Folgen eines Krieges nachgegangen, die nicht untersucht und registriert werden, die nicht durch Wiedergutmachung aufgehoben werden. Und die Person des Autors nimmt Anteil am Stillstand und damit am geräuschlosen verspäteten Untergang einer Familie.
»*Der Boxer* zeigt alle Eigenschaften eines sein Thema souverän beherrschenden Erzählers. Es ist ein Meisterwerk geworden.« *Rheinische Post*

st 527 Jochen Schimmang, Der schöne Vogel Phönix
Erinnerungen eines Dreißigjährigen
300 Seiten
Der autobiographische Bericht eines Dreißigjährigen, der die Spätphase der antiautoritären Bewegung, Studium, Kaderarbeit für eine K-Gruppe und den Bruch mit dieser Gruppe, Schwierigkeiten beim Übergang ins Berufsleben, Hoffnungen, Desillusionierung und Depressivität dieser Jahre durchaus repräsentativ, also nachvollziehbar, zum Wiedererkennen und Sichunterscheiden, verfolgt, mitgemacht, erlebt hat.

st 528 Junker/Link, Ein Mann ohne Klasse
Roman
512 Seiten
Neugierig, wach, witzig, eitel, sehr beredet ist dieser »Mann ohne Klasse«, ein energischer Macher, souverän,

aber zugleich der wuchernden Vielfalt seines Lebens ausgeliefert, sie frißt ihn auf: die Lebenssituation der siebziger Jahre im Roman.

st 529 Helmut Degner, Graugrün und Kastanienbraun
Aufzeichnungen eines Neurotikers
294 Seiten
Zwischen den Aufenthalten in der Psychiatrie hat der Neurotiker sich acht Jahre lang in seiner Wohnung verkrochen. Er hat Angst und Angst vor der Angst. Eines Tages hat er begonnen, sich aus dieser Angst und aus den zwanghaften Erinnerungen an leidvolle Erfahrungen herauszuschreiben. Er nimmt freieren Kontakt zu Marion und zu anderen Menschen auf. »Graugrün und kastanienbraun sind nicht mehr nur die Augen und das Haar des Mädchens – das ist für mich das Leben: grau, aber immer auch ein wenig grün, und wenn es schön ist, kastanienbraun.«

st 530 Wolfgang Koeppen, Reisen nach Frankreich
176 Seiten
Die *Reisen nach Frankreich* führen vom äußersten Norden bis nach Marseille und Nizza. Aber bei allen Städten Frankreichs in der Provinz, die Koeppen besucht, spürt er die große Sehnsucht, die nach Paris gerichtet ist. So schließt auch wie selbstverständlich ein großes Paris-Kapitel dieses Buch, das 1961 erstmals erschien, ab.

st 531 Hermann Lenz, Der russische Regenbogen
Roman
176 Seiten
Die junge Russin Tamara wird 1944 als Kriegsgefangene nach Ostpreußen geschafft, von dort flieht sie, gelangt aber nur in das Fremdarbeiterinnenlager einer süddeutschen Stadt. Ihr moralischer Halt sind ihr Haß und das Gift, das sie in der Jacke versteckt hat. Von den Amerikanern befreit, gibt sie ein Fest, das Opfer und ehemalige Feinde vereint.

st 532 Christiane Rochefort, Frühling für Anfänger
Roman
240 Seiten

Christoph Ronin, sechzehn Jahre, dreht eines Abends durch. Aus der Beschirmtheit durch den häuslichen Fernsehapparat geht er weg und seiner eigenen Wege. Seine Stationen sind Pommes-frites-Buden, Flipperlokale, eine Bibliothek, drei Betten und ein Parkplatz. Der März im Paris des Jahres 1967 wird zum Vorboten des Pariser Mais 1968.

st 534 Stanisław Lem, Der futurologische Kongreß
Aus Ijon Tichys Erinnerungen
Aus dem Polnischen von I. Zimmermann-Göllheim
Phantastische Bibliothek Band 29
144 Seiten
Im Zeitalter der Psychemie werden alle Sinneswahrnehmungen durch chemische Mittel beeinflußt, die die ganze menschliche Existenz durchdringen, so daß es keine Wirklichkeit mehr gibt, die nicht chemisch manipuliert wäre. Lem betreibt ein Spiel mit der Sprache und imaginiert beiläufig eine Futurologie, die die Zukunft anhand der Umformungsmöglichkeiten der Sprache erforscht.

st 535 Herbert W. Franke, Sirius Transit
Phantastische Bibliothek Band 30
176 Seiten
Ein neuentdeckter, erdähnlicher Planet und eine Firma, die die Besiedlung organisiert: die SIRIUS TRANSIT. Für Barry Griffin bedeutet der neue Planet die Erfüllung alter Träume und Sehnsüchte, und er hofft, daß der ältere Bruder, der Leiter der SIRIUS TRANSIT, ihm einen Job bei den Erschließungsarbeiten verschaffen kann. Schließlich gelingt es Barry, das Geheimnis der SIRIUS TRANSIT aufzuklären, aber er verirrt sich in diesem System perfekter technischer Illusion, in dem die Unterschiede zwischen Wirklichkeit und Täuschung verfließen.

st 536 Samuel Beckett, Der Namenlose
Roman
Übertragen von Elmar Tophoven, Erika Tophoven und Erich Franzen
180 Seiten
»Es ist die Kunst des dichterischen Buchstabierens, die hier durch den Mund eines Quasi-Toten geübt wird: höchste Raffinesse verbindet sich mit der Magie des

Simplen: Versuche, die verlorengegangene Wirklichkeit durch rücksichtslose Reduktion einzubringen.«

Horst Krüger

st 539 Darko Suvin, Poetik der Science Fiction
Zur Theorie und Geschichte einer literarischen Gattung
Aus dem Amerikanischen übersetzt von Franz Rottensteiner
Phantastische Bibliothek Band 31
368 Seiten
Der Literaturwissenschaftler und SF-Theoretiker Suvin beginnt mit der Absteckung der Grenzen der SF gegenüber benachbarten Gattungen wie Märchen, Mythos, Schäferdichtung und Phantastik. Sodann wird die Utopie als in erster Linie literarisches Kunstwerk neu definiert. Im historischen Teil des Buches werden die theoretischen Postulate und Erkenntnisse konsequent zur Untersuchung der Geschichte der Gattung herangezogen, von der ältesten griechischen Vorstellung über die Utopien und Staatsromane der Renaissance, den Planetenroman, die Erneuerungsbestrebungen der Romantik, bis hin zu so hervorragenden Ahnherren der modernen SF wie Verne, Wells und Čapek.

st 540 M. R. James, Der Schatz des Abtes Thomas
Phantastische Geschichten
Deutsch von Friedrich Polakovics
Phantastische Bibliothek Band 32
208 Seiten
M. R. James hat unter den Liebhabern der Geistesgeschichte den gleichen Ruf wie A. Conan Doyle unter den Anhängern der Detektivgeschichte. Die Geschichten dieses Bandes sind getränkt von Hexerei, Dämonologie, Geheimwissenschaft und Folklore. Die Geister sind weder freundlich noch amüsant, sondern gefährlich und rachsüchtig. »... eine genüßliche Lektüre für lange Abende.«

Neue Westfälische

st 541 Thomas Brasch
Kargo. 32. Versuch auf einem untergehenden Schiff aus der eigenen Haut zu kommen
198 Seiten
»So könnte kein anderer schreiben, er fände nicht einmal die Sprache. ... Es wachsen unserer Literatur Autoren zu,

die dazu beitragen, daß uns Hören und Sehen vergeht – oder endlich wiederkommt.« *Martin Gregor-Dellin*

st 542 Franz Innerhofer
Schattseite. Roman
272 Seiten
Nach seinem ersten Roman *Schöne Tage* (st 349) erzählt Innerhofer in seinem neuen Buch von den weiteren Stationen seines alter ego Holl.
»Wo Literatur sich gegen jene Verhältnisse wendet, wo die Hauptfigur des Romans kein stärkeres Bedürfnis kennt, als die herrschenden Lebens- und Arbeitsbedingungen loszuwerden, da stellt sich Literatur, ob sie es will oder nicht, mitten hinein in die aktuellen gesellschaftlichen Auseinandersetzungen.« *Michael Scharang*

st 544 Helmuth Plessner
Zwischen Philosophie und Gesellschaft
Ausgewählte Abhandlungen und Vorträge
382 Seiten
Die Abhandlungen und Vorträge Plessners beschäftigen sich mit der Situation der Philosophie zwischen den beiden Weltkriegen, mit dem Werk Husserls, mit Nicolai Hartmann und mit der gewiß nicht veralteten Frage, ob es einen Fortschritt in der Philosophie gebe. Einen weiteren Schwerpunkt bilden die Arbeiten zur philosophischen Anthropologie: Zur Deutung des mimischen Ausdrucks, zur Anthropologie des Schauspielers, über das Lächeln und über das Problem des Verhältnisses der menschlichen Natur zur Macht.

st 545 Stimmen und Visionen
Gespräche von Sam Keen mit Norman O. Brown, Herbert Marcuse, Joseph Campbell, John Lilly, Carlos Castaneda, Oscar Ichazo, Stanley Keleman, Ernest Becker, Robert Assagioli
Aus dem Amerikanischen von Dora Fischer-Barnicol
240 Seiten
Der Harvard-Professor Sam Keen führte in den ersten siebziger Jahren im Auftrag der Zeitschrift *Psychology Today* Gespräche mit berühmten Zeitgenossen. Ziel und Ergebnis waren eine Übersicht der spirituellen, psychologischen und politischen Bewegungen, der ›geistigen‹ Vorgänge auf der amerikanischen Szene.

st 546 Volker Braun
Das ungezwungne Leben Kasts
208 Seiten
Vier Liebesgeschichten sind es, die erste von einem Zwanzigjährigen geschrieben, die letzte im Alter von fünfunddreißig. Hier wird den gesellschaftlichen Widersprüchen des realen Sozialismus auf den Grund gegangen bei dem Versuch, die verschiedenen Lebensbereiche – Arbeit, Wissenschaft, das Künstlerische, das Körperliche – für sich, für Kasts Leben, zu vereinen. Kast erfährt »die neuen Abhängigkeiten«, die im Sozialismus »um so härter empfunden, fürchterlicher werden«.

st 547 Max Brod
Der Prager Kreis
Mit einem Nachwort von Peter Demetz
264 Seiten
Die Darstellung geht von dem »engeren Prager Kreis« aus, der Kafka, Brod, Felix Weltsch, Oskar Baum, Ludwig Winder umfaßte. Brod schildert dann die Kontakte mit dem »weiteren Prager Kreis« (Franz Werfel, Willy Haas, Johannes Urzidil u. a.) und mit den tschechischen Künstlern. Auch zeigt er viele andere »Ausstrahlungen«. So ruft er zum Beispiel den genialen Erzähler Hermann Grab in Erinnerung.

st 548 Friederike Mayröcker. Ein Lesebuch
Herausgegeben und eingeleitet von Gisela Lindemann
352 Seiten
Die Auswahl aus dem bisherigen Werk von Friederike Mayröcker ist eine näherungsweise thematisch orientierte Komposition. Es sollen darin alle literarischen Formen vorgeführt werden, die die Autorin im Laufe der Jahre durchgespielt hat: unterschiedliche Formen von Lyrik, szenischer Prosa, Hörspiel, erzählender Prosa.

st 549 E. M. Cioran, Vom Nachteil, geboren zu sein
Übersetzt von François Bondy
176 Seiten
Jenseits aller intellektuellen und weltanschaulichen Lager hat Cioran in seinen Aphorismen eine Position bezogen, die er selbst als die des Zweiflers, des radikalen Skeptikers bezeichnet.

st 550 E. M. Cioran, Die verfehlte Schöpfung
Übersetzt von François Bondy. Das Kapitel
»Die neuen Götter« wurde von Elmar Tophoven übersetzt
136 Seiten
Die verfehlte Schöpfung ist eine rasant vorgetragene Attacke auf alle theologisch oder geschichtsphilosophisch verbürgten Sicherheiten, auf die Existenz eines übergreifenden »Sinns«, auf die Idee der Erlösung.
»Eine neue Art des Philosophierens: persönlich (sogar autobiographisch), aphoristisch, lyrisch, anti-systematisch. Die bedeutendsten Beispiele: Kierkegaard, Nietzsche und Wittgenstein – Cioran ist heute die hervorragendste Figur dieser Tradition des Schreibens.« *Susan Sontag*

st 553 Basis. Jahrbuch für deutsche Gegenwartsliteratur
Band 9
Herausgegeben von Reinhold Grimm und Jost Hermand
272 Seiten
Mit Beiträgen von Norbert Mecklenburg, Manfred Durzak, Jost Hermand, Adolf Muschg, Bernd Neumann, Mazzino Montinari u. a. Ohne methodisch festgelegt zu sein, sucht *Basis* eine Literaturbetrachtung zu fördern, die an der materialistischen Grundlage orientiert ist.

st 557 Walter Schäfer, Erziehung im Ernstfall
Die Odenwaldschule 1946–1972
Mit einem Nachwort von Hellmut Becker
264 Seiten
Am Beispiel der privaten Heimschule *Odenwaldschule* soll gezeigt werden, wo in unserer Gesellschaft während der ersten Nachkriegsjahrzehnte Behinderungen beim Heranwachsen junger Menschen sichtbar wurden und wie man versucht hat, diese Behinderungen nachhaltig abzubauen.

st 558 Erica Pedretti
Harmloses, bitte
80 Seiten
An den Bildern, die Erica Pedretti in anschaulicher Deutlichkeit entwirft, läßt sich der Übergang von der Deskription einer idyllischen Landschaft, des heilen Lebens zur angedeuteten Tragödie erkennen. Dieses Modell ist in einer gegenständlichen Sprache erzählt, die modernste

Erzähltechniken ebenso wie den einfachen Satz aufnimmt. So erweist sich der Text als spiegelndes Glatteis, auf dem der, der Harmloses erwartet, zu Fall kommt.

st 559 Ralf Dahrendorf
Lebenschancen
Anläufe zur sozialen und politischen Theorie
238 Seiten
Dieser Band ist ein Versuch, den Begriff der Lebenschancen als Schlüsselbegriff zum Verständnis sozialer Prozesse zu etablieren und in den Zusammenhang geschichtsphilosophischer Erwägungen zur Frage des Fortschritts, sozialwissenschaftlicher Analysen des Endes der Modernität und politisch-theoretischer Überlegungen zum Liberalismus zu stellen.

st 568 Bernard von Brentano
Berliner Novellen
Mit Illustrationen nach Linolschnitten von
Clément Moreau
96 Seiten
In dieser 1934 erstmals erschienenen Sammlung erzählt der Autor die Geschichte des sechsjährigen Rudi, eines angeblichen Attentäters, er erzählt die Geschichte eines außerordentlichen Mädchens (»Von der Armut der reichen Leute«), eines Straßenmusikanten (»Der Mann ohne Ausweis«). Er sieht Zusammenhänge dort, wo Zeitungen Berichte bieten. Arbeiter, Arbeiterinnen, Bettler treten auf, aber auch das Berlin der Bankhäuser und des Geldes. Klaus Michael Grüber entdeckte die Novelle »Rudi« für eine Inszenierung durch die *Schaubühne am Halleschen Ufer* im Berliner *Hotel Esplanade.*

st 595 Ödön von Horváth, Geschichten aus dem Wiener Wald
Ein Film von Maximilian Schell
Mit zahlreichen Abbildungen
160 Seiten
Zur Uraufführung des Maximilian Schell-Films »Geschichten aus dem Wiener Wald« nach dem Volksstück von Ödön von Horváth liegt dieser Band mit dem Drehbuch von Christopher Hampton und Maximilian Schell und zahlreichen Fotos des 1978 in Wien und Umgebung entstandenen Films vor, der den Entstehungsprozeß des Films dokumentiert.

Alphabetisches Gesamtverzeichnis der suhrkamp taschenbücher